NANCY HUSTON

CANTIQUE
DES PLAINES

roman

B▲BEL

pour le poisson

No one you can save that can't be saved.

LENNON / McCARTNEY

Et voici comment je m'imagine ton agonie : le monde se met à tomber lentement à s'écouler à s'éloigner à s'alléger à fondre et à couler, comme lorsque la neige s'en va tout doucement de la forêt, ou comme une peinture dont les formes glisseraient peu à peu hors du cadre pour ne rien laisser sur la toile, et pendant ce temps tes membres s'alourdissent et s'engourdissent jusqu'à ne plus faire qu'un avec le matelas, avec la terre, jusqu'à ce que ta rage elle-même devienne de l'écume dont les millions de bulles éclatent à mesure que tu t'enfonces dans la matière... Je vois une route qui traverse la plaine en une courbe infinie et le soleil qui l'écrase, qui t'écrase toi contre l'asphalte, la pierre pulvérisée et le goudron – oui désormais tu fais partie de cette route, Paddon, ce long ruban gris suggérant qu'il serait peut-être possible d'aller quelque part –, tu es aplati enfin sur cette plaine, une cicatrice à peine perceptible à sa surface. L'écoulement et la chute et le glissement remontent jusqu'à ton visage, le poids s'appuie sur tes traits, les tirant vers le bas, et la toute dernière chose qu'enregistre ton cerveau avant de succomber au bulldozer de la torpeur asphaltée, c'est la voix de Mamie en train de chuchoter *Pardonne-nous nos offenses*.

Et puis rien.

Je ne pouvais, ne voulais pas assister à ton enterrement ; j'ai préféré rester assise ici à des milliers de kilomètres et chercher à tout voir – *Hit the road, Jack, and don't you come back no more no more Hit the road, Jack, and don't you come back no more...* Oui mon cher Papie, après tout ce temps – tu avais à peu près l'âge du siècle et ce siècle est à peu près aussi âgé qu'un siècle peut l'être – tu as pris la route enfin. Pas de testament, pas trace de tes dernières volontés, Maman m'a informée au téléphone : il est vrai que tes biens ici-bas méritaient à peine mention. Mamie gardera sans doute ton piano parce qu'il sert de présentoir pour ses bibelots – carafes en cristal taillé, statuettes en faïence anglaise d'enfants aux lèvres rouges et aux cheveux ébouriffés par le vent qui serrent leur chien contre eux –, mais elle donnera tous tes habits à l'Armée du Salut, c'est la chose à faire dans ces cas-là, plier les chemises en flanelle épaisse de son défunt mari et ses caleçons devenus jaunâtres à force de lavage maniaque et les deux ou trois pantalons qui ont dissimulé pendant tant d'années ses pauvres organes inutiles – les empiler dans une boîte en carton et les donner à une œuvre de bienfaisance, de sorte que l'an prochain peut-être, les reconnaissant sur le corps d'un Indien ivre recroquevillé en un tas puant sur la Huitième Avenue, elle sera réchauffée par une petite flamme de bonté tout au fond de son cœur…

O Toi qui par Ton souffle divin As donné le leur aux humains, Toi qui tiens les clefs du trépas Et dispenses la vie ici-bas, Ne nous laisse pas mourir Par le péché qui fait périr, Que notre âme notre corps notre esprit Gardent toujours en Toi leur vie – Que son âme repose en paix. Deux mains blanches potelées et poilues referment avec un claquement le livre de cantiques, les membres du cortège maigrelet se tiennent debout à jeter des coups d'œil à la ronde et à hésiter, se demandant s'ils ont oui ou non le droit de bouger déjà, non pas encore, oui maintenant ça va, et leurs pieds se mettent à remuer, ils sont chaussés de bottes synthétiques ou de caoutchoucs ou de chaussures pour pieds sensibles en similicuir à talons plats, ils s'éloignent lourds et raides du bord de l'abîme. Les mains et les pieds sont tout ce que je peux voir pour le moment… C'est le printemps mais à peine, une matinée frileuse de tout début printemps, dans ces latitudes le printemps ne débute que vers la fin du mois d'avril, contre certaines pierres tombales se tassent encore des mottes de neige et la terre n'a pas dû être facile à creuser mais voilà, la tombe a été vidée de sa boue dure et puis remplie de Paddon et de boue dure et maintenant c'est terminé. Je ne vois pas encore les visages mais je commence à voir les habits, sombres pour l'occasion et faits de tissus qui n'ont pas besoin de repassage. Parmi les corps, bon nombre ont des kilos en trop, des bourrelets de chair disgracieuse qui leur enserrent la taille les genoux et les chevilles, et ceux qui ne sont pas trop gros se voûtent ou se ratatinent, s'effondrent sur eux-mêmes – ce sont des corps tristes dans l'ensemble avec des bras maladroits, des mains qui se serrent mollement les unes les autres avant de retomber à leurs côtés, des têtes et des langues qui s'agitent parce qu'il faut bien dire quelque chose alors qu'il n'y a pas grand-chose à dire, au fond il n'y a jamais grand-chose à dire mais là en particulier, vu que Paddon n'avait pas loin de quatre-vingt-dix ans et que tous on doit partir un jour ou l'autre et du reste la plupart d'entre nous sont déjà partis et tout ce que l'on peut faire c'est espérer que Dieu trouvera bon de nous rappeler près de Lui aussi paisiblement qu'Il l'a fait pour Paddon, et voilà ma chérie on devrait peut-être rentrer maintenant, il ne s'agit pas de s'enrhumer n'est-ce pas ?

Les têtes s'agitent, oui, de gauche à droite ou de haut en bas, faisant trembler légèrement les bajoues et si je me concentre très fort je peux distinguer les veinules bleues à travers la peau rose-rouge. Les femmes se fardent peu ou pas et leurs bas sont en rayonne beige épaisse plutôt qu'en nylon transparent osé, leurs gants aussi sont raisonnables et elles ne les égarent jamais, tout le monde sans exception porte des lunettes, les cheveux des hommes si tant est qu'ils en aient sont gris ou blancs et ceux des femmes bleu pâle, les hommes qui en ont se les font couper très court et y dessinent soigneusement une raie sur le côté, les femmes se les font crêper tous les quinze jours en de jolies vaguelettes figées, leurs sacs à main sont assortis peu ou prou à leurs chaussures, les couleurs de prédilection étant le bleu marine le noir et le marron qui vont bien avec tout et ne se salissent pas aussi rapidement que les tons plus clairs, leurs manteaux sont chauds, choisis pour tenir plusieurs de ces hivers cruels et interminables. Personne ne rit bien sûr mais personne ne verse de larmes non plus : ces êtres ont passé leur vie à récurer de leur âme toute trace de spontanéité, l'unique mais voyante exception étant ta sœur Elizabeth qui, agenouillée au pied du tombeau dans la neige boueuse, les yeux fermés et les joues baignées de larmes, remue passionnément les lèvres en faisant le signe de la croix encore et encore mais tout le monde sait que c'est une excentrique, trop d'années passées sous les tropiques et qui plus est une catholique. Le pasteur est déjà en train de glisser sa clef dans la portière de sa voiture et les membres du cortège répètent à voix basse qu'ils devraient vraiment rentrer eux aussi, bien que pour la plupart ils soient âgés et à la retraite depuis longtemps, sauf bien sûr tes propres enfants qui eux-mêmes ne sont plus si jeunes que ça, et quant à ta veuve Karen je la vois qui lève courageusement la tête, se tient raide et droite près de sa fille raide et droite ma mère Ruthie et murmure le *Notre-Père* pour la millionième fois de sa vie entre des lèvres bleutées par le froid ; en

13

ce moment précis elle arrive à la phrase *Ne nous induis pas en tentation.*

Ah mais comme ce serait formidable, je ne peux pas m'empêcher de penser, si cette grande dame grise au sourire résolu pouvait se laisser induire en tentation pour une fois : qu'est-ce que ça serait ? une rumba un tango un cha-cha-cha un verre de rhum cubain un inconnu à la peau ambrée qui la brûlerait de ses yeux ardents… Que diable redoute-t-elle, maintenant qu'elle est presque arrivée au but ? Que pourrait-il bien lui arriver à quatre-vingts et des poussières ? Quelle serait la tentation ? tricher au bridge ? porter la même culotte trois jours de suite au lieu de deux ? voler au supermarché une boîte de nourriture pour son fox-terrier ? Elizabeth se remet debout enfin, fait une dernière fois le signe de la croix *au nom du Père du Fils et du Saint-Esprit Amen* et, les joues brillantes de larmes joyeuses et son pardessus taché de gadoue, traverse la pelouse grise pour rejoindre Karen sa belle-sœur. Tandis que les deux vieilles femmes s'étreignent, la plus jeune vieille femme attend qu'elles aient fini. Ensuite tout le monde s'en va, roulant doucement dans des voitures chauffées et coûteuses – ces gens ne sont pas riches mais depuis des décennies ils prennent au sérieux l'art de surveiller leurs sous et ils savent à quel point il est essentiel d'avoir une bonne voiture dans ces parages alors ils en achètent une neuve tous les deux ou trois ans, dans les mêmes couleurs à peu près que les chaussures des dames et pour les mêmes raisons – vers des maisons de taille moyenne dont l'emprunt est désormais entièrement remboursé (au moins ils n'ont plus à se faire de souci pour *cela* !) – et, refermant à clef les portières de la voiture et les portes du garage, ils rouvrent à clef la porte de la maison et ôtent leurs bottes ou leurs caoutchoucs s'ils en portaient et sinon essuient méticuleusement leurs chaussures sur le paillasson Welcome acheté par correspondance dans le catalogue Eaton's et s'installent sur leur canapé capitonné avec des napperons sur les bras et le dossier et regardent calmement la télévision ou se parlent poliment tout en tournant les pages d'un magazine en attendant qu'il soit l'heure de déjeuner.

Mamie m'a fait parvenir une grosse enveloppe encombrante sur laquelle est griffonné de sa main ferme LIVRE DE P., enveloppe bourrée de vieilles pages noircies de ta main à toi, tes nombreuses mains, certaines exubérantes d'autres pitoyables et d'autres lasses – oh Paddon je les vois encore, tes mains, les doigts trapus et forts en train de tasser le tabac ou de jouer du piano, étonnamment agiles en dépit de l'âge et de l'arthrite, faisant apparaître des airs qui dansaient follement et se heurtaient contre d'autres airs, m'apprenant à glisser le pouce par-dessous l'index en un clin d'œil, tordant des cure-pipes pour les transformer en animaux, me tapotant sous le menton en guise de bonsoir – d'accord, tu m'as légué ces pages et

15

maintenant il est à moi ton livre, la responsabilité est toute à moi.

Non, je n'ai pas oublié ma promesse. Tu as dû penser que si. Je sais que toi tu t'en es souvenu jusqu'à la fin, bien que deux décennies se soient écoulées sans qu'on en ait reparlé une seule fois.

Pourquoi moi, grand-père ?

Toute petite déjà, tu m'installais debout entre tes cuisses, me parlais d'étoiles filantes et de lutins, m'expliquais le contenu du journal depuis l'actualité jusqu'aux bandes dessinées, prenais mes questions au sérieux, me regardais de tes yeux tristes et riais à toutes mes blagues sans exception.

Quand j'avais six ans, me hissant à tes côtés sur le banc du piano, tu m'as raconté l'histoire du chat de Scarlatti. Un jour, Paula, dis-tu, le chat de Scarlatti a traversé délicatement le clavier du clavecin, posant ses pattes de façon à la fois précise et aléatoire, tous les cinq demi-tons environ, et le musicien a composé une fugue avec la mélodie ainsi produite. Voilà, conclus-tu : ça c'est l'amour.

Ecoute : une note après l'autre, en montant. Des notes lentes, étranges et solitaires. Beaucoup de bémols. Beaucoup de touches noires. Un, un, un, un, un, un – en montant. Ecoute – dans une tonalité irrévocablement mineure. Tu as traversé le clavier de ce siècle, Paddon, en cherchant à regarder où tu mettais les pieds, et tu as échoué. Ecoute les notes. Des touches noires et blanches, frappées presque au hasard. Mais beaucoup de bémols, beaucoup d'altérations. Tu t'attendais toujours, n'est-ce pas, à ce qu'un Scarlatti intervienne. Tu n'arrivais pas à croire qu'il n'y avait pas et n'y aurait jamais de Scarlatti. Tu aurais préféré fracasser le clavier plutôt que d'admettre qu'aucun Scarlatti ne viendrait jamais construire une fugue autour de ton air mélancolique. Tu n'as réussi qu'à ensanglanter quelques touches.

Quand j'avais huit ans, tu as pris un atlas sur l'étagère du haut et, l'ouvrant à la carte de l'Alberta, tu m'as enseigné les différentes voix qui chantaient dans les noms de ton pays, cet édifice bancal qu'on avait échafaudé sur trois piliers inégaux.

Tawatinaw / Nemiskam / Wetaskiwin / Athabasca / Chipewyan / Keoma / Waskatenau / Ponoka / Kapasiwin

Belly River / Grassy Lake / Winnifred / Bad Heart / Heath / Iron Springs / Entwistle / Lesser Slave Lake / Saddle / Fort McMurray / Enchant / Entrance / Entice / Bindloss / Dunvegan / Swan Hills / Peace River / Iddlesleigh / Sedalia / Fawcett / Driftpile / Hotchkiss / Mirror / Crooked Creek / Killam / Hardisty / Pollockville / Didsbury

Lac La Nonne / Vegreville / Bellevue / Balzac / Lac La Biche / Brosseau / Quatre Fourches / Lacombe / Joussard / Embarras Portage / Grande Prairie / Rivière Qui Barre

Il y en avait d'autres, bien d'autres encore. Ces noms me laissaient rêveuse. Peace River, Enchant. Peace River, Enchant. Ah !... je me souviens aussi comme tu détestais la chanson *Cette contrée est à toi*, comme tu refusais qu'on la chante en ta présence ; le jour où je suis rentrée de colonie avec ces paroles sur les lèvres a été le seul jour où tu as braqué ton courroux contre moi. De si belles paroles, pourtant, pensais-je : on les avait chantées à plusieurs voix, chaque soir autour du feu de camp et ensuite dans le car qui nous ramenait à Calgary – *Par-dessus ce ruban de route Je vois à l'infini la céleste voûte A mes pieds la vallée dorée Pour toi, pour moi, Dieu fit cette contrée* – mais à m'entendre tu t'es mis à grogner et à grommeler quelque chose comme Qu'est-ce que c'est que cette merde et Mamie a dû t'entraîner dans la pièce à côté en disant Chut et flûte et pour l'amour de Dieu Paddon, comment veux-tu qu'elle comprenne, ce n'est qu'une chanson qu'elle a apprise au camp ; pendant ce temps, noire de saleté après une semaine passée à suivre des pistes dans la forêt et à apprendre à reconnaître les étoiles et les chants d'oiseaux et à dormir sous une tente, une semaine passée à faire l'Indienne avec les autres scoutes de mon groupe nommé les Sarcis, des filles aux joues roses et à l'uniforme bleu et aux couettes blondes, j'étais montée dans ma chambre me jeter tout habillée sur la courtepointe d'un blanc éblouissant et pleurer toutes les larmes de mon corps.

Et pourtant Paddon, toi tu l'aimais, cette contrée ! De façon incompréhensible pour moi venant de l'Est, tu aimais son énormité, ses étendues vides et plates, son ouverture absolue au ciel, le froid mordant et stimulant de ses hivers, sa neige dont la blancheur te faisait mal aux yeux, la franchise avec laquelle son vent attaquait tes pommettes et ton menton et tes doigts, son impitoyable soleil d'été qui faisait étinceler les rails du chemin de fer et trembler l'air au-dessus des champs de blé, ses orageux nuages violets qui s'entassaient à l'horizon en cherchant à se faire prendre pour des montagnes tandis que les vraies montagnes se tenaient là à cent vingt kilomètres à peine, imperturbables et inimitables. L'Alberta et le Montana, m'as-tu dit, étaient deux noms arbitrairement différents pour ce qui avait toujours été un seul et même endroit, et l'arpentage fébrile du 49e parallèle, suivi de la nomination prétentieuse de trente-cinq mille hectares de prairies pour une pompeuse princesse britannique qui n'avait jamais mis les pieds hors de son île natale, ne changeait pas d'un iota l'âme véritable de cet endroit : c'était le pays du Grand Ciel.

Hit the road, Jack, and don't you come back no more... Tu n'as jamais pris la route, Paddon. Pas une seule fois tu n'as quitté l'enceinte de ta province. Et maintenant tes propres os reposent dans la terre d'Alberta.

Cette contrée est donc à moi, enfin.

J'essaie de lire ton manuscrit. Tu as passé les dernières années de ta vie – non, pas les toutes dernières mais les avant-dernières – à gratter et raturer, griffonner et biffer les versions esquissées dans les années cinquante. Tu voulais encore communiquer quelque chose, mais cette chose était si enfouie, si étouffée par tes réserves tes doutes et tes scrupules que même sa forme globale est maintenant impossible à deviner. La grande majorité des pages sont indéchiffrables. La page de titre contient cinquante titres provisoires, dont le seul non barré est suivi et précédé de points d'interrogation : *En temps normal.* Parmi les centaines de feuilles grand format mutilées, seuls quelques paragraphes émergent indemnes.

Les mots avancent. Le langage se déploie dans le temps. Il peut ralentir le temps, faire semblant de tenir ou de retenir le tic-tac des secondes, planer sur place, se figer en montrant du doigt sa propre suspension miraculeuse, mais il ne peut faire en sorte que le temps recule : c'est un véhicule sans marche

arrière. Le langage se précipite, tête la première,
vers l'avenir. Les mots doivent être prononcés,
leur prononciation exige du temps ; les rendrions-
nous inintelligibles en les prononçant à l'envers
que cela prendrait encore du temps, seulement ce
serait du temps perdu
    encore plus perdu que d'habitude.

Après avoir lu cela hier après-midi, j'ai eu envie
de renoncer une fois pour toutes. La crainte qui me
hante depuis toujours est revenue, plus forte encore
maintenant que tu n'es plus là : qu'à venir trop près
de toi, je ne risque d'être infectée par ton désespoir.
M'allongeant sur le lit, j'ai fixé le plafond jusqu'à ce
que les lumières clignotantes du café Expresso en
face commencent à se pourchasser sur les murs de
ma chambre. Puis, me relevant, j'ai allumé la lampe
sur mon bureau et j'ai passé tout le reste de la nuit à
lire. Voici le passage le plus long que j'ai réussi à
reconstituer avec plus ou moins de cohérence :

nuit après nuit, le temps se comportait de façon
abominable. Par exemple j'étais sur la jetée près
de chez mon oncle Jake, en train de pêcher comme
je l'ai fait chaque été de mon enfance. J'étais assis
là – et, soudain, absolument plus rien ne se pro-
duisait. Le déroulement irrégulier et indifférent
des événements s'interrompait sans explication.
Aucune libellule n'atterrissait sur la jetée, aucun
poisson ne perturbait de son saut la surface lisse
de l'étang, aucune branche feuillue ne bruissait

dans le vent, aucun moustique ne venait se poser
insidieusement dans le creux humide de mon genou,
aucune marguerite ni aucun pissenlit ne hochait la
tête – rien. Les événements avaient cessé d'avoir
lieu, tout simplement. Et puis – mais quelle était la
nature de ce puis ? que pouvait signifier la séquence
dans un univers de temps suspendu ? (parfois,
sous l'impulsion de cette question, je me redressais
brusquement dans le lit ou battais l'air de mes bras
jusqu'à ce que Karen me réveille) – et puis, tout
avait lieu en même temps.

Tous les événements possibles de la situation se
déclenchaient d'un seul coup. Tous les nuages se
précipitaient à travers le ciel, tous les insectes
atterrissaient sur la jetée, une foule de moustiques
se mettaient à me pomper le sang à l'unisson. La
succession avait été anéantie. Les choses ne se
produisaient plus dans l'ordre, les causes n'étaient
plus distinctes de leurs effets, une sorte de tohu-
bohu silencieux s'était installé.

Ces rêves je crois datent d'environ 1935 quand
ma mère est morte mais toutes ces années-là ne
forment qu'un seul et même

Le passage devient illisible à cet endroit – violemment, même. Mais là, après quelques heures
vaseuses de sommeil matinal, je crois enfin comprendre ce que j'ai à faire. Il me faudra beaucoup
de temps et de culot et d'imagination – de la chance,
surtout. Ma documentation est bien mince... mais
tu m'aideras, n'est-ce pas Paddon ?

Pendant ton enfance tu habitais un ranch au sud-ouest de Calgary, ça je le sais, près d'un village du nom d'Anton. Je n'ai jamais rencontré mon arrière-grand-mère Mildred mais d'après les photos elle appartenait au même type physique que ta sœur Elizabeth : des femmes aux épaules larges et aux poitrines plates, qui traitaient leur corps comme des tanks puissants ou des cuirassés, mangeaient comme si elles faisaient le plein d'essence ou d'huile, marchaient comme si elles activaient des pistons, parlaient comme si elles tapaient des messages radio sans ambiguïté possible ni à l'émission ni à la réception. Je scrute ces photos, mon regard se perd dans l'ossature solide de ces hanches féminines vaquant à leurs affaires quotidiennes, et je me demande comment elles ont fait pour étouffer si efficacement le chant des délicats plis et replis entre leurs cuisses.

Comment était-ce d'avoir une mère comme ça, Paddon ?

Mildred était une *ranch wife* : une de ces dames sans chichis venues d'Angleterre en réponse à l'appel lancé aux membres du beau sexe, les invitant à venir rejoindre les messieurs dans l'Ouest parce que ceux-ci, au bout de quelques années de vie à la dure dans le Nouveau Monde, s'étaient mis à souffrir de la solitude. Elle est arrivée juste avant le tournant du siècle, âgée de vingt ans, pleine de courage car elle savait les Peaux-Rouges hors d'état de nuire, soit parqués dans des réserves soit engagés comme aides-domestiques dont l'uniforme obligatoire n'était pas un tablier blanc amidonné et joliment noué autour de la taille mais un boulet et une chaîne joliment accrochés à leur pied gauche. Oui, on avait réussi à vider les prairies et maintenant on cherchait à les remplir – Des terres, des terres, venez acheter des terres, des milliers d'hectares disponibles, libres d'impôts, tarifs de voyage préférentiels, sol excellent, productivité garantie, nouveau blé dur, venez venez, les dernières terres de l'Ouest vont partir vite – et la ruée a commencé, visant à remplacer au plus vite les bisons disparus par des vaches et les Indiens disparus par des vachers, et les hommes ont afflué, les ratés et les criminels ont afflué, jeunes et musclés, durs à cuire et tapageurs, pas spécialement instruits mais fiers de savoir tenir leur alcool (surtout comparés aux Peaux-Rouges), et soulagés de trouver une deuxième jeunesse après avoir bâclé la première de l'autre côté de l'Océan, c'est ainsi qu'est arrivé ton père, un des premiers, un gamin irlandais têtu qui avait grandi dans la pauvreté crasse en Angleterre et qui, s'étant ruiné dans l'élevage de vaches laitières, a sans doute sauté à pieds joints sur l'espoir de l'or à gogo dans le Grand Nord. Oui je le vois maintenant, c'est ainsi que cela a dû se passer : les frères Sterling, John et Jake, ont débarqué au Canada la tête emplie de visions scintillantes de Dawson City.

Qui étaient ces gens Paddon, qui étaient ces cent mille hommes avec leur poignée de femmes faciles et d'argent facile, prêts à marcher en traînant d'énormes paquets de nourriture et d'équipement pendant vingt-quatre mois et quatre mille kilomètres de torture physique, prêts à supporter les blizzards et les engelures, la faim et le vent hurlant, le scorbut et la solitude et la neige figée entre les cils, c'était quoi ces hommes Paddon, c'était qui ce père que tu as eu, galvanisé par le rêve de se vautrer sans fin et sans vergogne dans le fric ? C'est lui n'est-ce pas qui a cajolé Jake pour le convaincre, lui qui lors d'un voyage à Londres en juillet 1897 a entendu les vendeurs de journaux s'égosiller au sujet d'un bateau à vapeur récemment arrivé à Seattle chargé de deux tonnes mon Dieu deux tonnes doux Jésus de mes couilles deux tonnes d'or du Klondike et, tout en étant incapable de lire les journaux, il était capable de tendre l'oreille dans les pubs et c'est ainsi que la fièvre l'a gagné, faisant rougeoyer son âme avide et efflanquée, et il s'est emparé de son frère cadet et a fait de son mieux pour l'infecter à son tour, et où ont-ils bien pu trouver l'argent de la traversée, ont-ils embarqué en passagers clandestins ou bien loué leurs biceps noueux, Dieu seul le sait, toujours est-il qu'ils ont franchi l'Atlantique et probablement sauté ensuite dans un train de marchandises du Canadian Pacific et abouti, après plusieurs semaines passées à se faire concasser les os et écorcher les nerfs dans un wagon couvert, à Edmonton où leurs ennuis pouvaient commencer.

Il ne t'a jamais raconté cette histoire Paddon donc tu ne l'as pas racontée à Ruthie et elle ne me l'a pas racontée à moi, mais je suis à peu près certaine qu'elle a eu lieu, et je me tiens là à ma table dans mon appartement chauffé à Montréal, à lire et à rêvasser sans bouger, des heures d'affilée, cherchant à ressentir la folle poussée désespérée de ces hommes-là. Ils étaient prêts à défoncer des arpents de neige à l'infini pour la promesse d'une fortune instantanée à Dawson City : ce qu'ils désiraient était de l'or et ce qu'ils espéraient était d'en rapporter plein les mains mais ce qui les attendait en fait était une véritable orgie de jeu et d'ivrognerie et de bagarres. Dawson City était le cœur glacé inexploré de l'enfer dantesque : ses habitants étaient condamnés à subir le plaisir fortuit et futile, aussi longtemps qu'ils avaient de l'argent. Le reste du monde pouvait bien peiner dans des bureaux ou des rizières, acheter des tickets d'opéra ou sculpter des masques d'ancêtres : là-haut, loin au-delà du cercle polaire, l'existence humaine était éternellement réduite à une fête déchaînée. La poussière d'or était le seul cours légal et les colliers de pépites les seuls bijoux ; la réalisation des fantasmes était obligatoire. Les accoutrements de la civilisation – robes parisiennes, whisky pur malt, roulettes, cigares – formaient le décor d'un spectacle sauvage qui se déroulait jour et nuit en plein néant. Il fallait payer pour jouer, payer pour boire, payer pour danser et pour caresser les dames, on gagnait et on perdait, on regagnait et on reperdait jusqu'à l'épuisement total, jusqu'à ce qu'on ait dépensé le dernier giclement de sperme, le dernier tressautement d'énergie, la dernière paillette d'or.

L'or a brûlé derrière les yeux de ton père tout au long de l'hiver 1898, et son frère Jake est resté dubitativement mais loyalement à ses côtés tandis que, avec une douzaine d'autres imbéciles nippés de pardessus et de pantalons doublés sinon triplés – ces Konfortables Kostumes pour le Klondike achetés avec leurs dernières économies chez les fournisseurs Larue et Picard à Edmonton –, ils remontaient en file prétendument indienne la piste Skagway. Aucun de ces individus n'était aussi doué pour la prévision que pour le rêve, et du reste les hommes d'affaires à Edmonton leur avaient allégrement menti au sujet des grandes pistes du Nord qui restaient praticables tout l'hiver, il n'y avait pas de piste du tout là-haut, c'était aussi simple que cela, les Indiens n'étaient pas assez barjos pour tenter de franchir ces terres hostiles pendant les mois à journées courtes et ce n'est qu'à contrecœur que, sous l'effet de la menace ou de l'alcool, certains d'entre eux avaient accepté d'accompagner les orpailleurs. Mais leurs progrès déjà atrocement lents ont ralenti encore avec le dégel, les luges tirées par les chiens s'enlisaient constamment dans le marécage et au mois de mars, quand les vivres vinrent à manquer et que l'un des hommes dut trancher d'un coup de hache son propre pied gangrené, ton père et ton oncle devinrent un peu nerveux et quand, au mois d'avril, les hommes se mirent à tirer des castors et à les écorcher et à les faire bouillir pour en boire le jus et en mastiquer la peau, ils furent plutôt dégoûtés et quand, au mois de mai, les guides indiens annoncèrent que s'ils espéraient survivre il leur faudrait manger quelques chiens, et que le plus vieux des chercheurs d'or, ayant appris que deux mille cinq cents kilomètres les séparaient encore de Dawson City, se fit sauter la cervelle, ils se consultèrent hâtivement et décidèrent de rebrousser chemin.

Pas d'or, tu parles – ils n'étaient même pas parvenus au cercle polaire ! Mais tout en glissant vers le sud et vers l'été ils remarquèrent, en même temps que des millions de moustiques, que la terre alentour était d'une fertilité exceptionnelle, et lorsque enfin leurs corps émaciés et éreintés échouèrent à Peace River Junction, ils virent que tout le paysage était en train de verdir et de s'épanouir, si bien que dès qu'ils eurent enfourné dans leur estomac assez de ragoût pour avoir les idées en place, ils se mirent à concocter un nouveau rêve : ensemble ils achèteraient une ferme, bâtiraient sur cette terre-ci leur fortune et leur gloire, et fonderaient une dynastie de riches fermiers Sterling de père en fils.

Ta mère arriva un an plus tard, balèze et baraquée, sans doute que si elle avait été fragile et féminine elle n'aurait pas eu besoin de voyager au bout du monde pour se dégoter un mari.

Je ne sais pas encore comment ils se sont rencontrés mais je sais que le monde dans lequel leur rencontre a eu lieu était un monde de fous, Paddon, un monde totalement dément dans lequel les êtres humains étaient éparpillés à travers des espaces vides et plats à l'infini, ici une maison et puis rien à perte de vue, là une autre maison et puis rien rien rien. C'était un monde de solitude indicible, un monde de frayeur et de difficulté, et il se peut qu'aucune communauté humaine jamais n'ait été aussi primitive, tous ses membres luttant séparément pour survivre, incapables de communiquer les uns avec les autres, se préoccupant exclusivement d'arracher à la terre une subsistance, leurs gestes et leurs paroles étant réduits au strict minimum, se nourrir s'habiller travailler gagner de l'argent l'argent le travail les habits la nourriture, et leur âme n'ayant de comptes à rendre qu'à Dieu – encore que ce mot signifiât pour eux trente-six choses différentes : c'étaient des mennonites des huttérites des mormons des adventistes du septième jour des méthodistes des baptistes des catholiques, et deux ou trois pauvres juifs égarés là par hasard. Ici il y avait un Finlandais et là-bas un Allemand, ici un Hollandais et là un Suédois, voici un Anglais et voilà un Polonais, par là un Ukrainien et par ici un Français de souche noble en fuite du monde moderne pourrissant. Ils avaient amené leurs épouses avec eux ou les avaient fait venir une fois la maison construite, ou bien ils avaient mis une petite annonce pour chercher une fiancée énergique et prête à les aider, et quand les femmes sont arrivées, laissant derrière elles des villes comme Vienne où Schoenberg était en train de mettre les dernières touches à son système dodécaphonique, Barcelone où Picasso ébahissait ses maîtres à l'Académie, Paris où Charcot exhibait à de sobres et barbus étudiants en médecine ses voluptueuses hystériques en chemise blanche figées dans diverses postures érotiques – oui, abandonnant salles de concert, cathédrales et cafés-théâtres, dentelles, lustres et meubles sculptés, et débarquant rompues de fatigue au bout de plusieurs semaines de voyage par bateau et puis par train, voilà ce qu'elles ont trouvé : rien. Pas de pâtés de maisons, pas de papotages, pas d'échanges de recettes, pas de potins sur les amis, rien que le Far West à l'état le plus sauvage, bien plus sauvage maintenant que cent ans auparavant, plus sauvage que les recoins les plus paumés de l'Afrique ou de l'Amazonie, une terre remplie de vide et de langues étrangères et de durs travaux à faire et à refaire et à refaire.

Elle savait drôlement travailler, Mildred : on peut lui accorder cela. Féroce. Elle commençait avant l'aube et ne s'arrêtait qu'après la tombée de la nuit, faisant son propre pain qui levait chaque fois grâce à une recette spéciale au sucre roux, battant bois sur bois son propre beurre avec un air de vengeance verticale, produisant en un clin d'œil des montagnes de crêpes ou de beignets pour nourrir vingt hommes le jour du rassemblement des vaches, levant des nuages de poussière du plancher rugueux et les chassant hors de la maison avec son balai, pelletant la neige, tricotant des écharpes et raccommodant des chaussettes, lavant les habits dans un bac en fer-blanc et les accrochant près du poêle, te lavant toi dans le même bac avec la porte du poêle ouverte, t'enfonçant le coin d'un gant dans les oreilles et dans les trous du nez, La propreté est le chemin vers la sainteté et je ne supporterai pas chez moi de petit garçon sale ou paresseux, est-ce que tu m'entends ? *O Saint, ô Saint, ô Saint ! O Dieu tout-puissant ! Dès la première heure, notre chant s'élève à Toi…* Nombre de ses cantiques préférés insistaient sur la nécessité de se lever tôt le matin, chose que tu avais en horreur.

Ton père chantait une chanson qui commençait de la même façon – *Dès la première heure, quand le soleil se lève Vois les petits wagons tout bien*

alignés Vois le petit cheminot tirer sur la poignée
Et hop on s'en va tchou-tchou-tchou-gai Jusqu'au
bord de la baie Où y a d'bons melons Mais à la
maison Je n'veux pas rentrer Car maman m'dirait
T'as d'jà vu une vache Avec une moustache
Au bord de la baie ? – une chanson qui te fasci-
nait, bien que tu n'eusses jamais le courage de lui
demander quelle était cette baie, ça ne pouvait être
le magasin de la baie d'Hudson à Calgary parce
qu'on n'y trouvait pas de melons, mais tu sentais
que cette chanson renfermait un secret, une allusion
au fait que ton père fréquentait un endroit énigmatique et interdit (tu savais que, juste avant de rencontrer ta mère, il avait passé six mois en Afrique
du Sud à tirer sur les Boers, et pendant de longues
années tu croyais qu'il s'agissait de sangliers) et les
femmes lui posaient des questions sarcastiques
mais cela ne l'empêchait pas de repartir, et à chaque
strophe il voyait une chose différente et chaque fois
elle était saugrenue : *T'as d'jà vu un ourson Mettre*
des caleçons Au bord de la baie ?

Ta mère t'a appris à te laver les mains six fois
par jour, à dire le bénédicité avant le repas, à beur-
rer ton pain parcimonieusement en étalant la précieuse substance jaune de la pointe de ton couteau,
à t'abstenir de tripoter ton zizi, à mâcher consciencieusement et la bouche fermée (en principe chaque
bouchée devait être mastiquée trente fois), à te laver
les dents avec du sel et à être aimable avec ta petite
sœur. Chaque nuit pendant ce qui te paraissait une
éternité, elle t'a lu à voix haute un chapitre du

Voyage du chrétien, un livre où rien n'était beau mais où tout était édifiant, où des personnages avec des noms comme l'Obstiné, le Sage-Mondain et le Facile glissaient sur le Coteau des Difficultés ou pénétraient dans le Château du Doute, où toutes les allégories étaient transparentes et chaque geste un pas fatal en direction du Paradis ou de l'Enfer. Les préceptes qu'elle t'a inculqués – Chose promise, chose due, Ne remets jamais à demain ce que tu peux faire aujourd'hui, Charité bien ordonnée commence par soi-même, Vouloir c'est pouvoir – ont adhéré à ton cerveau, plus que toi tu n'y as adhéré, tout le reste de ta vie.

Ton père t'a appris à finir ce qu'il y avait dans ton assiette, et tu redoutais les heures de repas car il y avait plus d'une chance sur deux que ton assiette contienne une de ces concoctions dont les grumeaux farineux te répugnaient, le plus souvent de la bouillie d'avoine ou des pommes de terre – Comment ça t'aimes pas les patates ? demandait-il, sa main ponctuant la phrase d'un coup sur le côté de ta tête qui résonnait dans tes oreilles jusqu'à ce que tu t'endormes le soir. Mon père il a dû abandonner sa ferme en Irlande parce qu'il y avait plus de patates, maintenant on a la chance d'avoir des patates dans notre assiette et c'est pas un fils à moi qui va cracher sur la bouffe, t'as compris ? Un soir il te donna le choix : ou bien tu mangerais le tas de purée qui se trouvait devant toi, ou bien il te laverait le visage avec ; tu choisis la deuxième solution et il planta ton visage dans l'assiette en maintenant la pression jusqu'à ce que tu ne puisses plus respirer et, te dégageant enfin tout essoufflé, tu avais l'air tellement comique avec tes yeux sombres brillant au fond du masque de bouillie blanche qu'Elizabeth pouffa de rire et même ta mère ne put réprimer un sourire narquois. Parfois pour le dessert Mildred faisait du riz au lait ou, pire, du tapioca ou, pire que tout, du pain perdu avec de vieilles croûtes sèches devenues pâteuses à force de tremper dans du lait et de bouillir avec du sucre et, assis tout seul à table après que les autres étaient partis, tu fixais ton assiette haineusement de tes yeux brûlants et ton ventre se soulevait.

L'effusion sous toutes ses formes était découragée mais les baisers du soir étaient obligatoires, leur omission punie.

Chaque dimanche matin, on te traînait à l'église en te priant de ne pas gigoter sur le banc en bois, si dur contre ton petit derrière maigrichon. Tu restais là pendant deux longues heures, coincé entre ta mère d'un côté et ta sœur de l'autre tandis que, devant, le pasteur te perçait oui te forait le front de son sermon interminable. Ah ! ces sermons, Paddon ! ces bienveillantes voix d'hommes qui remontaient toujours au début de la première phrase – J'ai envie de vous raconter une petite histoire – puis s'étendaient à plat à perte de sens. Vous savez, commençaient-ils – et le mot savez remontait et tu savais que tu n'y couperais pas – Vous savez, si quelqu'un vous avait dit naguère qu'il suffisait de coller un petit bout de papier sur une enveloppe pour qu'elle fasse le tour du monde, vous l'auriez sans doute pris pour un imbécile. Mais il y avait là une vision. Et c'est étonnant de voir ce qu'il est possible d'accomplir, pour peu qu'on ait une vision. Oh la mortelle insipidité de ces pasteurs doucereux. Et ta mère, admirative de leur éloquence, hochait la tête d'un air approbateur, alors que toi tu aurais voulu cogner la tienne contre le banc devant, rien que pour ne pas sombrer dans le sommeil.

La première église méthodiste d'Anton était une construction austère, striée d'Ecritures saintes et de restrictions. L'élan vers le paradis incorporé dans son toit et dans ses poutres, loin d'être une ascension douce et déliée flottant à travers arcades et voûtes, piliers et arcs-boutants, était une injonction, un doigt sévère montrant la direction à suivre : Gardez les yeux fixés au ciel ! Ne déviez jamais du droit chemin ! Restez à votre place ! – et, à force de rester à ta place, tu avais des élancements au coccyx et la douleur remontait lentement le long de ta colonne vertébrale pour creuser tes omoplates tandis que le pasteur parlait encore, parlait encore, mais enfin le petit orgue émettait sa note stridente et le dernier cantique roulait à travers la plaine comme une boule d'amarante morte, piquante et pleine de vide. *O Saint, ô Saint ! Bien que l'obscurité T'enrobe, Bien que Ta gloire à l'œil du pécheur se dérobe, Toi seul es saint, Nul à part Toi n'est pureté, Puissance et amour parfaits.* C'est alors, est-ce alors, que furent plantées les toutes premières graines de ton travail sur le temps, un travail qui allait germer comme le haricot magique et grimper et proliférer de plus en plus follement pour se perdre finalement dans les nuages, mais tu savais avec certitude que ces nuages étaient habités par des géants, n'est-ce pas Paddon ?

Enfin tu parvins à te libérer de l'étreinte de fer maternelle, quittant Calgary pour t'enfuir vers le nord, à Edmonton où une université avait été fondée dix ans plus tôt. Ces premières années de ta vie loin de la maison, dans des circonstances qui ressemblaient à s'y méprendre à ton idée de la liberté, étaient tout simplement euphoriques. Certes, l'hiver là-haut était implacable – aucun chinook ne dégringolait des montagnes pour venir poser sur la neige de janvier son chaud baiser mortel – mais les feux de ton cerveau, constamment nourris par tes lectures en histoire et en philosophie, irradiaient jusqu'au tréfonds de ton âme. Bien des années plus tard, tu te rendrais compte que tu avais naïvement choisi ces disciplines parce qu'elles semblaient aptes à te délivrer de la monotonie meurtrière du culte : tu escomptais de tes lectures qu'elles servent d'antidote puissant et définitif au poison de la Vérité éternelle qu'on t'avait injecté dans les veines depuis le jour de ta naissance. Les paradoxes théoriques de l'Histoire t'enchantaient, par exemple qu'il soit toujours possible de remonter d'un effet jusqu'à sa cause, mais jamais de prévoir l'avenir avec certitude. Surtout, tu étais soulagé par le caractère *successif* de l'Histoire : elle te donnait prise sur la réalité, là où l'éclat trompeur du christianisme l'avait rendue aussi insaisissable que ta propre main dans le miroir.

Une fois terminé le rituel stupide mais inévitable du bizutage, semaine pendant laquelle tu te promenas d'un air lugubre, un grand V rasé dans les cheveux de ta nuque, les jambes de ton pantalon roulées jusqu'aux genoux et des rubans verts voltigeant autour de tes épaules, je pense que tu pris soin d'éviter le tralala typique des étudiants mâles, les confréries les clubs et les équipes de foot, les flirts discrets et les irruptions brutales dans le dortoir des filles. Oui je te vois seul – ni ostracisé ni snob mais solitaire, à l'écart, préférant la compagnie muette des grands hommes morts à celle, tapageuse, de tes pairs puérils. De temps à autre, tu acceptais de te joindre à eux pour un jeu de poker ou de rummy, mais seulement pour éviter la perte de temps supplémentaire de devoir passer pour souffre-douleur en étant trop bûcheur. Tu passais la plupart de tes soirées à la bibliothèque ou dans ta chambre mais de préférence à la bibliothèque car elle était plus généreusement chauffée, à faire la connaissance d'Aristote et d'Augustin et à t'enivrer de leurs énigmes, des abîmes qu'ils ouvraient devant toi avant de t'aider à les franchir… *Avant que Dieu fît le ciel et la terre*, avais-tu lu une fois en proie à des frissons à deux heures du matin, les pieds sur le radiateur, *Il ne faisait rien. Car s'Il eût fait quelque chose, qu'eût-Il fait sinon une créature ?* Ce genre de paradoxe te ravissait au plus haut point. Ton esprit enlacé dans celui d'Augustin, tu longeais des chemins souvent étroits mais jamais droits, dont la beauté vertigineuse était à l'opposé du fade paradis qu'on t'avait appris à désirer – *Nous y serons avec les Chérubins et les Séraphins,* t'avait promis le *Voyage du chrétien, qui sont des créatures si glorieuses que nos yeux seraient éblouis de les voir... Chacun de ces êtres se tient sans cesse en la présence du Seigneur, plein de joie* – oh comme elle t'avait affolé, cette perspective d'un univers peuplé d'anges potelés et de vertus débilitantes, dans lequel on n'avait d'autre choix que de se tenir transi de grâce, un halo sur la tête, à jouer de la lyre et à admirer Dieu sur son trône *comme Il était au commencement, est maintenant et sera à tout jamais, dans le monde sans fin Amen.*

Tu décidas que le temps était la clef du problème du paradis, grâce à un passage de saint Augustin qui te fit rire tout haut : *Ce n'est pas dans le temps,* disait Augustin en s'adressant à Dieu, *que Vous précédez le temps : autrement Vous n'auriez pas précédé tous les temps.* Ou encore, concernant le décret inaugural de Dieu *Que le ciel et la terre soient : Un corps, quel qu'il fût, condition de l'existence d'une telle voix, n'eût pas existé, si Vous ne l'eussiez créé. Mais pour créer ce corps grâce auquel auraient pu être émises ces paroles, de quelle parole Vous êtes-Vous donc servi ?*

Tu accordas tous tes sens Paddon pour recevoir ce thème, chaque fois que retentissait dans tes lectures sa mélodie étrange : de quelle nature était le phénomène du temps ? était-ce une chose concrète ou bien abstraite ? réelle ou imaginaire ? universelle, culturelle ou individuelle ? Plus d'une fois, tu valsas avec ces questions jusqu'au lever du jour – c'est-à-dire, les mois d'hiver, jusqu'à la mi-matinée.

Oh mais l'absence de compréhension pour ta passion si élevée. Oh l'affreuse taxidermie universitaire, qui t'obligeait à empailler tes pensées vivantes et palpitantes et à les présenter, immobiles et mortes, sous forme d'une dissertation avec plan détaillé. Oh l'humiliation que tu éprouvais, à soumettre ni plus ni moins que vingt-cinq pages dactylographiées portant sur une seule et unique facette de la *Métaphysique* d'Aristote, pour les retrouver émaillées de remarques pinailleuses à l'encre rouge, sans jamais pouvoir en discuter avec personne. Oh la célérité déconcertante avec laquelle les penseurs étaient transformés en statues, hissés sur des piédestaux et recouverts de poussière. Oh la fadeur péremptoire et enrageante des professeurs aux cheveux blancs, costumés et cravatés et lunettés, qui se tenaient derrière la chaire comme des prêtres et lisaient leur conférence de quatre-vingt-dix minutes sans lever une fois les yeux sur l'assistance, puis remballaient leurs papiers et s'évanouissaient dans des bureaux tapissés de diplômes. Tandis que toi Paddon, tu mourais d'envie de deviser de toutes ces choses avec Descartes lui-même dans sa maison à Leyde, assis au coin du feu à fumer la pipe tout en écoutant ses arguments et en les contrant avec les tiens, jusqu'à ce que les flammes crépitantes deviennent braises et que l'aube hivernale s'infiltre à travers les volets… Ou bien de traîner dans le gymnase à Athènes et faire un brin de causette avec Socrate… Ou bien de rejoindre Goethe pendant l'été à Weimar pour une semaine de conversation exaltante… Au pire, tu te serais contenté d'une soirée à Nohant avec George Sand et Flaubert ! Partager tes idées avec autrui : voilà ce à quoi tu aspirais par-dessus tout. Pas à un paradis où t'asseoir jusqu'à la fin des temps, le regard béat. Pas à un certificat prouvant que tu avais réussi tes examens prédoctoraux.

En 1922, tu rédigeas ce qui à ton avis était un brillant mémoire de maîtrise, suggérant que saint Augustin aurait exploité à meilleur escient son savoir encyclopédique et son acuité mentale s'il n'avait gaspillé tant d'énergie à se taper la tête contre ce mur imaginaire qui avait pour nom Dieu. Toutes les contradictions et incohérences que le philosophe avait mises en lumière, poursuivais-tu, s'entortillant en elles comme dans des draps pour ensuite les nouer autour de son cou et les resserrer et se lamenter enfin de sa propre paralysie, se seraient miraculeusement dissipées si seulement il avait abandonné la prémisse de l'existence de Dieu. *Si je Vous trouve hors de ma mémoire*, disait le converti impitoyablement lucide, *c'est que je ne me souviens plus de Vous. Mais comment*

Vous trouverai-je si je ne me souviens plus de Vous ? Mais, poursuivait l'athée passionné que tu étais, si Vous n'existez pas, je n'ai que ma mémoire, et celle-ci n'est-elle pas déjà suffisamment miraculeuse, suffisamment divine – à tel point divine et miraculeuse qu'elle est capable de Vous inventer ? Trop prétentieux, gribouilla le professeur au dos de la dernière page en t'infligeant une note exécrable. On ne peut pas radicalement transformer les termes mêmes dans lesquels se développent les arguments de l'auteur, et s'attendre ensuite à recevoir une bonne note pour la compréhension de l'auteur en question. Vous vous laissez emporter par votre propre intelligence.

Mieux vaut qu'elle m'emporte plutôt que de partir sans moi, marmonnas-tu en quittant l'amphithéâtre, la nuque en flammes.

Certains soirs, après avoir lu six heures sans interruption, tu allais à la cuisine et t'installais devant la glace minuscule accrochée à un clou au-dessus de l'évier. Regardant ton reflet, tu t'émerveillais que cette forme-là, cette tête ronde et lisse comme un ballon, avec son front placide et ses cheveux immobiles et ses yeux fixes, puisse contenir une activité aussi incroyable : qu'il y ait, sous l'emballage protecteur de la peau et des os, des circonvolutions de matière blanchâtre, huileuse et glissante comme de la moelle, parcourue en tous sens par des signaux électriques involontaires, en vertu desquels l'information que tu venais d'absorber était non seulement enregistrée mais déjà organisée, classée et reliée de mille manières à l'information qui s'y trouvait déjà – et, de plus, stockée pour être à la fois invisible et disponible à la moindre sollicitation de ta volonté. Tu te regardais, Paddon, intensément ému de voir comme tu étais jeune et de sentir qu'à coup sûr tu mettrais, un jour, le pouvoir impalpable de cette machine vibrante et vivante au service d'une chose énorme, une découverte parfaitement colossale.

Au bout de quatre ans d'université, alors que tu entamais ton dernier cycle d'études, quittant le dortoir pour louer un petit appartement dans la Cent Dixième Rue, ton corps commença à te sembler superflu, une source d'agacement plutôt que d'agrément, une chose impertinente qui ne manquait jamais de s'imposer à ta conscience et de t'obliger à remonter à la surface juste au moment où tu avais le plus envie de rester immergé dans tes pensées. Ton régime était exactement aussi austère et répétitif que tes amours. Deux fois par jour tu ouvrais des boîtes de conserve ; une fois par semaine tu descendais au centre-ville pour fréquenter les tristes corps las et parcheminés des putes indiennes, passant tes nuits de samedi dans la puanteur de la bière artisanale, du tabac bon marché et des corridors sordides, puis t'éloignant le dimanche matin avec un frisson de dégoût, resserrant le col de ton manteau léger autour du cou et sentant ton pantalon te fouetter les jambes tandis que, marchant contre le vent, tu arpentais les trottoirs vides de la ville au milieu des détritus dansants, le ventre

44

tremblant de faim et de honte et le pénis recroquevillé entre tes cuisses, bredouille comme un renard
après un raid raté dans le poulailler. Il y avait de
l'éjaculation dans ces contacts mais jamais de
plaisir, pas même de soulagement réel, tu aurais
voulu baiser ces femmes et en avoir fini, les baiser
une fois pour toutes, les baiser et ne plus jamais
avoir besoin de baiser qui que ce soit, et parfois tu
vomissais et remarquais ensuite la façon dont ton
vomi sur le trottoir évoquait une protestation verbale,
avec des points d'exclamation. Maïs ! semblait-il
dire, ou bien : Haricots à la sauce tomate ! Tout ce
que tu avais mangé, tout ce que tu avais cru ingérer
et assimiler était revenu te narguer silencieusement :
Regarde, disait ton vomi, décidément tu ne sais rien
faire, pas même digérer ta nourriture.

Tu prenais alors la résolution de te replonger
dans saint Augustin et de ne plus le quitter, persuadé qu'en dépit de ton athéisme tu comprenais
et partageais son désir d'une chose qui n'était *pas
la beauté des corps, ni leur éclat qui passe... ni le
ciel, ni la terre, ni aucune espèce de corps.* Mais le
samedi soir suivant, ta solitude redevenait si aiguë
qu'il n'y avait rien à faire, il fallait que tu sortes de
ta chambre et marches dans la rue, seulement il
faisait tellement froid qu'au bout d'un moment tu
n'avais d'autre choix que de pénétrer dans un
saloon clandestin et commander un mélange infect
de whisky, d'encre rouge et de jus de tabac à cinquante cents le verre, déclenchant la séquence inexorable d'événements qui te conduiraient à ouvrir

maladroitement ton portefeuille et ta braguette, puis à te vautrer sur le corps des femmes en suant et en ahanant, puis à subir l'humiliation de leurs langues et de leurs lèvres te taquinant et te titillant jusqu'au spasme misérable de haine contre toi-même, jusqu'au vomi exclamatif sur la chaussée le lendemain matin.

Au milieu de tes frissons de dégoût dominical, tu savais qu'Elizabeth et ta mère étaient en train de se préparer pour partir à l'église, revêtant leurs bas de laine les plus chauds et leurs robes les plus sombres, ajustant leurs chapeaux devant la glace puis descendant le trottoir bras dessus, bras dessous – les cloches des églises retentissaient et, de plus en plus souvent, il te semblait les entendre comme ton père les entendait, comme des casseroles qui s'entrechoquent en un tel tintamarre que les hommes se bouchent les oreilles tandis que les femmes s'en vont d'un pas résolu prier pour leurs âmes. Cela te faisait sangloter mais, le lendemain, tu retournais à la fac et tes rêves se remettaient à planer comme des aigles.

Tu avais trouvé ce que tu considérais comme un sujet en or pour ta thèse de doctorat : l'histoire du temps – une analyse des conceptions et descriptions humaines du temps à travers les âges – et, chaque nuit au lit, tu restais éveillé pendant des heures, l'esprit foisonnant de phrases et de titres de chapitres. Tu fus vexé mais non surpris quand tes professeurs s'abstinrent de manifester le moindre enthousiasme pour ce projet. Ils froncèrent les sourcils et émirent l'opinion qu'il était bien trop vaste et ambitieux, pour ne pas dire mégalomane. Tu grinças des dents, te disant qu'ils auraient évidemment fait la même remarque à Platon ou à Descartes. Imagine le jeune René débarquant à l'université d'Edmonton pour annoncer : Ma thèse se propose de prouver l'existence de Dieu. Ou Platon : Ma thèse se propose d'inventer la Cité idéale. Les regards méprisants qu'ils auraient suscités ! Les discours condescendants qu'ils auraient dû encaisser !

Vous vous rendez certainement compte, jeune homme, que le temps est l'un des thèmes les plus copieusement commentés de l'histoire de la philosophie ; il vous faudrait dix années au bas mot, simplement pour vous familiariser avec la littérature existant sur le sujet. Tu étais assis dans le salon de ton patron de thèse, il t'avait invité chez lui pour une discussion plus approfondie de la question mais malheureusement tu avais eu la gorge desséchée en arrivant parce que c'était la fin juin à Edmonton et que le soleil t'avait tapé dessus sans merci pendant tout le trajet, donc tu avais avalé trois verres de citron pressé coup sur coup et maintenant ne pouvais penser qu'à ta vessie, pas à l'histoire du temps mais à quand tu pourrais te soulager, et l'épouse du professeur écoutait son mari pérorer avec la plus grande attention, hochant la tête comme si tout cela était effectivement très grave, et tu étais sûr que si tu demandais à te servir des toilettes, elle braquerait sur toi des yeux de pierre et te dirait : On n'en a pas. On ne fait pas ce genre de choses ici. Tu repartis une heure plus tard, vaincu et honteux, ayant été tellement obsédé par le besoin de contrôler tes parties inférieures que tu avais été incapable de défendre les parties supérieures, n'avais pu que sourire stupidement et promettre d'y réfléchir pendant l'été.

Puis, en succession rapide, deux coups de jiu-jitsu furent assenés à la nuque de tes rêves : ton père mourut, et tu devins père.

Ce que je vois ensuite vient de plusieurs années plus tard, de l'époque où tu étais déjà prof de lycée à Calgary, l'ordre dans lequel m'arrive ta vie est tout sauf chronologique, oui c'est par fulgurances que je te retrouve, te reconstruis, et ce que je comprends maintenant c'est que tu as dû te sentir aussi coincé entre les pupitres de ta salle de classe qu'entre les bancs de l'église méthodiste de ton enfance.

Tu allais au lycée et tu enseignais, et puis tu allais au lycée et tu enseignais, et tu enseignais encore et puis encore, tu disais les mêmes mots et les élèves prenaient les mêmes notes et tu distribuais les mêmes examens et ils faisaient les mêmes fautes et tu faisais les mêmes corrections et tu regardais par la même fenêtre et parfois le sol dehors était blanc et parfois il était marron et parfois il était vert, et tu essuyais le même tableau noir et tu faisais les mêmes plaisanteries avec tes collègues pendant la pause café et tu savais que le chiffre de l'année était en train de changer, de même que le nombre d'années que tu avais vécu, de même que le nombre d'années que tu avais enseigné, de même que les noms de tes élèves, et tu savais aussi que les élèves qui avaient été assis devant toi les premières années avaient grandi et changé plusieurs fois de coiffure et de style de vêtements, qu'ils avaient pris ou perdu du poids, qu'ils s'étaient mariés et avaient eu des enfants et des aventures, et que bientôt leurs enfants seraient là devant toi en train de se gratter la tête avec leur crayon noir et de se curer le nez et de manger leurs crottes de nez tandis que toi, la raison pour laquelle tu étais là, la chose qui justifiait ta présence sur cette terre, serait encore laissée en blanc. Et quand tu essayais de convaincre ton esprit de grimper à nouveau sur les sentiers escarpés qu'il avait suivis à l'université, tu n'arrivais plus tout à fait à te rappeler ce que tu avais voulu dire, n'arrivais même plus à sentir la forme des questions qui t'avaient rendu visite dans la nuit pour faire l'amour à ton âme pendant les années magiques, juste avant que ton père ne meure et que tu ne reviennes dans le Sud et ne t'enlises dans le bourbier des besoins matériels.

You haul sixteen ton, and what do you get ? Another day older and deeper in debt... Tu pioches seize tonnes, et où est-ce que t'en es ? Plus vieux d'un jour et plus endetté... Le vrai pataugeage avait commencé au moment de la naissance de Ruthie, car cela vous avait obligés à déménager, ce qui vous avait obligés à prendre un emprunt plus important, et tu t'étais rendu compte à ce moment-là que peut-être jamais, eh oui, ni l'année prochaine ni l'année d'après, mais tout simplement jamais...

et alors une grande confusion s'était levée et t'avait pris dans ses bras et t'avait écrasé contre sa poitrine, t'ébouriffant les cheveux et te berçant violemment et te brouillant la cervelle, si bien que tu arrivais à peine à effectuer, jour après jour, les gestes minimaux de père et de mari et de professeur. En prenant la baguette pour montrer une date essentielle, tu te voyais soudain de l'extérieur, debout devant le tableau noir les bras désarticulés comme un pantin, et tu devais faire un effort gigantesque pour revenir au sujet dont tu traitais et parvenir sain et sauf à la fin du cours, auquel moment tu étais complètement tétanisé et la douleur dans ta tête était lancinante et la cloche qui sonnait le changement des classes te faisait sauter au plafond, et tu savais que cinq minutes plus tard il te faudrait tout recommencer avec un autre groupe, pour ne rien dire de ce qui t'attendait à la maison.

Ainsi, quand Karen découvrit au début de 1932 qu'elle était de nouveau enceinte, tu la regardas et lui dis, Eh bien, celui-ci va devoir compter sur le bon Dieu et elle dit, Qu'est-ce que tu veux dire ? et tu répondis, Je ne peux pas continuer comme ça, à mettre du pain sur la table alors que mon cerveau meurt de faim, et elle dit, Mais Paddon qu'est-ce qui ne va pas, tu travailles chaque jour avec des mots et des idées, on te paie pour réfléchir et pour apprendre aux autres à réfléchir, ce n'est pas suffisant ? et tu dis, Mais ça me tue, comment peux-tu ne pas t'en apercevoir ? Je vieillis, mes cheveux blanchissent déjà, et Karen dit, Ne sois pas bête Paddon, on a de la chance d'avoir un toit au-dessus de notre tête alors que tant d'autres familles par les temps qui courent, et tu l'interrompis, criant maintenant, Ne me dis pas que j'ai de la chance quand je te dis que je suis en train de crever ! Karen ! Et, comme d'habitude quand tu criais, elle s'assit brusquement, joignant les mains sur les genoux et les fixant jusqu'à ce que deux grosses larmes débordent de ses yeux, te faisant comprendre que tu la blessais et que ce n'était pas là l'homme auquel elle s'était liée corps et âme, donc tu baissas la voix et dis, Karen, essaie de comprendre, j'ai presque l'âge qu'avait Jésus quand il est mort – elle hocha la tête – pense à tout ce que Jésus avait accompli à l'âge de trente-trois ans, pense à tous les sermons, tous les miracles, toutes les prières et Karen dit, parlant très bas, Je ne vois pas où tu veux en venir Paddon, en tout cas c'est la première fois que tu te compares à Jésus-Christ, et tu dis, Voici où je veux en venir Karen, est-ce que, d'après toi, Jésus a eu un emploi à plein temps ? et elle dit, Ne sois pas ridicule, et tu la coupas à nouveau, Ou est-ce qu'il a dit : Observez les lis des champs comme ils croissent ; ils ne se fatiguent ni ne filent, et Karen dit, Tu cherches peut-être à me faire rire, mais en ce moment il y a des milliers de gens dans cette ville qui ne se fatiguent ni ne filent, et à ce que je vois ils ne ressemblent guère à des lis des champs, et tu dis, Une seule année et elle dit, Quoi une seule année ? et tu dis, Donne-moi une seule année pour voir si je suis capable de quelque chose, et elle dit,

Mais Paddon de quoi parles-tu ? et tu élevas la voix et dis, Je parle d'une année sans mettre les pieds dans ce foutu lycée, voilà de quoi je parle, et elle dit, N'emploie pas ce langage devant moi ! Je n'arrive pas à en croire mes oreilles, je viens de te dire que j'attends un troisième enfant et tu me dis que tu vas cesser de gagner un salaire ? Karen n'élevait jamais la voix mais elle pleurait pour de bon maintenant parce qu'elle savait que c'était exactement ce que tu allais faire.

Tu continuas d'enseigner jusqu'à la fin juin, tout en regardant son ventre enfler comme un reproche, comme une menace, comme une vilaine piqûre d'insecte. L'expression sur le visage du recteur, lorsque tu vins formuler ta demande dans son bureau, évolua de la politesse à la surprise, puis à l'incrédulité. Vous savez bien Mr Sterling, dit-il, que les années sabbatiques n'existent pas pour les professeurs de lycée. Même Dieu a eu besoin de se reposer après six jours de création, répliquas-tu, te demandant d'où te venaient soudain toutes ces analogies bibliques. Ecoutez Mr Sterling, ce n'est pas le moment de plaisanter, je peux vous accorder une année de congé, mais dans l'état actuel de l'économie il est hors de question de vous verser même la moitié de votre salaire. Réfléchissez, faites-moi connaître votre décision.

Ainsi le dernier chèque arriva fin août et fut englouti quelques jours plus tard par la maternité, puisque Karen avait insisté cette fois-ci pour aller à l'hôpital, ce qui était compréhensible, et le nouveau bébé reçut le nom de John (tiens c'est étrange, je viens tout juste de remarquer que mon oncle Johnny a été nommé d'après ton père mort) – et puis l'enfer s'installa.

Non, Karen ne te harcelait pas et ne se plaignait pas : elle revint à la maison avec le bébé et, ravalant ses protestations, entreprit de te prouver qu'elle était l'épouse la plus parfaite dans l'histoire de l'espèce humaine. Tu pouvais presque l'entendre murmurer *Pour le meilleur et pour le pire* en se déplaçant doucement dans la cuisine, tandis que tu essayais de réfléchir dans la pièce à côté qui était votre chambre et aussi celle du bébé, mais dans un coin de laquelle tu t'étais construit un bureau de fortune avec des cageots d'oranges recouverts d'un vieux couvre-lit en drap écossais. Karen dans la cuisine te dérangeait, attirant ton attention par le peu de bruit qu'elle faisait, sa manière ostentatoire de te ménager, son humble obéissance au conseil christique de *rendre le bien pour le mal*. Regarde, susurraient les pas soigneusement étouffés de ses pantoufles sur le lino, toi tu tempêtes et fulmines tandis que moi je fais tout ce qui est en mon pouvoir pour te rendre heureux. Pense à ce que je dois endurer auprès de mes amies, comme je dois être courageuse pour te défendre et te soutenir, justifier ce qui à leurs yeux n'est ni plus ni moins qu'une folie. Ces mots de reproche résonnaient comme une sirène dans le silence, et derrière toi le tic-tac du réveil te faisait l'effet d'un patron qui tapait impatiemment du pied donc tu courais l'enfouir sous l'oreiller, remarquant au passage que la taie était usée jusqu'à la corde, puis regagnais ton bureau au galop.

Tu fermais la porte quand Frankie partait à l'école à huit heures du matin, sachant que Karen se retiendrait respectueusement de l'ouvrir avant midi quand elle viendrait te chercher pour prendre part à un déjeuner qu'à défaut de pouvoir rendre copieux et nourrissant, elle s'évertuait à rendre joli et appétissant, pour que tu voies qu'elle ne cherchait pas à te mettre le nez dans votre pauvreté. La porte avait beau être fermée, tu te surprenais à tendre l'oreille pour entendre ce qui se passait de l'autre côté : les pas étouffés de Karen, ses Chut ! répétés en direction de Ruthie qui jouait avec ses poupées (en réalité de vieilles chaussettes fourrées de patates), la manière infiniment patiente dont elle berçait le bébé quand il pleurait…

Et il pleurait, Johnny. Pas les beuglements vigoureux que Frankie avait lâchés les premiers mois de sa vie, mais un gémissement constant qui semblait fait exprès pour frotter tes nerfs à vif et miner ta concentration, une faible plainte qui s'écoulait de façon ininterrompue, seconde après seconde et minute après minute jusqu'à ce que tu aies envie de barricader la porte contre ce malheur minuscule, d'empiler lits et chaises et commodes, de mettre tous les meubles du monde entre toi et le geignement enrageant de ton bébé et les égards exagérés de ton épouse.

Encore et encore, tu t'efforçais de vider ton cerveau de toute impression extérieure, de respirer profondément et de te dire que c'était maintenant le moment de commencer, mais, à la seule idée que l'année suivante tu n'aurais peut-être rien à montrer après tout ce temps à toi, et que Karen pourrait alors te regarder et triomphalement ne pas se mettre en colère, généreusement ne pas se montrer déçue, charitablement continuer à t'aimer en dépit de ton échec – oui, à la seule idée de cette bienveillance mortifère, ton esprit se transformait en une nappe de glace.

Certains jours, tu t'obligeais à écrire, te disant que tout était préférable à cette paralysie flagrante, invraisemblable – et tu déchirais les pages dès qu'elles étaient remplies en sachant que, le soir, pour te montrer à quel point elle respectait ton intimité, Karen viderait la corbeille sans jeter un regard sur les avortons lamentables de pensées qui y rampaient.

D'autres jours, tu cherchais à te persuader qu'il était tout à fait normal qu'après tant d'années d'inaction, ton cerveau se soit rouillé et qu'il ait besoin d'être amorcé et huilé avant de pouvoir fonctionner à nouveau sans ratés – alors, debout près de ta bibliothèque faite de planches et de briques, tu feuilletais aussi calmement que possible les livres qui avaient exalté ta jeunesse. Il y avait Mill et Ruskin, il y avait Goethe l'indépassable… des livres dont ton père s'était moqué. Et tu te mettais à penser à ton père et à te demander si en fait il ne s'était pas senti honteux, lui qui savait tout juste lire et écrire, et soudain tu le trouvais émouvant et tu aurais voulu le revoir pour parler avec lui, et la page devant tes yeux se brouillait et tu devais taper violemment du pied pour que les lettres retrouvent leur netteté et que tes idées reviennent aux arguments subtils qui s'y déployaient.

Tout cela était épuisant, de sorte que quand tu émergeais de la chambre à quatre heures et demie en entendant Frankie claquer la porte, tu devais dissimuler aux yeux anxieusement compatissants de Karen ton soulagement de pouvoir t'affaler dans un fauteuil dont la bourre était visible à trois endroits, et ouvrir d'une petite secousse le *Calgary Herald* et te perdre dans les mauvaises nouvelles des autres.

Ruthie était si heureuse de te retrouver Paddon que ça te faisait honte. Traversant la pièce, elle venait se percher timidement sur le bras de ton fauteuil et te parler, un doigt dans la bouche, jusqu'à ce que tu ranges enfin ton journal et te mettes à la faire sauter sur tes genoux – *C'est ainsi que montent les dames Souple souple, souple souple C'est ainsi que montent les messieurs Au galop au trot, au galop au trot C'est ainsi que monte le fermier Boum ba-da boum, boum ba-da boum* – mais d'autres fois oh Paddon d'autres fois, au lieu de la faire sauter de plus en plus haut, tu la retournais sur tes genoux et te mettais à la frapper la fesser la cogner jusqu'à ce que tu aies mal au bras. Pourquoi faisais-tu cela ? Qu'avait bien pu faire Ruthie ? S'était-elle cachée derrière ton journal et te l'avait-elle arraché sans crier gare, ou avait-elle recouvert tes yeux de ses deux petites mains, renversant la lampe de lecture et cassant l'ampoule alors que les ampoules coûtaient trois sous pièce, ou avait-elle crié tellement fort sa joie de sauter sur tes genoux que le bébé s'était réveillé trois minutes après s'être endormi enfin... Pourquoi le faisais-tu Paddon ? pourquoi fallait-il que ses fesses lui brûlent et que ses joues roses ruissellent de larmes, que la crainte envahisse les yeux confiants de cette petite fille qui t'aimait tout autour de la terre et jusqu'au ciel ? Après, mortifié, tu essayais de faire comme si de rien n'était, bondissant de ton fauteuil et proposant un jeu de cache-cache avec Frankie et sentant le soulagement inonder ta poitrine quand le visage de Ruthie s'illuminait et que son regard s'élançait de gauche à droite à la recherche d'une cachette idéale inexpugnable.

Un peu plus tard, Karen vous appelait tous à table et murmurait furtivement le bénédicité et la journée était presque terminée, et tu n'approchais pas du corps de ton épouse pendant la nuit, te disant que c'était parce qu'elle avait besoin de dormir puisqu'il lui faudrait se lever chaque fois que les cris du bébé cribleraient de trous le calme de votre chambre...

Un autre rêve, ou du moins des lambeaux de phrases faisant allusion à un autre rêve, date probablement de cette époque :

entendant le cri réel ou imaginaire d'un enfant – mes images intérieures se figeant soudain en un ensemble hideux de corps bulbeux et de postures grotesques – rien que des mères et des enfants – les bouches pareilles à des vagins tordus en un rictus ironique – des traits cousus là où il ne devrait pas y avoir de traits – clic, clic – les images se succédant comme autant de diapos – bébés, corps trapus, mentons genoux et joues et fesses dodus et boudinés – clic, clic – étalage ostentatoire de l'inquiétude, de l'instinct maternel – clic, clic – vagin cousu, bouche cousue, tous ces quasi-humains vautrés dans une basse-cour puante et très contents de se trouver là – clic, clic – comme si les affreux moignons lisses de leurs bras et de leurs jambes étaient en fait des parties nobles comme la tête ou les épaules – clic, clic – cri de l'enfant, bouche inquiète de la mère, froncement de sourcils – clic, clic – froncement par des aiguilles à tricoter de tous ces membres mutilés en une seule masse indistincte –

Retour au point de départ, c'est ça ? Retour au ranch d'Anton, à la basse-cour, coincé entre les aiguilles à tricoter de ta mère et les effluves du fumier paternel ?

Ayant résolu de prendre des notes, tu te mis à recopier furieusement des passages dans des livres et des citations dans le journal, puis à griffonner tes propres idées, qui n'étaient plus que le vague souvenir de celles que tu avais eues dix ans plus tôt, et qui ressemblaient à des platitudes avant même que tu ne les aies plaquées sur la page. Les semaines passaient et les pages s'amassaient et tu commenças à glisser des liasses de papier dans des dossiers et des piles de dossiers sous des livres, maintenant on aurait dit que tu travaillais mais au fond, tout et n'importe quoi pouvait se relier à la question du temps et tu ne savais vraiment pas jusqu'où il fallait explorer les niches et fissures sans nombre de ce sujet caverneux. Tu fis un saut à la bibliothèque municipale, te tenant au milieu des rayonnages et sélectionnant un livre après l'autre, rapportant chez toi une dizaine de gros volumes pour te demander aussitôt, avec un serrement de cœur, *qui* cela intéresserait de voir, un jour, ton livre sur l'étagère parmi les autres. Tu rendis les livres à la bibliothèque sans les avoir ouverts ; puis, rentré chez toi, tu fixas haineusement le fouillis sur ton bureau.

La semaine d'après, tu décidas de procéder autrement : repoussant les montagnes de mots écrits par autrui, tu pris une feuille vierge et te mis à rédiger un plan. Bon, te dis-tu d'une voix intérieure dont la jovialité forcée ne parvenait pas tout à fait à te tromper, est-ce qu'il faudrait aborder la question du point de vue chronologique, géographique ou bien philosophique ? N'y aurait-il pas une manière élégante de combiner ces trois approches ? Des titres de chapitres provisoires apparurent, d'abord alignés les uns sous les autres, puis se ramifiant en sous-titres et en sous-sous-titres avec des flèches et des points d'interrogation qui te poussaient sur le verso de la page, puis des astérisques renvoyant à la page 1 bis, 1 ter et ainsi de suite, de sorte qu'à la fin de la semaine il y avait quinze pages de confusion et de frustration éparpillées sur le drap écossais. Ce soir-là, ce fut le tour de Frankie de prendre une raclée magistrale.

Le lundi suivant, d'attaque pour un nouveau départ comme l'avait suggéré un des préceptes de ta mère, tu décidas de te détendre et de suivre le rythme naturel de tes pensées, tout en te fiant à leur capacité d'assumer des formes et des structures cohérentes. Tu te mis donc à écrire à la page 1. Mais lorsque, le vendredi, tu parvins à la page 5, il y avait déjà plus de soixante notes en bas de page dont plusieurs menaçaient de devenir des chapitres à part entière.

Le sommeil ne te donnait aucun répit car tu continuais à écrire en dormant et même si, dans tes rêves, le travail lui-même avançait plus facilement, il ne manquait jamais de disparaître dès que tu avais le dos tourné. Il te semblait avoir rédigé un chapitre vraiment solide, quarante ou cinquante pages d'argumentation intense et brillante, mais quand tu rouvrais le dossier en question, tu n'y trouvais que deux ou trois feuillets quasi vides. Tu avais beau écrire, écrire et écrire encore, tu n'avais toujours rien écrit. Des monceaux de pages tapées à la machine s'avéraient, plutôt que le mûr aboutissement de tes cogitations, de simples fiches supplémentaires. Tu te mettais à fouiller frénétiquement ton bureau à la recherche de la chose elle-même, le manuscrit que, après des luttes abominables, tu avais enfin réussi à achever : tu déplaçais des piles de livres, soulevais des cendriers, regardais sous des calendriers – ah ! le voilà, mais non ce n'était pas ça, ton manuscrit était introuvable, il n'avait jamais existé, et quand tu te réveillais c'était cela la vérité, effectivement ton manuscrit n'existait pas, du moins pas encore, pas aujourd'hui, pas plus aujourd'hui qu'hier, et tu t'efforçais Paddon de contenir ta panique montante, de reprendre tes interrogations de haut et de loin, de les approcher avec méthode, et surtout d'accepter la lenteur avec laquelle tu progressais, comme le brave petit train qui gravit la colline centimètre par centimètre en se disant à voix basse *Je crois que j'peux je crois que j'peux*, sauf que maintenant tu commençais réellement à croire que tu ne le pouvais pas.

C'est ainsi que les choses se passèrent pendant les premiers mois et ensuite elles empirèrent. Parce que ces mois-là étaient derrière toi, et qu'il n'en restait que le même nombre devant toi avant que l'enseignement ne te réclame. Tu sentais le début et la fin de cette année précieuse te cerner comme deux murs de brique, et ne pouvais que te tapir dans le présent en attendant d'être écrabouillé.

Je me sens un peu effrayée par ce que je suis en train de faire ici, Paddon – tirer ton existence du vide comme un magicien tire de son chapeau des foulards multicolores. Plus j'apprends, plus je me rends compte de tout ce que j'ignore. Chaque réponse soulève une nuée de questions nouvelles. La nuit dernière, j'ai réussi à déchiffrer un autre fragment du manuscrit, et il m'a laissée sans voix.

Parfois aussi (mais ce devait être plusieurs années plus tard) j'étais en train de parler avec Miranda, ou plutôt de la tenir dans mes bras en l'écoutant parler, et soudain, au lieu de s'écouler doucement et régulièrement d'entre ses lèvres comme le fil étincelant d'une araignée, ses phrases sortaient comme un bloc de sons solide, un seul et unique cri rauque, inachevé mais définitif. Je me trouvais en train de dévaler la rue à toute allure… et puis je me réveillais, en essayant de contrôler mon cœur qui battait la chamade.

Qui est Miranda ?

Ainsi tu te réveillais le cœur battant, et que pouvais-tu raconter à Karen de tes cauchemars, surtout si Miranda était quelqu'un que tu tenais dans les bras ? – oh Papie je suis tellement fière de toi si c'est vrai – et Karen confiait à ses amies du quartier son inquiétude au sujet de son mari et sollicitait leurs conseils autour d'une tasse de café et d'un pain d'épice et, dans des communications téléphoniques et épistolaires plus ou moins clandestines, transmettait la nouvelle au reste de ta famille, surtout à Elizabeth, afin que chacun puisse t'inclure dans ses prières…

Pauvre cher Paddon.

Rien de cette peur ne fut dissous ni transformé en quelque chose de foncièrement différent jusqu'à l'apparition de Miranda. Johnny était alors âgé de cinq ans et se suçait furieusement le pouce et se cramponnait aux jupons de sa mère, l'échec avait défoncé tous les nerfs de ton être, Dieu ne s'était toujours pas lassé de broyer sous Son talon le coin sud-est de la province, la terre fouettée par le vent s'amoncelait en des tas hauts de trois mètres et les os de vaches jonchaient les champs comme d'énigmatiques pictogrammes blancs, les fermiers devaient manger des écureuils pour rester en vie, les citadins chancelaient comme des automates dans leurs habits trop amples, le monde s'affaissait lentement vers le néant et puis un jour.

Et puis un jour, au cœur ténébreux et glacé d'un hiver qui semblait décidé à faire sombrer l'humanité une fois pour toutes, entre les bombes fascistes qui explosaient en Espagne et les nazis qui se frottaient les mains en Allemagne et les paysans qui crevaient de faim en Russie et un chien de Buffalo, New York dont on coupa les cordes vocales sous prétexte qu'il aboyait trop fort, un jour, un samedi, Karen alitée avec la grippe t'a demandé de faire les courses juste cette fois-ci, et tu es allé au marché voir ce que tu pouvais y acheter. Peut-être des navets, peut-être des carottes, des patates ou des choux pour le ventre de tes enfants, une livre de saindoux si tu avais de la chance. Tu sors : il fait moins vingt et nuit noire. Tu marches tête basse en contemplant la vacuité de ton âme, la tournant dans tous les sens et t'en émerveillant comme si tu la voyais pour la première fois, t'arrêtant pour te réchauffer dans tous les magasins ouverts sur ton chemin, arrivant à l'épicerie juste au moment où le soleil met le feu aux montagnes Rocheuses. Et puis.

Une petite foule s'est déjà amassée autour des éventaires de légumes, des femmes surtout, la bouche dégurgitant de la vapeur tandis qu'elles se cha-maillent sur les prix et geignent sur les pénuries et maudissent les températures et échangent des papo-tages au sujet de leur roi, l'adoré Edward monarque de l'Empire britannique, qui vient de commettre la folie de tomber amoureux d'une femme non seule-ment américaine mais mariée, et tu es sur le point de te mêler à elles quand tu remarques, un peu à l'écart, une femme qui a de la peinture dans les cheveux. C'est une métisse sinon une Indienne à part entière et à la différence des autres elle ne porte pas de chapeau en laine, ses cheveux sont longs épais et ondulés, noirs et enchevêtrés, émaillés de minuscules mouchetures de couleur brillante à neuf heures du matin, un samedi du mois de décembre.

Elle se tient là avec un petit air amusé et, alors que tu t'approches du groupe compact des commères, elle attrape ton regard et tu attrapes le sien, vos regards se fondent l'un dans l'autre et tu t'arrêtes net. Jamais, Paddon, tu ne te serais attendu à une telle chose. Tu l'aimes, voilà tout.

Vous n'êtes pas des étrangers l'un pour l'autre, non, vous vous reconnaissez sur-le-champ, la seule chose étrange c'est que tu n'aies jamais vu cette femme auparavant alors qu'elle a toujours existé en toi. Comment est-ce possible que vous ne connaissiez pas le nom l'un de l'autre ? Pourtant il faut bien les échanger, vos noms, passer au moins par cette formalité-là bien que tu sois déjà dans son corps. Les premiers mots que tu prononces sont Vous avez de la peinture dans les cheveux – et elle éclate de rire, d'un rire qui te moque et t'aime et s'élance vers toi comme une corde pour te tirer tout contre elle. D'une secousse, ton corps se remet à exister. Debout côte à côte comme si vous étiez nés ainsi, vous choisissez et faites peser vos navets, extrayant de vos porte-monnaie avec des doigts engourdis et rouges les pièces de cinq sous et les pennies, tout en riant en votre for intérieur, et il est clair que tu vas passer le reste de la matinée et puis le reste de ta vie à découvrir l'univers de cette femme.

Miranda t'amène à l'appentis qu'elle habite avec sa fille Dawn qui, t'explique-t-elle, est partie passer le week-end chez son père. L'endroit est rempli de chats et de plantes, de tendres torsions de vrilles et de queues, de boîtes de peinture et de tasses de thé sales, de vieux vêtements et de manuels scolaires et, même si la température à l'intérieur connote la pauvreté aussi impérieusement que le quartier alentour, tu trouves cette pagaille enivrante par contraste avec l'impeccable ordre scandinave de ta propre maison. Elle ôte son manteau et ton manteau et tu vois qu'elle est petite et bien en chair, pleine de force rebondie et bouillonnante et à la voir, elle et les couleurs dans ses cheveux sombres et sur ses mains et sur ses murs, ta tête se met à tourner et ton sang à courir. Jamais une femme ne t'a ôté le manteau et maintenant elle t'enlève les bottes aussi mais ce n'est pas comme ta mère qui s'acharnait à arracher les bottes de ton papa, et elle rince deux tasses et vous verse du thé brûlant, car s'il fait moins froid dans l'appentis qu'au-dehors il n'y fait pas exactement une chaleur confortable – et, tout en versant le thé, elle n'arrête pas de rire très bas, comme pour elle-même, et vous n'avez toujours pas échangé plus de dix mots.

Ensuite, quand vous avez bu le thé et sécrété un peu plus de langage humain – elle est peintre, apprends-tu, mais menuisier aussi, quelqu'un qui travaille de ses mains comme toi tu n'as jamais su ni rêvé le faire ; elle a isolé elle-même l'appentis et cloué toutes les planches du sol et découpé des lucarnes dans le plafond et recouvert les murs de formes peintes bondissantes – quand vous avez fourré encore quelques bûches dans le poêle et ôté comme autant de détails superflus les vêtements qu'il vous reste sur le corps, Miranda s'empare de l'ardoise où sont inscrits tous les comptes de ta vie et la balance par la fenêtre et te ramène chez toi. Elle te conduit jusqu'à son lit et c'est un lit bien large, fait de deux matelas posés côte à côte avec de lourdes couvertures à motifs, il n'y a pas d'autre endroit au monde où aller et tu n'as jamais voulu être ailleurs que là, connaître autre chose que ça, cette chaleur à l'intérieur de ses lèvres et cette humidité de son sexe sous tes doigts, ce resserrement de ses lèvres sur ta verge et cette force de ses mains sur tes fesses, ce parfum musqué entre ses seins et ces aisselles brunes et lisses sans poils, cette rondeur de son ventre alors qu'elle te chevauche, le visage invisible derrière ses cheveux emmêlés peinturlurés, ces plaintes basses de joie réitérées, et il fallait bien qu'elle ait appris ton nom n'est-ce pas pour le gémir ainsi encore et encore, oui c'est là que tu allais depuis toujours Paddon, et maintenant tu étais enfin arrivé.

La neige tournoie dans l'air et le ciel est d'un gris plombé quand tu quittes l'appentis de Miranda, la matinée est terminée et Karen doit se demander ce qui se passe, tu te sens extrêmement proche de Karen à marcher vers elle avec ton nouveau corps, extrêmement tendre et protecteur à lui apporter les navets, et soudain le mot pour ce qui vient de se produire apparaît dans ton esprit, le mot d'adultère, et tu te souviens du jour où tu l'as entendu pour la première fois, le jour où ta mère t'a appris les Dix Commandements. Elle avait dit

Tu ne commettras point d'adultère tu lui avais demandé C'est quoi l'adultère ? et elle t'avait giflé très fort en te sommant de ne jamais te resservir de ce mot-là ; ensuite, tout au long de ton enfance, tu avais cru qu'il s'agissait d'une chose que faisaient les adultes entre eux, l'adultère, en le dissimulant soigneusement aux enfants ; plus tard encore, tu avais passé un moment à réfléchir au mot adultérer, ajouter quelque chose à une mixture de manière à la gâcher : était-ce cela que tu venais de faire à ton mariage ? l'avais-tu rendu impur en y ajoutant une substance étrangère ou inférieure ? En rentrant chez toi tu repasses ces mots en revue et ils te paraissent si saugrenus que tu ris tout haut. Et entends en écho le rire de Miranda, car elle t'accompagne dans ta marche, elle est entrée dans ton corps et tu sais que plus jamais tu ne seras seul.

Cet après-midi-là, le roi Edward a gravi la tour Augusta où se trouvait une puissante antenne de radio et, d'une voix étranglée et incertaine, il a informé le monde entier de sa décision de renoncer à la couronne par amour pour Mrs Simpson. Sa voix a pris de l'assurance à mesure qu'il parlait, de sorte qu'en prononçant les dernières phrases il criait presque, Que Dieu vous bénisse tous ! Que Dieu sauve le roi !

Et Dieu accepta bien sûr d'exaucer ses vœux, Il s'engagea à prendre le meilleur soin de tous ses pauvres sujets britanniques, affligés de voir leur monarque éberlué embarquer sur le destroyer *Fury* et quitter l'Angleterre pour une destination inconnue – peut-être son cher ranch EP près de Calgary ? – oh oui, Dieu couvrirait les Anglais de bienfaits et de bonheurs, dans les années qui suivraient ce fatidique samedi de décembre 1936.

Plus tard, bien des mois plus tard, allongé dans le lit de Miranda et remémorant le jour de votre rencontre, tu dis, Le plus étonnant c'est qu'il n'y a pas eu la moindre bêtise, uniquement de l'amour. Hmm ? dit-elle en caressant l'un de ses nombreux chats dont tu n'essayais jamais d'apprendre les noms parce qu'ils allaient et venaient, des chats perdus et des chats de gouttière et des chatons que des amis auraient noyés si Miranda ne les avait accueillis chez elle. L'amour sans bêtise, poursuivis-tu, de deux êtres mûrs à qui la vie a déjà infligé un certain nombre de leçons. Qu'est-ce que tu as contre la bêtise ? dit Miranda. Quand je me roule par terre avec Dawn, c'est pas de la bêtise ? Moi j'adore être bête. Hé Paddon, viens là faire quelques bêtises avec moi.

Tu étais secoué. Qu'est-ce que tu as contre la bêtise ? Les gens que tu connaissais ne parlaient pas ainsi. Alors ce n'était pas grave, d'aimer la bêtise ? Pour te dire ces choses, Miranda avait la même nonchalance que pour te révéler sa nudité, et tu en étais tout aussi bouleversé.

C'est peu de temps avant la guerre que Papie a cessé d'exploser, m'a dit ma mère il y a quelques années. Il avait explosé depuis qu'on était tout petits et jusque dans les années trente, poursuivit-elle, et puis, assez abruptement, ça s'est arrêté. Johnny a longtemps gardé l'habitude de reculer devant notre père, de sursauter chaque fois qu'il tendait la main à table pour prendre le sel – oui, je crois que Johnny ne le lui a pas vraiment pardonné, d'ailleurs, il ne vient presque jamais aux réunions familiales, tu l'as sûrement remarqué, mais c'est un garçon adorable, n'est-ce pas Paula ? Toi et Michael, vous l'avez toujours préféré à vos autres oncles et tantes.

Bien que relativement jeune encore, Maman a du mal à se concentrer sur un seul sujet, surtout s'il s'agit d'un sujet douloureux comme les explosions de ce père qu'elle adulait – toi. Elle a tendance à laisser son train de pensées quitter les rails et dériver lentement en direction de choses plus douces, plus molletonnées, plus duvetées et capitonnées que les gifles au visage, les coups de ceinture sur les fesses, et surtout, surtout, ces hurlements de fauve qui ont lacéré son bonheur, année après année. Ah... pas souvent, dit-elle, non, pas vraiment souvent. Mais assez pour qu'on ait besoin d'être constamment sur nos gardes.

Il est clair que cette petite fille a appris très tôt à détourner le regard tout en fixant quelqu'un dans les yeux, à se boucher les oreilles tout en gardant les bras collés à ses côtés, à courir se cacher dans le placard sans s'éloigner d'un centimètre de son père qui se tenait devant elle et rugissait de rage. Ce talent pour le subterfuge et la dénégation, si nécessaire à sa survie en tant qu'enfant, et si utile plus tard lorsque, jeune femme révoltée, elle s'est sentie tenue de coucher avec chaque homme qui l'invitait au restaurant, a fait de ma mère une vieille dame plutôt mièvre et confuse.

Miranda n'était pas jolie mais elle était belle, avec ses yeux toujours vifs et ses mains volantes et son corps mouvant. La deuxième fois que tu es allé à son appentis, c'était avec l'intuition – non, une certitude puissante à laquelle tu étais arrivé entre-temps – que le père de Miranda était mort comme le tien, et que c'était là, pour elle comme pour toi, une chose cruciale. Tu le lui as dit dès qu'elle t'a ouvert la porte et, à sa façon de te regarder alors, tu as vu qu'elle serait capable de t'aimer aussi avec autre chose que le rire.

Elle ne t'a pas parlé de son père ce jour-là, sinon pour te dire qu'il était mort d'alcoolisme, cette forme lente de suicide qui s'offre à ceux qui n'ont pas le courage d'employer les formes rapides – encore que de plus en plus d'Indiens l'avaient, ce courage, ils étaient en effet plus nombreux chaque année à se glisser un fusil dans la bouche ou à se taillader les veines ou à se précipiter sous un train en marche, la seule méthode à laquelle ils ne recouraient jamais était la pendaison parce que le nœud coulant rend impossible l'expulsion du dernier souffle, piégeant l'âme dans le corps pour toujours et l'empêchant de passer dans l'autre monde, jamais ils n'avaient pardonné aux Blancs d'avoir infligé à certains d'entre eux cette punition, cet état de suspension horrifiante entre la vie et la mort.

Elle ne t'a pas raconté l'histoire de son père mais elle t'a raconté d'autres histoires, couchée près de toi dans le lit, son corps collé au tien mais ses yeux fixés au plafond, les histoires qu'on lui avait apprises dans son enfance, si différentes de ton *Voyage du chrétien*, histoires de traîtrise et de perte et d'abandon, et à l'écouter tu as su que tu entendais une chose vraie et sacrée, plus vraie et plus sacrée que tout ce que tu avais pu entendre à l'église, et tu t'es demandé comment tu ferais pour continuer à donner des cours d'histoire remplis de silences assourdissants.

Elle avait grandi à la réserve de Gleichen, au sud-est de la ville. Son père était un Blackfoot pur, petit-neveu du grand Crowfoot lui-même ; sa mère, le résultat du viol d'une Sarci par un Blanc. Elle ne t'a pas raconté cette histoire-là non plus, pas encore, ce n'était que le deuxième jour, mais elle t'a montré le manuel scolaire blackfoot-anglais qui avait appartenu à son père en 1886, un an à peine après l'achèvement de la voie ferrée.

I been workin' on the railroad, All the livelong day, I been workin' on the railroad Just to pass the time away... Je travaille au chemin de fer, toute la sale journée, Je travaille au chemin de fer, Juste pour voir le temps passer – Les Blackfeet, dit Miranda, ont accepté d'aller dans la réserve après que la moitié d'entre eux avaient crevé de faim, mais ils étaient encore fermement décidés à arrêter les arpenteurs du Canadian Pacific Railway. Ces types arrivent un jour et ils voient tous les braves de la tribu rassemblés fin prêts à les tuer, alors ils disent, Oh-oh qu'est-ce qu'on fait ? et leurs patrons disent, Et si on envoyait le bon père Lacombe leur expliquer la situation ? – toi Paddon, tu ne connaissais que trop bien le père Lacombe, idole et modèle de ta sœur depuis toujours, et à entendre Miranda le traiter de missionnaire à la con, tu t'es pâmé de joie. Ce missionnaire à la con avait déjà passé trente ans de sa vie à nous améliorer, il parlait notre langue, il avait le doigt sur notre pouls mourant, il est venu discuter avec nous en apportant deux cents livres de thé et de sucre et de farine et de tabac et, bien sûr, Crowfoot a de nouveau baissé la tête. Le CPR était tellement reconnaissant qu'ils ont donné à Lacombe une carte d'abonnement à vie. Mais, là où ils ont été vraiment malins – la voix acerbe et sarcastique de Miranda est montée dans les airs et ton cœur s'est élancé Paddon pour l'y rejoindre, personne ne t'avait jamais parlé ainsi – c'est qu'ils ont aussi donné à Crowfoot une carte d'abonnement à vie !

Tu vois le vieux chef se hisser d'un air méfiant dans un des wagons, le cheval métallique s'ébrouer en crachant de la fumée et se mettre en branle avec un hennissement terrible, les prairies que Crowfoot a connues et aimées depuis l'enfance défiler devant ses yeux à une vitesse folle, les arbres se fondre en une masse confuse, l'ombre et la lumière se succéder de façon aveuglante. Des heures et des jours et des nuits durant, Crowfoot traverse les plaines et puis les forêts, le cœur et la tête malades, incapable de manger ou de dormir. Et à Montréal, c'est la fin : à cet instant précis, dit Miranda, notre peuple est vaincu. Crowfoot comprend que les Blancs ne sont pas que quelques centaines et puis quelques centaines encore. Il voit les maisons-ruches dans lesquelles les Blancs vivent superposés, il voit leurs bâtiments en pierre, il voit leurs carrosses et leurs rues pavées, il voit les vitrines où s'entassent leurs vivres et leurs vêtements, et il sait que la bataille est terminée. Le cadeau l'a poignardé dans le dos. Revenu dans l'Ouest, il n'est plus un chef.

Un peu plus tard, vous avez lu la leçon XIV à haute voix ensemble comme si elle était drôle, comme si elle était excessivement comique, comme si vous jouiez dans une pièce de théâtre hilarante au sujet du CPR, échangeant vos rôles respectifs de sorte qu'elle lisait en anglais tandis que toi tu balbutiais les syllabes gutturales de l'algonquin : Regarde ! les wagons arrivent. *(Satsit ! istsi-enakas epoxapoyaw.)* Ils arrivent très vite. *(Ixka-ekkami-poxapoyaw.)* Ils arrivent de Winnipeg. *(Mikutsitartay omortsipoxapoyaw.)* Les wagons sont remplis de gens. *(Mlatapix itortoyitsiyaw enakasix.)* Allons ensemble à la gare. *(Konne-etapoop istsi-enakas-api-oyis.)*

Rentrant chez toi en fin d'après-midi, ces phrases ne cessent de tourbillonner dans ta tête – Regarde ! les wagons arrivent Regarde ! les wagons arrivent Les wagons sont remplis de gens Les wagons sont remplis de gens Les wagons sont remplis de gens Ils arrivent très vite Ils arrivent très vite – ils arrivent même extrêmement vite, de votre vie vous n'avez rien vu d'aussi rapide et vous ne pouvez rien faire pour les arrêter. *Go West Young Man* – ah ce fantasme fabuleux de défoncer les frontières comme des jupons, ce viol indéfiniment prolongé des terres vierges par des muscles et des flingues – Va donc dans l'Ouest – et, ce disant, nous nous précipitons vers l'avant, poussant et bousculant les indigènes devant nous – dans l'Ouest, vous dit-on – leur plaquant le dos contre les Rocheuses, puis les culbutant pour les écraser sous l'avancée inexorable de nos chenilles, tout en leur disant, Ne vous inquiétez pas, allez, voilà des fusils pour vous aussi, et on achètera toutes les robes de bison que vous pourrez nous apporter, toutes les peaux d'orignal et de gazelle et de cerf et d'otarie et de castor – alors allez-y, youpi, tuez-les tous ! Vous pouvez faire mieux que les Assiniboines et les Crees et les Shoshones et les Kootenays et les Salishs, alors allez-y, youpi, tuez-les tous ! Bon, maintenant qu'il ne reste plus de bisons, on vous apprendra à élever du bétail et à faire pousser du blé, à condition que vous vous teniez bien tranquilles dans votre réserve. Bon, étant donné que vos récoltes sont nulles et que vous crevez de faim, on va vous nourrir, et en échange on vous reprendra juste une toute petite moitié de la réserve – mais ne vous en faites pas, on vous laisse la moitié la plus fertile – et comme ça on fera passer le chemin de fer par ici. Tiens, on va ajouter un petit embranchement à travers votre territoire, mais ne vous inquiétez pas, vous ne sentirez rien du tout. Bon d'accord, on va vous dédommager pour les chevaux tués par les trains et le gibier enfui dans la forêt et les champs incendiés par les étincelles des roues, mais ne vous inquiétez surtout pas, tout va bien se passer, tiens bois un coup. Bois encore un coup. Encore un petit coup. Vous voyez bien comme tout va bien ! Et maintenant, la guitare ! *Oh give me a home Where the buffalo roam Where the deer and the antilope play Where seldom is heard A discouraging word And the skies are not cloudy all day – Oh je veux ma maison Là où courent les bisons Où s'amusent les chevreuils et les daims Où c'que disent les gens N'est pas décourageant Où les cieux restent toujours sereins* TOUS ENSEMBLE ! *Home, home on the range...* Va donc dans l'Ouest jeune homme, proclamions-nous en pulvérisant les os de leurs ancêtres et en y ajoutant leur sang pour mixer le ciment avec lequel bâtir nos maisons, nos gratte-ciel, nos solides rêves gris.

Our true North strong and free, les mecs. Ne l'oubliez jamais. *Fortis et Liber*. Devise de la province d'Alberta.

Tu as écrit, et je n'ai aucun moyen de savoir quand :

*Miranda est morte maintenant. Oui, maintenant
elle est morte*
*A moins que je ne choisisse, ce qui est toujours
possible, de penser à un autre maintenant.*

Et pour moi Paddon, ton maintenant à toi aussi
est devenu un alors, et toi aussi, comme Miranda, tu
ne peux continuer de vivre que dans mes mots : ici,
sur ces pages que je ne cesse de maculer de mes
larmes et de mes cendres. Quelle responsabilité vertigineuse ! Je suis une funambule qui doit sécréter,
telle une araignée, la corde raide sur laquelle elle
avance. Je n'ai pas l'habitude d'écrire ainsi ; ma
source d'inspiration habituelle, ce sont les dépêches
de l'Associated Press tombées pendant la nuit…

Parviendrai-je à insuffler, à cette Histoire qui si
rapidement se fane, assez de vie pour qu'elle devienne
une histoire ?

Ce n'est qu'après avoir appris la gravité de sa maladie que Miranda t'a autorisé à la regarder peindre. Elle installait son chevalet et son fauteuil roulant sous les lucarnes, te tournait le dos et te demandait de ne pas lui parler, mais elle-même te parlait de temps à autre tout en travaillant. Nous autres, on a toujours peint, disait-elle. Les murs de nos maisons ont toujours raconté l'histoire de notre vie, nos aventures, nos rêves surtout. Mes toiles, c'est comme de petits lambeaux de nos maisons en peau, maintenant qu'on n'a plus le droit de les habiter. Et elle riait – Regarde ! il est pas superbe, ce vert ? –, te lançant un coup d'œil par-dessus l'épaule et faisant légèrement pivoter son fauteuil pour rencontrer ton regard. Puis elle se remettait à couvrir la toile de brillance, d'éclats et d'éclaboussures de couleur – là, là – et tu la fixais dans un effort intense pour tout enregistrer, absolument tout, la manière dont son bras se déplaçait de la palette à la toile et de la toile à la palette, hésitant suspendu dans l'air – là – le rouge cuivré ici, oui – le jaune moutarde là-bas – et là, là, oui à cet instant précis arrive le beau bleu-vert inimitable.

Une autre fois, elle te dit : Dawn, c'est la même chose que ma peinture. Comment ça ? demandas-tu. Eh bien, répondit Miranda, je la regarde, ses yeux versent des choses en moi et je les bois et ça peut durer pendant des heures, elle me remplit de couleurs, tu comprends ? Mmm, dis-tu. Tout ce qui compte, c'est qu'il y a une coulée, dit Miranda, peu importe dans quel sens ça coule. C'est la même chose qui pousse ma main à peindre, et quand les formes apparaissent sur la toile, elles rient exacte-ment comme Dawn. Et puis, je peux m'arrêter à n'importe quel moment, c'est toujours plein. Nulle part au monde il n'y a de vide. Même le ciel est plein, même sans un seul nuage, un seul oiseau.

Cessant de peindre, elle se tourna vers toi pour ajouter avec un sourire espiègle, Voilà ce que l'homme blanc n'a jamais pu piger. Il croyait qu'elles étaient vides, ces terres ! Et tu ris mais en toi-même tu te lanças un avertissement solennel, de ne pas oublier ce qu'elle venait de t'apprendre – oui tu y croyais avec ferveur, convaincu que, du coup, ton esprit ne serait plus jamais à sec – et le soir même tu l'écrivis noir sur blanc afin d'en être sûr, afin d'être sûr que tu en étais sûr et que tu ne l'oublierais pas.

Le vide n'existe pas. Le tableau est toujours achevé. Même si Scarlatti s'était contenté de transcrire les notes jouées par son chat, le morceau aurait été là.

Un seul et unique cil suffit à reconstituer l'indi-vidu entier.

Chaque partie contient le tout.

La semaine suivante, Miranda perdit son épaule droite. Mais elle enchaîna là où elle s'était interrompue au sujet de sa fille et de son art : C'est la même matière, tu vois ? Le corps qui est sorti de moi en des gerbes de mon sang et qui est maintenant là, rien que sa propre petite personne avec sa forme à elle de chair mouvante et son sang à elle et ses yeux mouillés, c'est pas différent de mes couleurs quand je les mélange, et la poudre se mouille et devient de la vase et je vois une chose se dessiner sur la toile et mon tablier se barbouille de rouge et de marron, mais voilà que cette chose commence à ressembler à un bateau, et la courbe de sa poupe apparaît soudain dans l'œil de ma fille, et les couleurs du rêve qu'elle m'a raconté ce matin coulent constamment à travers mes mains, et chaque chose séparée est pleine, tu comprends ? La toile est pleine avant même que je commence à peindre, et l'âme de Dawn était pleine le jour de sa naissance, et ce qu'on y ajoute ne doit jamais encombrer cette plénitude ni la rendre confuse, seulement réarranger ce qui s'y trouve déjà.

Assis sur une chaise de cuisine, tu t'émerveillais que Miranda soit là et encore là et toujours là, pivotant son fauteuil roulant tantôt vers toi et tantôt vers le chevalet, souriant, fermant parfois les yeux parce que peindre la fatiguait maintenant, mais même sa fatigue et même son sommeil étaient inclus dans ce maintenant, ce présent qui t'illuminait à chaque instant comme un soleil, lissant les plis entre tes sourcils et transformant en musique les battements de ton cœur.

Et pendant tout ce temps Paddon, tu savais – à partir de 1943 tu savais en tout cas, tout en te berçant de sa philosophie du présent – que le corps de Miranda était un champ miné et que le temps le sillonnait à pas feutrés, amorçant et lançant des grenades les unes après les autres, puis déguerpissant pour laisser fuser un rire hystérique – haha ! hahahahaha ! –, montrant d'un doigt jubilateur le nouveau membre paralysé.

En 1943 elle avait encore l'usage de ses bras et de ses mains, mais ses jambes étaient inertes depuis un an déjà et elle avait des plaques d'insensibilité sur le ventre et dans le creux du dos. Allongé près d'elle dans le lit, tu l'aidais à dessiner la carte de son corps. Ici ? Posant un baiser sur la peau. Oui. Et là ? Oui. Et là ? Non – là, il n'y a rien. Rien ? Traçant le contour de l'île engourdie : Paddon le cartographe, l'arpenteur. Frottant la chair de son ventre comme pour la réchauffer, comme si son mal était une chose aussi banale et guérissable qu'une engelure. Mon amour... tu veux dire que tu ne sens rien du tout quand je te touche ici ? Si, je sens quelque chose, mais ça ne me concerne pas. Elle souriait. Couché sur elle, tu scrutais son visage sous le tien, cherchant à déceler derrière son sourire un indice quelconque de frayeur, mais il n'y en avait pas, pas le moindre, elle te souriait et te caressait les cheveux et glissait son index carré le long de ton nez, tu frémissais alors et ton sexe redevenait dur et, fermant les yeux, tu essayais de te noyer en elle. Plus tard dans la rue, tout ton corps était comme une gencive saignante ou une membrane muqueuse, tant tu te sentais exposé et vulnérable, dépendant de la force de cette femme et du fait qu'elle était en vie.

Mais au bout d'un certain temps, au bout de quelques années et de trois ou quatre poussées de ce mal étrange, chacune un peu plus impitoyable que la précédente, chacune la laissant un peu plus maladroite et un peu plus ébranlée et avec un peu moins d'elle-même à partager, il vous est devenu impossible de joindre vos deux corps.

Et tu es retourné à ton manuscrit, bouleversé par ton amour pour Miranda et terrifié par ce qui lui arrivait. Et tu as voulu qu'elle comprenne ce qu'elle-même t'avait aidé à comprendre :

Le chat avance, il ne peut marcher à reculons. Mais nous, on peut remonter en arrière – sans quoi ce n'était pas la peine de nous doter d'un cerveau aussi complexe. L'humanité n'est même rien d'autre que cela – cette capacité d'aller en avant et en arrière, de noter les récurrences, de faire des rapprochements, d'apprécier des motifs. Nous savons être présents dans le passé et passés dans le présent. Et même, vertigineusement, nous projeter dans l'avenir.

Voilà ce que tu allais enfin pouvoir dire, Paddon, voilà ce que Miranda t'avait permis de comprendre : cette merveille de la mémoire, ce caractère indestructible du passé – mais, juste au moment où ton esprit s'apprêtait à cerner ces idées, tremblant de les voir se matérialiser enfin, les approchant avec la plus grande précaution de crainte qu'elles ne s'envolent avant que tu n'aies pu les capter par des mots, juste à ce moment-là, Miranda se mit à oublier.

Un jour par exemple, elle commença à te raconter l'histoire d'Enfant-qui-tousse, puis s'écarta de son sujet pour te décrire les oreillons spectaculaires dont Dawn avait souffert petite, ce qui lui fit penser à un masque Bella Coola qui avait tout l'air de souffrir de la thyroïde et, quand tu cherchas à la ramener doucement vers Enfant-qui-tousse, elle s'interrompit d'un air dépité, comme si tout son esprit avait été tendu vers une chose derrière le masque dont tu venais de lui barrer l'accès à jamais. Tu étais navré. Et perdu. Tu te demandas s'il était effectivement préférable de parler d'une seule chose à la fois – et si oui, pourquoi ? Ne valait-il pas mieux laisser la conversation errer comme un ruisseau de montagne et se contenter d'apprécier le paysage qu'on avait sous les yeux ? Miranda n'avait-elle pas raison une fois de plus ?

Mais la fois suivante, comme elle semblait aller mieux, tu l'interrogeas directement au sujet d'Enfant-qui-tousse et elle te raconta l'histoire du début jusqu'à la fin comme une vraie histoire. Elle-même était toute petite à l'époque, mais elle se souvenait encore du frisson d'excitation qui avait traversé la réserve, et aussi du ressentiment boudeur de son papa. Enfant-qui-tousse était un Stoney extrêmement âgé, tellement âgé qu'il se rappelait encore la vie d'avant les réserves. Un jour il s'était réveillé en déclarant qu'il venait d'avoir une vision, le Grand Esprit lui avait intimé l'ordre de passer quatre nuits de suite sur le sommet d'une montagne et, chaque fois qu'il entendrait un coup de tonnerre, de se badigeonner la joue de peinture blanche. Ensuite il devait redescendre parmi les siens pour guérir leurs maladies, leur apprendre à prier comme dans les vieux temps et à fumer la pipe guérisseuse. Enfant-qui-tousse avait obéi, quittant Morley pour séjourner dans les montagnes et se badigeonner de peinture blanche, et à son retour il s'était mis à guérir les Indiens de toute la province. Les Crees le faisaient venir dans le Grand Nord et les Sarcis voyageaient depuis Calgary pour le consulter. Après chaque guérison, il vendait à son patient une plume en guise de protection contre le tonnerre et lui conseillait de se peindre les joues en blanc pour faire bonne mesure.

La voix de Miranda s'amenuisa, puis s'éteignit. Tu ne comprenais pas l'intérêt de cette histoire, n'y trouvant pas l'explication du nom de l'Indien. Pourquoi s'appelait-il Enfant-qui-tousse ? demandas-tu. Elle te regarda sans expression. Je ne sais pas, répondit-elle. Certains disent Enfant-qui-tousse, d'autres disent Enfant-Secousse, ce qui est sûr c'est qu'il a vécu vraiment vieux. Et quand il est mort c'était à cause d'un accident, il essayait de défendre une vache contre une meute de chiens, il a glissé sur la glace et la vache lui a défoncé le crâne. Mais pourquoi ton père lui en voulait-il ? demandas-tu. Tu ne vois pas ? dit Miranda. Parce qu'il disait que si on voulait survivre, il fallait se peindre en blanc. Emu, tu hochas la tête et lui tendis les bras à travers la table et serras très fort ses mains dans les tiennes.

Ainsi, elle avait tous ses esprits ce jour-là et tu étais convaincu qu'elle finirait par se rétablir.

Quinze jours plus tard, elle te demanda si tu connaissais l'histoire d'Enfant-qui-tousse.

Tu étais totalement déconcerté par le problème qu'elle posait. Si deux années s'étaient écoulées, sa question n'aurait pas été dérangeante. Mais si elle avait oublié son propre récit de quinze jours plus tôt, elle ne devait pas non plus se rappeler comme tu lui avais saisi les mains pour l'assurer de ton amour. À qui parlait-elle ? Aujourd'hui elle parlait à un homme qui, dans son esprit, ne lui avait pas tendu les mains à travers la table après avoir écouté l'histoire d'Enfant-qui-tousse. Du long passé secret que vous partagiez, que lui manquait-il encore ? Son oubli finirait-il par tout engloutir ? Anéantirait-il le fait que vous aviez été amants ? les blessures que t'avait infligées ton père ? le sujet du livre que tu avais besoin d'écrire ? Une fois remuées, ces questions vénéneuses se mirent à bourdonner en toi comme des frelons, te poussant au bord de la panique. Personne – hormis Dawn, quelques heures par-ci, par-là – n'avait été témoin de votre amour. Il n'existait que dans votre mémoire et, si la mémoire de Miranda s'effilochait, tu serais seul comme tu ne l'avais jamais été, seul comme aucun être humain ne méritait de l'être. Et si Miranda mourait… pendant de longues années, tu refusas d'achever cette phrase.

Tu n'osais pas écrire, au milieu de tout cela – mais, paradoxalement, l'angoisse qui te serrait les entrailles te galvanisait en même temps le cerveau : depuis des années tu ne t'étais senti aussi alerte et éveillé ; tu étudiais les contours de chaque information glanée dans les journaux et à la radio au sujet de la guerre en Europe, du nouvel aéroport stratégique de Namao, de l'autoroute américaine qui se déroulait entre Edmonton et l'Alaska à une vitesse stupéfiante, fendant ces mêmes forêts et marécages que ton père affamé d'or avait traversés avec des luges et des chiens à peine cinquante ans plus tôt – oui, tu enregistrais tous ces détails, mais uniquement pour les déverser dans les oreilles de Miranda dans l'espoir de la ramener au monde des causes et des effets. Elle t'écoutait en hochant la tête ; de temps en temps elle te posait une question, tout en frottant de sa main gauche vivante sa main droite morte.

Un jour, tu amenas chez Miranda ta fille Ruthie qui n'était pas encore ma mère, Ruthie qui à quinze ans nourrissait le rêve de devenir artiste ; tu lui avais parlé de ton amie peintre – ce genre de choses t'échappait parfois, bien que ce fût d'une imprudence impardonnable – et elle t'avait tanné jusqu'à ce que tu promettes de l'amener à l'appentis, et en vous y rendant ensemble à pied de l'école à l'heure du déjeuner, tu lui avais dit que cette expédition devait rester entre vous deux et elle avait haussé mûrement les épaules comme si cela allait de soi. Ton cœur avait carillonné de reconnaissance : enfin un pont serait jeté entre tes deux mondes.

Vous arrivez pour trouver Miranda assise dans son fauteuil roulant en train de fumer la pipe. Dawn est là aussi, ce qui te surprend, mais il est vrai que tu ne viens presque jamais à cette heure-ci, elle mâchonne un sandwich au salami et, voyant ta fille, elle fait une grimace noire ; il est clair qu'elle n'a pas la moindre intention d'échanger des politesses avec cette nénette aux socquettes blanches et aux nattes blondes, sous prétexte que leurs parents s'envoient mutuellement en l'air. Qu'a-t-elle pu ressentir, Ruthie ? Je crois que Ruthie ma mère a vu et avalé et digéré la situation en l'espace d'une seule seconde, et compris qu'elle était si pleine, cette situation, qu'il n'y avait pas lieu d'être choquée ni d'éprouver quelque émotion que ce soit ; elle a vu que ce qui se passait là se passait depuis longtemps, et que Dawn était largement au courant et voyait qu'elle-même ne l'était pas et était curieuse de savoir si elle allait rougir ou non, si elle allait commettre une bourde ou non – alors, se ressaisissant vite, elle s'est contentée d'avaler sa salive et de tendre courageusement la main à Miranda. Miranda lui a souri en esquissant un geste de sa pipe vers sa main droite qui gisait inerte sur ses genoux, alors Ruthie, se penchant, lui a planté un baiser sur le front. Dawn a lâché un rot. Ruthie bonjour, dit Miranda, je crois que j'ai entendu parler plus souvent de toi que toi de moi

– Ruthie t'a lancé un coup d'œil Paddon, sans rien dire – mais pour te rattraper, tu n'as qu'à regarder autour de toi.

Tandis que Ruthie fait lentement le tour de la pièce en étudiant attentivement les tableaux pour prouver qu'ils sont l'unique raison de sa venue, contournant soigneusement la table où Dawn se voûte pour croûter, tu restes debout derrière le fauteuil roulant de Miranda dans un silence tendu, les mains posées sur ses épaules dont elle sent l'une et non l'autre, tu les serres toutes deux et sa main remonte à gauche. Au bout de quelques minutes, comme l'électricité dans l'air est en passe de devenir intolérable, Dawn s'essuie la bouche d'une main et, sans cesser de jeter à la ronde son regard mauvais, repousse bruyamment sa chaise, s'empare de son cartable et sort en claquant la porte. Miranda hausse les épaules de manière plus ou moins symétrique. Tu te décrispes d'un cran.

Alors qu'elle termine son deuxième tour de la pièce, feignant poliment d'ignorer la tension engendrée par sa présence, Ruthie annonce à ton grand étonnement (c'est la première fois que tu en entends parler) : Je voudrais étudier l'art à Toronto après le lycée. Oui, lui dit Miranda aussitôt, comme en reprenant le fil d'une conversation interrompue, il faut partir loin. Toujours les artistes doivent partir loin. Parfois dedans, parfois dehors. Moi, à cause de ma famille, j'ai pas réussi à aller plus loin que Calgary – elle rit mais sans autodénigrement – mais toi, tu peux faire ce que tu veux, et j'espère que tu le feras. Qu'est-ce qu'elle veut dire ? te demandes-tu. Ruthie n'a-t-elle pas une famille, elle aussi ?

Elle est belle, tellement belle au bord de la vie, Paddon, te dit Miranda plus tard, levant la tête pour te sourire quand tu reviens vers son fauteuil après avoir accompagné ta fille jusqu'à la porte. Puis, baissant la tête, elle met la main gauche en visière sur ses yeux et se met à parler d'une voix basse et rapide. Paddon écoute, dit-elle, moi aussi je suis au bord de la vie et il faut que tu m'écoutes. Bientôt je ne pourrai plus peindre parce qu'il y a trop de lumière, et je sais que je commence à oublier parce que ma tête se remplit de lumière elle aussi. Alors je veux te parler d'une chose tout de suite Paddon, avant de l'oublier, et il faut que tu m'écoutes sans rien dire, d'accord ? Je veux que tu saches comment faire quand je serai morte. Miranda, dis-tu, détestant le timbre aigu et artificiel de ta propre voix, les médecins n'ont rien dit au sujet de la mort, ils n'ont même pas fait de diagnostic, mais elle t'interrompt en disant, Paddon je t'ai dit de t'écraser alors écrase veux-tu, et contente-toi de m'écouter, d'accord ? Je sais que je vais mourir alors ne fais pas l'idiot, si tu ne m'écoutes pas aujourd'hui tu vas le regretter plus tard. Toi aussi, tu vas mourir et j'espère que tu le sais. Là, ce n'est qu'une façon parmi d'autres de mourir, peut-être un peu plus rapide que ta façon à toi mais tu sais, je vais sur mes quarante ans, ma mère est morte avant d'arriver jusque-là, j'ai beaucoup de chance de pas être morte bébé comme mes frères et sœurs, parce que comme ça je t'aurais pas rencontré et ç'aurait été sacrément dommage. Hé Paddon, c'est ça que je voulais dire : je suis contente. On a eu beaucoup d'années déjà, et qu'est-ce que tu m'as rendue heureuse, qu'est-ce que tu m'as fait rire – même quand je ne me moquais pas de toi ! Et je t'interdis de penser que je meurs parce qu'on a fait quelque chose de mal. Ça, c'est de la connerie chrétienne et rien d'autre. Je m'en vais pas la tête sur la poitrine, et je serai vraiment vexée si tu ne peux pas bien te tenir et marcher la tête haute toi aussi. Tu m'entends ?

Tu hochas la tête sans parvenir à articuler un mot et Miranda crut que tu étais secoué et elle avait raison mais c'était parce que, au lieu de dire bien te tenir, elle avait dit bien te soutenir, peut-être avait-elle voulu dire que tu aurais besoin de soutien mais ce n'était pas la première fois que tu remarquais dans ses propos un menu glissement, parfois une hésitation parfois une répétition et parfois un choix de mot inapproprié mais toujours cela te perturbait, comme le vacillement d'une ampoule électrique impliquant que tôt ou tard, quoi que l'on fasse, le fusible va sauter.

Le contenu aussi bien que la forme du rite chré-
tien constituent une annihilation du temps : le
contenu parce qu'il décrit la Vérité comme révélée
et la Création comme instantanée, la forme à
cause de sa prévisibilité absolue.

Tu te sentais aussi menacé par l'une que par l'autre, te noyant d'une part dans la sagesse infinie de Dieu et l'éternité de Son amour, tabassé d'autre part par la monotonie implacable des cantiques et des sermons et du catéchisme.

Ton père n'allait pas à l'église parce qu'il passait invariablement le dimanche matin à se remettre du samedi soir ; souvent il n'était même pas habillé quand Mildred revenait au ranch, la conscience aussi reluisante que ses chaussures dominicales, ayant prié si ardemment pour son salut qu'elle se sentait en droit de le harceler et de l'asticoter pour le reste de la semaine. La foi de ta sœur était plus fervente que celle de ta mère : dès l'âge de cinq ans Elizabeth avait à tout bout de champ une citation de la Bible ou du livre de cantiques sur les lèvres, et quand son père lui administrait une dérouillée elle se tenait à plat sur ses genoux en chantant courageusement *Je n'aurai pas peur, Je n'aurai pas peur, J'irai de l'avant, toujours de l'avant, Et je n'aurai pas peur* et ça lui gâchait tout le plaisir, à votre papa. Toi, petit Paddon, tu étais la seule personne devant qui John Sterling pouvait se comporter avec ce qu'il considérait comme de la virilité – et tu le savais. Si tu te laissais coincer dans la chambre, ses coups pouvaient pleuvoir silencieusement sur ta tête pendant d'interminables minutes sans que résonne le moindre tonnerre vocal susceptible d'éveiller les soupçons des femmes qui gloussaient et glapissaient à la cuisine.

Pourquoi te faisait-il si mal ?

Parfois c'était pour t'apprendre quelque chose. Il y avait par exemple le jour où, âgé de trois ou quatre ans, tu traînais autour de l'appentis à le regarder scier des bûches, enchanté par la chute muette et dorée de la sciure sur la neige et, remarquant une hache sur la pile de bois, tu allas lécher le givre sur la lame et ta langue resta collée et il te tira par l'oreille à travers la cour jusqu'à la maison, la hache suspendue à ta langue et tes yeux exorbités de douleur, et te versa une cruche pleine d'eau froide sur la tête et rit aux éclats de voir la hache se détacher en emportant avec elle la tendre peau rose de ta langue tandis que l'eau te dégoulinait dans le dos jusqu'au caleçon.

Ou bien il y avait le jour des oreilles gelées. Tu as commencé l'école pendant l'hiver 1906 et c'était le pire hiver de mémoire d'homme d'histoire d'homme de possibilité d'homme et encore, tu avais plus de chance que la plupart des enfants de ranch parce que l'école primaire d'Anton était tout près, quarante-cinq minutes à pied plutôt que quatre-vingt-dix à cheval, mais il peut se produire beaucoup de douleur en quarante-cinq minutes. Il faisait encore nuit noire quand tu quittais la maison et évidemment il n'y avait rien à craindre pour un garçon de tout-juste-six-ans à marcher cinq kilomètres dans le noir le long d'un chemin de terre aux ornières coupantes et glissantes, mais tes globes oculaires se rétractaient d'effroi au contact de l'air glacial et ton front se figeait en des sillons de terreur et tes doigts ne savaient plus s'ils étaient recourbés afin de voler la chaleur de tes paumes ou bien tendus tout droits à l'intérieur de tes gants en laine et, arrivé à l'école, tu avais les cuisses raides comme du bois et les pieds comme des blocs de roc et même tes fesses te lancinaient. L'école était chauffée par un unique poêle à charbon situé au milieu de la pièce et quand il n'était pas en panne – auquel cas vous deviez garder vos manteaux et écharpes pendant les cours et compter sur la chaleur cumulée de cinquante corps d'enfants pour tenir la journée – il vous asphyxiait en vous crachant de la fumée noire dans la gorge et dans le nez et, même les rares jours où il fonctionnait correctement, les enfants assis près de lui se faisaient rôtir tandis que ceux de la périphérie caillaient. Et puis un jour – chamaillerie dans le vestiaire – un garçon t'arracha ton chapeau en laine et le lança en l'air pour te taquiner, un autre garçon le rattrapa et tu te retrouvas coincé au milieu, cherchant gauchement à le reprendre, puis la maîtresse surgit – comment s'appelait-elle, cette Ecossaise sévère rousse et courroucée ? – et, voyant que ton chapeau avait strié de blanc le plafond noirci de suie, elle te le confisqua sans poser de questions.

Catastrophe. Rentrer à pied sans chapeau. Le ciel était noir comme poix à quatre heures de l'après-midi, le vent hurlait en te fouettant comme pour te prévenir de ce qui t'attendait à la maison, tu relevas ton col et renouas ton écharpe et te couvris les oreilles de tes deux mains et les frottas énergiquement avec tes gants mais elles disparurent quand même, perdant peu à peu toute sensation, le sang circulait trop lentement dans leurs étroites volutes de chair et ne pouvait continuer d'avancer sous les assauts d'un vent aussi brutal, il ralentit encore puis s'arrêta. Te voyant descendre sans chapeau la pente légère vers la maison, ton père alla t'attendre devant la porte. Lui non plus ne posa pas de questions, si ce n'est des questions rhétoriques du genre Tu crois qu'elle tricote pour quoi ta mère ? Pour le plaisir de s'abîmer la vue c'est ça ? – dont tu n'entendais que des syllabes éparses entre les coups qui s'abattaient directement sur tes blanches et nues et coupables oreilles gelées. Et ta mère t'envoya dans ta chambre sans te donner le chocolat chaud qu'elle t'avait préparé en faisant fondre des barres de chocolat qu'elle achetait toujours non sucré pour que tu ne sois pas tenté de le chaparder, et, couché sur ton lit, le visage dans l'oreiller, à t'écraser les paupières de tes poings jusqu'à ce que tu ne saches plus si tu pleurais encore oui ou non, tu te rappelas ce qui était arrivé au petit Billy Kryswaty en novembre dernier : il se promenait au bord de la rivière, avait-il raconté à la classe, quand soudain son pied avait glissé sur les pierres et traversé la glace et il avait eu tout le corps submergé ; sautant sur ses pieds en crachotant, puis en criant à cause du froid, il s'était mis à dévaler la route à toute allure, mais des stalactites avaient jailli de ses habits raidis, l'obligeant à ralentir, puis son propre corps avait commencé à raidir, le ralentissant davantage, de sorte qu'en arrivant chez lui il avait les bras et les jambes gelés et son père l'avait pris dans ses bras et porté jusqu'à son lit et sa vieille nounou puisque sa mère était morte avait ôté doucement tous ses habits et s'était défait les nattes et lui avait caressé le corps de ses longs cheveux gris jusqu'au petit matin pour le faire revenir très lentement à la vie, lui frôlant la poitrine et les cuisses et les bras de ses cheveux ondulés tout en lui chantant une berceuse en ukrainien, et toi Paddon, retirant enfin les poings de tes yeux, tu essayas d'imaginer à quoi cela ressemblerait, de te faire caresser tout le corps par les cheveux d'une femme et par sa chanson.

N'as-tu jamais été heureux, enfant ?

Si : chez ton oncle Jake pendant les vacances. Malheureusement, Peace River Junction était située à plus de huit cents kilomètres d'Anton par le train, donc vous n'y alliez qu'une fois par an pendant l'été : l'hiver, les rails pouvaient rester bloqués par la neige des journées entières, et le trajet à lui seul vous aurait pris quinze jours. Ces voyages en train étaient du reste ton seul souvenir chaleureux d'Elizabeth parce que, même si vous vous disputiez au moindre prétexte voire sans prétexte, vous infligeant subrepticement des coups de pied ou des coups de coude ou des coups de griffe, vous jouiez aussi ensemble parfois pour tromper l'ennui, des jeux de ficelle et des jeux de cartes et des concours pour deviner le nombre de wagons d'un train qui passait dans l'autre sens en comptant les tressautements involontaires des yeux de l'autre, ou bien vous arpentiez en titubant la voiture bruyante et bringuebalante, faisant semblant de ne pas vous connaître puis vous bousculant comme par hasard et tombant amoureux l'un de l'autre et vous mariant et ayant des enfants et puis des scènes de ménage spectaculaires.

La femme de Jake avait le même prénom que ta mère, Mildred, sauf que tout le monde l'appelait Millie et elle était plus petite et plus pétillante que ta mère, je l'imagine assise derrière la maison en train d'écosser les pois du jardin dans son tablier et de jacasser comme une pie – quant à ton père, je ne sais pas du tout ce qu'il pouvait bien faire pour occuper ces infinis après-midi d'été nordique pendant que les femmes papotaient au-dessus de leurs légumes, les ramassant les écossant les épluchant et les hachant menu pour les mettre en saumure ou en conserve, et que toi et Jake partiez ensemble à

la pêche. Vous n'attrapiez presque jamais de poisson mais les cannes vous donnaient un prétexte
pour vous asseoir sur la jetée et bavarder ou non et
vous réjouir de la présence l'un de l'autre, et sur le
chemin de retour vous cueilliez des groseilles ou
des bleuets du Saskatchewan avec lesquels la tante
Millie ferait peut-être une tarte, ou bien vous vous
contentiez de cueillir des framboises pour votre
seul plaisir coupable et égoïste, les détachant de
leurs couronnes vertes d'un geste léger et rapide
pour ne pas les écraser et faire de taches, les sentant rouler dans votre paume puis dans votre bouche,
acides et douces, cueillant déjà impatiemment les
suivantes, vous égratignant les mollets sur les
ronces et les chardons et les églantines, oh oui les
roses sauvages, ces gracieux cornouillers de l'Alberta
dont une seule bouffée suffirait à jamais pour réveiller en toi ces démangeaisons extatiques, ce bourdonnement des abeilles et aussi parfois leurs
piqûres indignées quand tu t'aventurais à cueillir
des fleurs pour ta maman, pas des roses cette fois,
pas des lis tigrés non plus, mais des pissenlits
parce que c'étaient selon toi les plus belles fleurs
du monde, avec la perfection jaune de leur forme
solaire et leur baiser de poussière dorée sous le
menton et leurs étoiles magiques de coton flottant
quand on soufflait dessus pour savoir l'heure
– jusqu'à ce qu'elle te dise que c'étaient des mauvaises herbes.

Là-haut au mois de juillet, le soleil ne se couchait
que peu avant minuit : c'était le paradis, estimais-tu.

La région de Peace River était une jungle comparée à votre ranch aride et meurtri par le vent, et le jardin de Jake et Millie était à coup sûr un des plus grands de l'univers. Tu adorais marcher le long des rangées du potager aux piquets coiffés des sachets de graines vides, concombres et haricots, laitues et cardons, petits pois et pois de senteur, potirons et pommes de terre et, mieux que tout, ces minuscules carottes orange vif que tu pouvais retirer de la terre noire, secouer et croquer directement sans même les avoir lavées si les femmes ne te regardaient pas, non, mieux encore, la rhubarbe dont tu arrachais les feuilles pour la manger crue, assis sur le perron à tremper les longues et raides tiges rose-vert dans une tasse de sucre en poudre et à exulter tandis que, dans un crissement de dents et un giclement de salive, les deux goûts exacerbés sucré et acide se livraient joyeusement bataille dans ta bouche.

Ton père avait lui aussi vécu dans le Nord à un moment donné, lui et Jake s'étaient lancés ensemble dans l'agriculture mais les choses avaient mal tourné, tu ne savais pas de quelle façon exactement, toujours est-il que Jake était resté là-haut alors que John avait tout bazardé ; il était parti tirer sur les Boers pendant une demi-année et à son retour il avait décidé de s'acheter un ranch dans le Sud où les terres se vendaient encore pour une bouchée de pain et, comme il connaissait les chevaux grâce à la guerre et les vaches grâce à sa vie d'avant, il avait rassemblé en peu de temps un nombre impressionnant de poulinières et d'étalons et de hongres et de pouliches, de cheptel vif et de taureaux Hereford, et la marque S-comme-Sterling avait commencé à se forger une petite réputation dans le coin.

Brûlée dans la chair de ton cerveau était l'image d'une vache en train d'être marquée au fer rouge – pauvre bébé Paddon tu devais avoir moins de deux ans à l'époque parce que ta mère était enceinte, tu étais tout juste assez grand pour voir par-dessus la barre inférieure de la clôture du corral, suivant de tes gros yeux ronds la lutte entre une bête et quatre hommes dont ton père, pour commencer on a attaché la tête de la vache à la clôture et fait basculer son corps géant sur le côté, ensuite le premier homme lui a ligoté les pattes arrière en gardant dans les mains le bout de la corde, le deuxième homme retenait la patte de devant sur laquelle elle n'était pas couchée, le troisième homme lui a plaqué l'arrière-train contre le sol, et le quatrième, ton père, oui ton propre père Paddon s'est approché en souriant et a appliqué contre sa hanche droite le fer incandescent rougeoyant grésillant et, à voir la bête se tordre en beuglant, les poils de ta nuque se sont hérissés et tu aurais voulu t'enfuir mais tu étais incapable de bouger, incapable de t'arracher à la scène, et la scène se reproduisait encore et encore et pendant la nuit elle se reproduisait encore, ton père approchait avec son fer rougeoyant et l'appliquait à un corps impotent maladroit bouffi qui se débattait, Que tu le veuilles ou non tu m'appartiens et tu t'appelleras Sterling et tout ce qui sortira de toi s'appellera Sterling et c'est comme ça, un point c'est tout, et du reste il avait raison parce que sa fille Elizabeth dont il perturbait alors le sommeil fœtal ne devait jamais se marier, et sa petite-fille ma mère Ruthie non plus, et moi Paula son arrière-petite-fille non plus, de sorte que toutes nous sommes condamnées à porter le nom de Sterling jusqu'à la fin de nos jours *Heigh-ho a derry-oh, le fermier du vallon.*

Le fermier frappe sa femme – La femme frappe son enfant – L'enfant frappe le p'tit chien – Le p'tit chien frappe le chat – Le chat frappe la souris, et comme il n'y a pas le moindre morceau de fromage à l'horizon la souris n'a d'autre choix que de rester seule, se recroqueviller dans son coin et se couvrir les oreilles de ses pattes menues et trembler de toutes ses forces grises… Du calme, du calme. Dis-moi, Paddon. Allez, tu peux me le dire.

Donc, ceci a eu lieu nettement plus tard.

Une nuit, alors que tu étais au lit à côté d'Elizabeth endormie, tu as entendu les bruits étouffés effrayants d'une dispute venant de la cuisine et tu es descendu précautionneusement du lit – le lit était encore haut donc tu étais encore petit, tu avais encore besoin de te glisser sur le ventre jusqu'à ce que la pointe de tes pieds nus touche le froid du plancher – tu as traversé la chambre à petits pas, non Paddon, es-tu sûr d'être vraiment sorti de ton lit, sûr qu'il ne s'agissait pas d'un rêve, l'as-tu vu, de tes yeux vu, oh Paddon non, était-ce par le trou de la serrure, avait-on laissé la porte entrebâillée, pouvais-tu distinguer les paroles, les entendais-tu plus clairement maintenant, était-elle en train de dire Mais je le veux, je veux le garder, et lui de répondre Encore une bouche à nourrir dans cette maison et on pourra jeter l'éponge, j'aurai plus qu'à me faire clodo comme mon père, et elle Non – non – ne fais pas ça je t'en supplie, et tu n'avais jamais vu ta mère pleurer et tu n'en croyais pas tes yeux, mais ton père était ivre mort et fou furieux – avait-elle attendu qu'il ait quelques verres dans le nez pour lui annoncer la nouvelle, si oui elle s'était trompée de stratagème car l'alcool dans ses veines s'était transformé en feu, ses yeux lançaient des éclairs et sa bouche sifflait et il s'est emparé de son épaule – non Paddon, il n'y avait rien à faire, rien du tout, tu n'étais qu'un tout petit garçon qui regardait, impuissant, tandis que son père empoignait sa mère et la poussait violemment, sa chaise a glissé sous elle et elle s'est retrouvée par terre – ah l'atroce bruit mat de cette chute et ensuite l'expression d'étonnement sur ses traits lorsqu'elle s'est retournée, et que la gerbe de mots sifflants l'a atteinte en pleine figure comme un crachat ou une vomissure, tous les mots sales que tu n'avais pas le droit d'employer et d'autres encore, dont plusieurs que tu ne connaissais même pas. Il l'attaque à nouveau mais cette fois c'est avec les pieds, et il porte encore ses bottes de cow-boy, oh mon Dieu Paddon est-ce que c'est vrai, n'avait-elle pas l'habitude de lui ôter les bottes en tirant dessus de toutes ses forces dès qu'il franchissait la porte de la cuisine, pour qu'il ne laisse pas de traces de boue sur le plancher qu'elle venait tout juste de balayer, mais non, il n'y a pas de doute, il vient près d'elle et, tout en éjaculant ses gerbes verbales, il pose une main sur le comptoir pour prendre son aplomb et lui décoche un coup de pied dans le ventre, et elle se plie en deux en tenant la petite rondeur comme si elle venait d'attraper une passe et devait serrer le ballon tout contre elle et courir courir courir, sauf qu'elle ne court pas, elle s'efforce seulement de pivoter sur elle-même le plus vite possible en hurlant John ! oh John, et tu n'as jamais entendu non plus des bruits comme ça dans la bouche de ta mère, des mots pleins de sang et de tripes qui lui dégoulinent de la gorge comme s'ils venaient directement de son estomac, mais une fois qu'il a commencé à frapper le plaisir de frapper l'envahit et se met à vibrer dans ses flancs et il continue, la frappant encore et encore au ventre de la pointe de sa botte, l'as-tu réellement vu Paddon ? et puis, d'un coup, le cri de ta mère se transforme et devient un cri tout autre, un cri aigu comme l'appel d'un canard sauvage à travers le lac, venant après les gémissements rauques de tout à l'heure ça ressem-blerait presque à un cri de bonheur, et en même temps que ce cri aigu arrive le sang, elle vient de remarquer la flaque noir-rouge qui s'épand sous elle par terre, et d'abord tu te dis qu'elle crie parce qu'elle sera obligée de relaver le plancher, et puis tu ne te dis plus rien du tout, tes pensées se désa-grègent dans ce même noir-rouge, c'est la seule chose que tu vois en te retournant pour regagner ton lit, te servant du sommier pour te hisser sur le matelas et t'écrasant le visage dans l'oreiller à côté des ronflements tranquilles d'Elizabeth.

L'as-tu réellement vu Paddon ? je veux dire peut-être l'as-tu seulement entendu et peut-être faisaient-ils tout simplement l'amour.

Evidemment le chat de Scarlatti, au lieu de monter le clavier, aurait pu tout aussi bien le descendre, voire le parcourir à reculons. Mais même si le thème de la fugue était joué à l'envers, il n'en irait pas moins vers l'avant, et même si les hommes marchaient constamment à reculons, ils n'en continueraient pas moins d'avancer dans le temps.

Nous n'avons d'autre choix que d'avancer.

C'est vrai, Paddon. On n'y peut strictement rien.

Oui je sais comment tu as rencontré Karen. Je t'ai demandé un jour et tu m'as raconté l'histoire. Je t'ai demandé parce que, depuis toujours, j'avais du mal à comprendre votre couple. Tes espoirs brisés et tes grincements de dents ; son bon sens paralysant. Tes interrogations qui s'élançaient à travers le cosmos, ses prières raisonnables. Ton don pour le rire, son sourire crispé systématique.

Ton père venait de mourir. Au bout de neuf ans d'infirmité, il s'était enfin éteint dans son lit, étouffant d'amertume à cause de son ranch pourri ruiné et du déménagement forcé à Calgary. Il mourut pendant l'été 1925 et tu revins d'Edmonton pour aider ta mère et Elizabeth à organiser l'enterrement et à trier ses affaires. C'est alors que tu appris, tout à fait par hasard, dans le désordre de ses papiers, que deux ans à peine avant ta naissance, John Sterling avait épousé une autre femme, une femme du nom d'Elizabeth. Tu montras le certificat de mariage à Mildred en lui disant, Tu ne m'as jamais parlé de ça et elle haussa les épaules en répondant, Elle est morte et tu répétas, Elle est morte et tu as donné son nom à ta fille ? John avait le cœur brisé, dit Mildred, et c'était la première fois que tu l'entendais employer ce genre de mots, elle n'était peut-être pas aussi froide que tu l'avais toujours cru, si elle savait qu'un cœur pouvait se briser elle savait forcément aussi que le cœur existe, et tu lui demandas, Elle est morte comment ? et Mildred, se redressant près de la commode qu'elle était en train de vider, te dit sans te regarder, Il y avait un bébé, il était trop gros, la sage-femme n'arrivait pas à le sortir. L'accouchement a duré trois jours, ça s'est passé là-haut, près de Peace River, on a envoyé chercher de l'aide mais le médecin le plus proche habitait à cent kilomètres, c'était le printemps et les routes étaient du marécage malgré les rondins, quand il est arrivé enfin c'était trop tard, le bébé était mort étouffé dans le ventre et la mère avait perdu tant de sang qu'elle était sans connaissance. Mildred fit une pause puis ajouta, comme en se délectant de ces derniers détails horrifiques, Le médecin a dû lui casser les bras et les jambes pour le sortir. Elizabeth est morte le lendemain. Voilà, tu as voulu savoir.

Tu restas pantois, Paddon, muet de stupéfaction. Ainsi depuis toujours, ta mère savait cela. Tout au long de ton enfance elle l'avait su et ne vous en avait jamais rien dit, ni à toi ni à Elizabeth. Etait-ce possible ? C'était un garçon ou une fille ? demandas-tu sans parvenir à croire que, quelque part dans le passé de ton père, il y avait réellement une réponse à cette question. Un garçon, dit Mildred. Un petit gars bien costaud. Donc il y avait bel et bien une réponse. Et si tu posais une autre question elle aurait une réponse elle aussi. Par exemple tu pouvais lui demander si le bébé s'était appelé Paddon. Mais non, tu ne le pouvais pas. En un éclair, une autre question te traversa l'esprit. C'est pour ça qu'il est parti en Afrique du Sud ? Oui, c'est pour ça, répondit-elle. Encore un éclair : Et c'est à ce moment-là qu'il a commencé à boire ? Peut-être bien, répliqua-t-elle sur un ton de ça-suffit-maintenant, tout en se penchant à nouveau sur la commode.

Tu trouvais non seulement inédite mais insoutenable l'idée de plaindre ton père – mais tu pouvais l'imiter, au moins une fois dans ta vie. En une ultime et absurde tentative de rapprochement, tu allas ce soir-là au saloon du quartier, où les gros joueurs bourrus et orduriers tapaient le carton en buvant du Canada Dry, et dilapidas tes maigres économies en achetant une bouteille entière de poison anonyme et illicite.

Quand tu rentras enfin à la maison, le soleil s'était levé et il était trop tard pour te mettre au lit, tu étais sur le point de te faire du café lorsque tu vis, remontant le petit trottoir en bois vers la maison, une jeune et grande et agile Suédoise, aux nattes blondes attachées en deux gros macarons et aux yeux très espacés, tu croyais à une hallucination tant son corps ressemblait aux plaines que tu aimais, avec les larges plans inclinés du front et des joues, les angles aigus du menton et du nez, ah oui et cet air ouvert et franc qu'elle avait en portant le panier métallique avec ses huit bouteilles en verre épais remplies de lait dont la crème jaunâtre avait remonté à la surface, l'effort lui creusant de minuscules sillons entre les sourcils blonds et lui bandant les muscles des cuisses sous sa robe en coton, se penchant pour poser deux bouteilles sur le pas de votre porte et se redressant, le visage légèrement rosi, rosissant un peu plus quand elle vit que tu l'observais à travers la porte-moustiquaire, écartant une mèche de cheveux blonds échappée des macarons, se laissant aller enfin à un sourire puis à une brève conversation – et pour la première fois Paddon tu sus comment parler à une jeune fille, tu sentis le besoin de l'aborder avec douceur et de lui poser les questions auxquelles elle aurait envie de répondre, tu vis soudain qu'il était possible d'être tout le contraire de ton père, tout le contraire des vulgaires vachers qui plastronnaient dans leurs bottes aux talons hauts en buvant à même la bouteille de whisky et en rotant et en riant grassement et en envoyant de grosses tapes dans les fesses des femmes comme dans celles des chevaux, tout le contraire des hommes qui avaient besoin de putes.

A partir de ce jour-là, et en dépit de ton dégoût pour les réveils de bonne heure, tu étais le seul hormis le soleil à être levé à six heures chaque matin quand Karen passait livrer le lait, et en peu de temps elle attendait avec plaisir de te voir derrière la porte-moustiquaire, et lorsqu'elle remontait à grands pas le trottoir vers la véranda, le cœur lui cognait si fort qu'elle en perdait le souffle et devenait légèrement plus maladroite, laissant le panier métallique heurter ses mollets et se mettant à rosir avant même de se pencher en avant, posant les bouteilles près du paillasson avec une lenteur si langoureuse que les chevaux impatients se mettaient à piaffer et le conducteur à klaxonner, et au bout de seulement dix jours elle accepta de revenir une fois sa tournée terminée, Mildred étant sortie entre-temps pour faire les courses et Elizabeth pour travailler à l'hôpital ; elle te laissa appuyer contre ses dents laiteuses ta langue tremblante, et tirer sur tes genoux son corps musclé et anguleux auquel la robe en indienne était maintenant collée par la sueur, et elle te suivit timidement dans ton ancienne chambre en haut de l'escalier, et te permit de défaire les boutons de sa robe et de dénuder ses épaules osseuses, et quand tu la relâchas momentanément pour ôter ton pantalon l'image de ton père surgit brusquement dans ton esprit, le cadavre de ton père comme tu l'avais vu le soir de ton arrivée, un John Sterling tout jaune et ratatiné et, surtout, d'une immobilité inouïe dans son cercueil étroit, de sorte qu'en posant les yeux sur lui tu avais compris d'un seul coup que la mort c'était l'irrévocable, le marteau du temps qui tombe et frappe sans écho, et, tournant le dos à Karen, ta verge se dressa forte et droite, plus dure que jamais auparavant, et tu pensas à la terre au-dessus du visage de ton père qui n'était plus que de la matière, l'impasse, l'absolue et irrécusable cessation du temps, et en entrant dans le corps de la femme aussi doucement que possible tu sentis les pulsations des sucs dans ta verge et ton père était mort et la femme était là ouverte tremblante et trempée de sueur et les sucs servaient à faire des enfants, il y avait de la muqueuse et de la moelle et de la bonne vie grasse glissante et bouillonnante et ton père était mort dans la poussière, fini terminé silencieux à tout jamais et tu la chevauchais tendrement en avançant dans sa douceur jusqu'à ce qu'elle étouffe un cri et saigne, et ensuite tu l'apaisas en lui disant que tu l'aimais, que tu l'adorais, la suppliant de revenir le lendemain et le jour d'après, de sorte qu'en peu de temps tu avais mis le feu aux débuts d'une nouvelle vie en elle.

Etait-ce réellement Karen, ce jeune corps osseux et brûlant, j'arrive à te voir toi Paddon mais pas elle, est-ce vraiment la même femme que j'ai rencontrée enfant et dont je me disais qu'elle était devenue froide à force de se mettre du cold-cream sur les joues chaque soir pendant des décennies ? Pourtant les dates sont là : vous vous êtes mariés en septembre 1925 et Frankie est né en mai 1926. Elle était à la fois honteuse et fière, et ses parents aussi étaient honteux et fiers car d'un côté elle se mariait par nécessité à l'âge de seize ans mais d'un autre côté le marié était un homme instruit, et du coup son père fit bien attention à contenir sa colère, l'essentiel pour lui étant que Karen quitte la ferme, déjouant ainsi la malédiction qui avait frappé toutes les femmes de sa famille, sa propre mère poussée au suicide par les infinis espaces vides du Minnesota, et son épouse en passe de mourir d'éthylisme avancé. Il s'était acheté un terrain dans le triangle Palliser près de Medicine Hat et la sécheresse de 1922 avait failli le ruiner mais il persistait à labourer ses terres, traçant des lignes droites et obstinées à travers ses champs et payant les yeux de la tête pour les arroser puisque l'eau ne venait que par le train : pour lui, le départ de Karen signifiait surtout une bouche de moins à nourrir.

Toi Paddon, je pense que tu n'eusses jamais supporté de te voir en lâche, en homme qui se dérobe à ses devoirs. Et puis il y avait le sang de ta maman sur le plancher. Et donc, tournant courageusement le dos à l'univers et à l'université, tu demandas un travail comme professeur d'histoire au lycée de Calgary et tu l'obtins. Jamais dans tes pires cauchemars bien qu'à cette époque tes pires cauchemars n'eussent pas encore commencé tu n'aurais imaginé que, de devoir en devoir, ce serait ainsi jusqu'à ta retraite exactement quarante ans plus tard.

De loin Elizabeth rejoignit Karen dans sa sollicitude, envoya un peu d'argent, fit tout ce qu'elle pouvait pour vous aider. Au mois de janvier, revenant dans l'Alberta en congé pour la première fois depuis six ans, elle fut ahurie par les changements survenus dans la province : le climat délirait, les étés étaient chauds à vous fondre les ongles et les hivers froids à vous geler les dents, de faux prophètes subjuguaient les foules par voie de radio, six mille fermes avaient été abandonnées dans le Sud-Est et toute la moitié sud de la province était ravagée par des vers, des lapins, des incendies, de la grêle et – pire que tout – des vents féroces qui emportaient la précieuse couche de terre fertile, tandis que son propre frère, son cher Paddon broyait du noir et sa femme devenait faible et blafarde à force d'allaiter et de manquer de protéines et ses enfants grattaient jusqu'au sang leur crâne pouilleux mais c'était surtout toi Paddon, assis la tête dans les mains, qui lui donnais des soucis, c'était surtout à ton sujet qu'elle s'entretenait avec Dieu, Lui demandant de te donner confiance en elle et de l'aider à ranimer ta foi en Lui : oui, elle savait que ta foi avait flanché, savait que la voix du Seigneur s'était éteinte dans ton âme – Karen lui avait dit que tu commençais à lever la main sur les enfants et même sur elle parfois, Karen lui avait dit que Ruthie et Frankie commençaient à avoir peur de toi, Karen lui avait dit... Mais elle savait que tu rouvrirais ton cœur à Jésus, Paddon, savait que Jésus ne tolérerait pas qu'une seule de ses brebis s'égare loin du troupeau...

L'Eternel est mon berger : je ne manquerai de rien – et elle supplia Jésus de venir vers toi, d'entrer en toi comme Il était entré en elle et de répandre dans ta chair Son pur amour, Lui qui s'était fait chair, Lui qui avait souffert et était mort sur la Croix, Lui qui avait offert Son corps nu aux clous et aux lances des incrédules afin de les sauver, Lui qui avait saigné – et Elizabeth pleurait en priant, pleurait en communiant, pleurait d'amour en buvant Son sang, le tiède filet salé-sucré de Celui qui avait sacrifié Son corps même, ô Seigneur miséricordieux, et Elizabeth embrassait Sa chair, appuyant ses lèvres sur l'hostie bénite et la tendant vers la Croix, exhortant son Jésus bien-aimé à pénétrer en elle et à s'unir à sa chair, Le suppliant de venir plus près, plus près encore, Lui demandant de la laisser Le presser tout contre elle, Le priant de la laisser embrasser Son pauvre front sur lequel se mêlaient la sueur et le sang, là où les épines cruelles Le blessaient, embrasser Ses paupières fermées et les voir doucement se rouvrir, embrasser Ses plaies sanglantes et les guérir, ah Il est si maigre si affreusement maigre, embrasser la profonde blessure dans Son flanc, entre les côtes, se demandant comment on avait pu infliger à Son corps de si atroces souffrances, Le priant d'accepter son amour et de permettre qu'elle L'embrasse plus près de Son nombril, sur le plat de Son ventre sacré, et qu'elle Le prenne dans sa bouche, afin qu'Il lui donne Son corps et lui donne, donne, donne Son sang, pleurant tendrement de joie sur son Ami et son Sauveur, faisant le signe de la croix et se relevant enfin pour chanter de toutes ses forces reçues de Lui – *Oh venez fidèles, Jésus Notre-Seigneur est ressuscité, Oh venons tous l'adorer* – les chants sortaient tonnants de la poitrine d'Elizabeth et, debout sur les deux jambes fermes et droites que Dieu lui avait données, elle proclamait la résurrection du Christ d'une voix puissante et claire, et réclamait le pardon pour tes péchés, oh Paddon.

Un jour, tu la surpris en train d'apprendre à Ruthie l'un de ses cantiques – *Dieu voit tomber le petit moineau, Ses yeux se posent ici, Si Dieu aime tant les petites choses, Je sais qu'Il m'aime aussi* – et tu la coupas brutalement, entendant dans ta propre voix le Balivernes ! de ton papa – Sans blague, dis-tu. Du fauteuil où elle câlinait ta fille, Elizabeth leva des yeux interloqués. Quoi mon ange ? dit-elle. Sans blague, répétas-tu. Comme ça, Dieu voit tomber le moineau et il s'écrase sur le trottoir, et Dieu reste là à le contempler tranquillement, et c'est ça la preuve de Son amour – haha ! Pour une fois ta sœur resta muette d'horreur, et tu étais gratifié de voir s'empourprer son cou et ses joues sous l'effet du blasphème authentique. Tu n'as pas à fourrer ton nez dans l'éducation spirituelle de mes enfants, ajoutas-tu en lui tournant le dos et en quittant la pièce à grands pas.

En dehors de ces moments de courroux stimulant, tes forces s'étiolèrent progressivement tout au long de cette année, s'écoulant doucement de toi comme du sang léthargique, circulant de plus en plus lentement dans ton cerveau jusqu'à ce que tu aies du mal non seulement à penser et à lire et à écrire mais même à parler. Un nuage immobile empoisonné s'était installé au-dessus de ton esprit – bouchant les voies de ton intelligence, te coupant de la réalité, te rendant de plus en plus imperméable aux suppliques de Karen et de Mildred et d'Elizabeth ; tu savais que c'était ta propre usine à idées qui l'avait engendré, ce nuage, mais pourquoi ? Ah et parfois c'en était trop, leurs visages inquiets et leurs voix baissées et leurs mains jointes et leur façon de marcher sur la pointe des pieds, leur bienveillance et leurs prières, le plaisir pervers qu'elles prenaient à répondre à tes grognements et grondements par une abnégation doucereuse – et à ces moments un disque métallique se mettait à vrombir dans ta tête, tournant de plus en plus vite jusqu'à ce qu'il lâche enfin et que de ta gorge jaillisse le cri : Arrêtez d'être si BONNES ! – le mot BONNES une perceuse électrique qui vrillait à travers le plafond le toit et le ciel pour s'enfoncer directement dans le front de Dieu. Quand le sang devant tes yeux se dissipait et qu'à nouveau tu voyais clair, ta femme et tes enfants se tenaient devant toi, blêmes et bouleversés, te regardant sans oser broncher, de peur de déclencher une nouvelle explosion – et que diable fabriquait-elle, cette usine à idées ? quels missiles pour quelle guerre ? Et comment se faisait-il que toi, Paddon, explorateur des étangs de l'Athabasca et de l'aurore boréale, toi l'amant de la philosophie et de la musique, toi qui admirais les gestes prestes et discrets des Indiens, leur célérité et leur silence et leur unité avec le ciel – comment se faisait-il que toi, Paddon, tu te sois transformé en fabrique de munitions ?

De honte, tu te couvrais le visage.

Le printemps vint et parfois tu t'aventurais dehors, étonné de savoir traverser la rue sans te faire écraser par un tramway, de savoir calculer spontanément la vitesse relative de tes jambes et de ses roues afin de prévenir un accident, de savoir marcher tout court, puisque marcher dépendait aussi du cerveau, et tu ne voyais pas pourquoi certaines fonctions de cet organe se seraient atrophiées et d'autres non.

Ensuite, tu cessas de sortir. C'était le mois de juin. Tu restais assis des heures d'affilée sur le canapé du séjour, à fixer Karen et les enfants. Johnny apprenait tout juste à se tenir debout et il s'amusait à tourner autour de la table basse en s'accrochant au bord. Tu le regardais faire. Tu le haïssais. Lui n'était pas malheureux. Lui n'était pas obsédé par le concept de marcher, le concept de bord de table, les concepts d'espace et de mouvement et de possibilité. Lui ne se demandait pas s'il parviendrait à faire le tour de la table, s'il fallait ou non tourner à angle droit, si la table existait ni si lui-même existait. Pour lui, comme pour Karen et Mildred et Elizabeth, le monde allait déjà de soi. On faisait ce qu'il y avait à faire. On tournait autour d'une table basse, on préparait des boulettes de pommes de terre pour le cinquième soir de suite, on assistait aux réunions de la Ligue antialcoolique, on soignait les malades et les pauvres à Cap-Haïtien... Johnny te regarda, les yeux rayonnants, fier de son nouvel exploit. Tu écrasas ton poing sur son visage. Ah, quel soulagement ! quel brusque afflux de réalité ! Oui : la douleur dans tes doigts était réelle et le sang rouge clair coulant de son nez était réel et la chaîne de cris qui s'ensuivit était comme un magnifique concert de réalité.

Dehors la lumière allait croissant et dedans l'obscurité s'épaississait. L'été arriva et ce fut le pire été du siècle. L'Alberta était prostrée. Tu voyais bien que tes enfants étaient crasseux. Comme tous les habitants de la province, ils mangeaient et respiraient de la poussière. Tu voyais bien que Karen avait maigri. Sa peau était aussi sèche et fissurée que les champs de son père près de Medicine Hat : les Indiens savaient depuis toujours qu'il valait mieux éviter cette région dangereusement aride, mais les Blancs, comptant sur Dieu et l'irrigation pour venir à bout de tout obstacle naturel, avaient arraché les herbages pour y planter leurs graines sacrées. Dieu comme à Son habitude les avait fait marcher un moment, leur donnant des récoltes de blé spectaculaires en 1914 et en 1915, puis leur tirant le tapis de sous les pieds et Se fendant la gueule de les voir courir et se contorsionner pour survivre au milieu des tornades de poussière qu'Il leur lançait à la figure : la terre, n'ayant plus de racines pour l'amarrer, était pure trahison fuyante. Les lacs et les rivières s'évaporaient sans laisser de trace. Le sol se désintégrait en sable dont s'emparait ensuite le vent fou, le faisant tourbillonner jusqu'à ce que les fermiers jettent l'éponge : comme il n'y avait plus d'essence, ils ôtaient le moteur de leur voiture, attelaient leurs chevaux au capot et emmenaient leur famille vivre, cahin-caha, dans l'indigence en ville.

Les journées de juillet étaient identiques et interminables, une punition après l'autre. Assis là-haut, Dieu rigolait en disant Paf ! et Vlan ! et Crac ! et, juste au moment où vous leviez des yeux pleins d'espoir vers la petite bouffée de fraîcheur qui s'insinuait par la fenêtre avant l'aube, Il vous reflanquait l'atroce chaleur, tel un petit garçon sadique écrasant joyeusement sous son talon, encore et encore, un insecte qui n'arrive pas à mourir.

Karen serra les mâchoires cet été-là pour ne plus jamais les desserrer. Son lait avait vite tari et, comme des milliers d'autres bébés dans la province, Johnny buvait de la soupe aux légumes aqueuse et hurlait continuellement des douleurs de la faim et de la diarrhée. Ruthie et Frankie jouaient aux cowboys et aux Indiens dans la cour arrière, changeant de rôle toutes les cinq minutes, s'entre-tuant et roulant dans la poussière jusqu'à ce que Karen les gronde : elle ne pouvait les baigner qu'une fois par semaine à cause de la pénurie d'eau. La sombre et piquante haie de caraganas était la seule chose du jardin à avoir verdi, et quand le soleil était à son méchant zénith les enfants rampaient sous son ombre pauvre pour jouer aux billes ; parfois tu t'installais sur la véranda et les regardais pendant une heure ou deux mais ils n'étaient pas assez bêtes pour t'inviter à te joindre à leurs jeux. Un jour, levant machinalement les yeux à la recherche de signes de pluie, tu vis que le ciel s'était empli d'un million de minuscules flocons blancs et tu te dis Mon Dieu c'est l'hiver déjà ? – mais non ce n'était pas de la neige, c'étaient des sauterelles, les enfants filèrent dans la maison en piaillant de peur mais toi tu restas sur la véranda à braquer sur le monde ton regard vide tandis que la nuée blanche descendait la rue en trombe, dépouillant le caragana de toutes ses feuilles jusqu'à la dernière et disparaissant aussi subitement qu'elle était venue.

Ensuite Dieu envoya des punaises – allez, souffrez ! – et des moustiques ! une épidémie de poliomyélite ! des lapins et du mildiou ! toutes sortes de canulars ! Il n'arrêtait pas de plonger la main dans Son chapeau, d'en retirer une horreur après l'autre et de les éparpiller sur le pays comme des confettis ou des bonbons gratuits. Tu étais médusé, Paddon. Tu restais assis dans la cuisine, à écouter la radio et à lire le journal dans un état d'hébétude totale, tandis qu'autour de toi la vie ralentissait et se muait lentement en mort.

Toutes les nouvelles étaient mauvaises, toutes, depuis la popularité grandissante des nazis en Allemagne jusqu'au bétail agonisant autour de Drumheller. A regarder les photos aériennes des bad-lands, tu aurais voulu crier tout haut ton amour pour eux, serrer leur boue cuite et craquelée contre ton corps : ils étaient comme autant de portraits de toi. Tu marchais le long des cratères de ton cerveau stérile, frappant de ton talon les paquets de terre durcie et te répétant que plus rien n'y pousserait jamais, plus rien que des chardons, pas un brin d'herbe, pas la moindre parcelle de verdure, pas même un cactus, tous les vieux mots et idées étaient desséchés et décédés en toi, ils roulaient comme de l'amarante morte au hasard du vent, une Histoire du Temps, ha-ha-ha-ha ! – et parfois, au lieu d'une douce pluie fécondante guérissante désaltérante, il y avait de la grêle, et tu te tenais la tête et te balançais de gauche à droite en écoutant le vent, sa colère vide et fracassante qui se précipitait à travers les bad-lands en lançant contre le sol des projectiles glacés ronds et durs, sans aucune raison, par pure malice, te faisant mal et mal et mal jusqu'à ce que, épuisé, le vent retombe enfin – auquel moment, jetant un regard satisfait sur les ravages par toi causés, tu t'endormais.

Septembre arriva mais il n'était plus question pour toi de reprendre le travail, tu arrivais tout juste à mettre un pied devant l'autre, alors Karen se mit à faire de la couture : elle confectionnait des habits en échange de nourriture – une robe contre une livre de farine, une chemise contre une demi-livre de bacon –, se servant même du sac de farine pour façonner des caleçons aux enfants. Elle s'asseyait devant la Singer immédiatement après le petit déjeuner, installant le petit Johnny en travers de ses genoux où il serait bercé par le mouvement régulier de sa cuisse maigre quand son pied actionnait la pédale ; l'aiguille sautillait du matin au soir et son ronronnement te taraudait Paddon comme des locustes, des vagues vertes d'insectes qui déferlaient sur la croûte brune et sèche de ton intelligence, dévorant les graines que tu y avais plantées avant même qu'elles n'aient pu germer.

L'hiver vint, le thermomètre piqua du nez pour atteindre moins vingt et, l'école étant fermée, Ruthie et Frankie braillaient et se chamaillaient toute la journée tandis que, dehors, la neige montait au-dessus des fenêtres. Tu étais incapable de la déblayer. Karen la déblayait et, quand le bébé pleurait, tu lui couvrais la bouche d'une main pour qu'elle ne l'entende pas.

Ensuite tu perdis toute notion du temps. Les saisons, les cycles lunaires, le réglage et la sonnerie des réveils, les vacances scolaires, les fêtes religieuses, les journaux lancés sur la véranda, les journaux empilés sur le trottoir : toutes ces girations se poursuivaient et avaient pour toi autant de sens qu'un film pour un oiseau.

Tu restais au lit.
Tu restais au lit.
Tu restais au lit.

Un jour tu te levas et, prenant une torche électrique, descendis dans la cave où étaient entassées les caisses que tu avais trimbalées avec toi de maison en maison, toutes tes rédactions de lycée, les cahiers dans lesquels tu avais recopié les phrases sublimes de Goethe et d'Aristote et d'Emerson, tes poèmes et même les paroles de deux ou trois chansons que tu avais griffonnées, dans un bref éclat de bohème, quand ton père était parti à la guerre ; ensuite tu te mis à creuser les carrières de tes propres recherches – les livres universitaires portant les empreintes de ta curiosité, cet animal actif et sensitif qui avait parcouru leurs paragraphes en soulignant des concepts cruciaux et en émaillant les marges de points d'interrogation ou d'exclamation, d'objections ou de comparaisons succinctes, des pages et des pages de notes dactylographiées pour ta thèse, une version entièrement rédigée d'un chapitre sur la relativité et ses implications pour la conception moderne du temps, un autre chapitre consacré au bouddhisme zen et à l'idée selon laquelle le temps dépendrait de l'observation humaine… Ta torche zigzagua frénétiquement à travers les pages jusqu'à ce que leurs mots se brouillent devant tes yeux. Tout cela était bien supérieur à tes efforts vaseux de six mois plus tôt, infiniment plus aigu et incisif et net, et pourtant tu l'avais oublié. Ton esprit avait balisé ce champ, l'avait amendé, planté et irrigué, puis l'avait laissé réclamer par le désert.

Tu passas toute la journée dans la cave, à fouiller de plus en plus profondément ces caisses dont le carton moite commençait à se déchirer : tout ce qu'il restait d'un homme qui avait été toi, un homme plein de brillance et d'acuité, de grâce et de finesse. Au-dessus de ta tête, tu entendais démarrer et s'interrompre, démarrer et s'interrompre le ronronnement de la Singer alors que Karen guidait patiemment le tissu pour piquer une manche, un ourlet, une boutonnière. Pendant ta lecture, de la poussière était tombée du plafond sur ta tête et tes épaules, peut-être quelques larmes étaient-elles tombées sur les pages aussi, oui Paddon je crois que tu as dû pleurer de retrouver ces rêves anciens fléchant un avenir pour lequel il était désormais trop tard ; toujours est-il qu'en émergeant du trou noir du passé, tu avais les cheveux blancs et les yeux rouges et le nez qui dégouttait et, à te voir, Karen se leva si précipitamment que Johnny roula par terre et se mit à hurler et elle dut vite se pencher pour le ramasser, mais ce qu'elle avait cru voir dans tes yeux était la vérité, et digne d'être célébrée : tu avais décidé de revenir sur terre et de braver la tempête.

Elle ne te détestait pas. Tu t'étonnais de voir que Miranda ne nourrissait à ton égard aucun grief personnel pour ce qui s'était passé naguère entre vos peuples respectifs. Mais toi tu détestais de plus en plus tes cours d'histoire, surtout l'indifférence vitreuse de tes élèves envers la raison d'être des choses.

Miranda elle-même savait à peine lire et écrire, pour la bonne raison qu'elle s'était révoltée contre la discipline asphyxiante de l'école de la mission. Comme celle-ci était située à dix kilomètres de Gleichen, trop loin pour qu'elle s'y rende à pied, un car l'y avait conduite le matin et reconduite le soir aussi longtemps qu'elle avait pu le supporter : C'est une histoire cocasse, cette école, te dit-elle un jour, et tu te préparas à rire à nouveau d'un rire qui te ratatinerait le cœur de honte pour tes aïeux.

Tu vois, nous autres Blackfeet on était des durs à cuire. Les derniers qui restaient à cuire, mais les plus durs ! Parce que depuis longtemps on faisait la pluie et le beau temps dans les plaines, on partait à la chasse ou à la guerre quand ça nous chantait, on gagnait sur tout le monde, on était toujours bien au chaud et bien nourri de viande. On aimait notre Soleil créateur et on trouvait qu'il nous gâtait à merveille. Alors quand les oblats ont débarqué et se sont mis à apprendre notre langue pour nous annoncer la bonne nouvelle, on s'est dit : Qu'ils se la gardent, leur nouvelle ! Regardez comme ces types sont tristes et misérables, aucune femme veut baiser avec eux et ils ont que des guenilles à se mettre sur le corps, nous on s'en sort beaucoup mieux que ça ! On leur dit que s'ils veulent prier pour nous c'est d'accord : qu'ils demandent à leur dieu de nous laisser vivre longtemps et puis longtemps encore. Les curés tiennent absolument à nous faire réfléchir à la mort et à la souffrance, mais on ne les écoute pas parce qu'on est trop heureux. Il y a qu'une chose qu'on aime bien chez eux, c'est leurs chansons – ils connaissent de jolies chansons et on a envie d'inventer des danses qui vont avec. Bref, ils commencent juste à perdre l'espoir quand les méthodistes débarquent à leur tour. Eux, on les trouve un peu plus normaux, ils sont mieux habillés et ils ont des femmes, eux aussi connaissent de bonnes chansons mais pas les mêmes. En un rien de temps, ils se mettent à disputer le salut de notre âme aux catholiques. Chaque bande nous dit de pas écouter les autres, qu'ils croient à des mensonges, qu'ils prient pas comme il faut et qu'ils vont finir sous la terre plutôt que dans le ciel. On n'y comprend strictement rien mais pour qu'ils arrêtent de se chicaner on leur dit Bon. Ecoutez, on va conclure un marché : vous nous apprenez de nouvelles chansons et nous, on va prier avec tout le monde. Ça vous va ? Alors tantôt on chantait les matines avec les catholiques et les vêpres avec les méthodistes, tantôt c'était l'inverse. Mais, au lieu de les réconcilier, ça n'a fait que les fâcher encore plus. Au bout d'un moment les méthodistes se mettent à nous offrir du tabac si on vient chez eux et on dit Ouah, fantastique, du tabac *et* des chansons ! On demande aux catholiques ce qu'ils ont à nous offrir et ils disent Nous, on vous offre le Royaume du Ciel – et qui plus est, gratis ! Alors on va à leur église aussi. Mais ils voient bien que c'est de la frime, qu'on désire pas vraiment s'amender – surtout les types qui ont deux ou trois femmes, ils ont aucune envie de s'amender – et qu'on continue de prier le Soleil créateur tous les matins et d'acheter nos ballots de plantes médicinales et d'aller à la Danse du soleil chaque été comme si de rien n'était. Donc les missionnaires finissent par baisser les bras et ils s'en vont convertir des tribus plus accommodantes.

Ensuite, autour de 1883, quand mon papa était gosse, un jeune anglican du nom de Tims arrive au Carrefour Blackfoot et il décide de tout recommencer. Il rencontre tout de suite le même problème – on est tellement heureux qu'il arrive pas à nous intéresser au remords. Alors il se dit, De toute façon les vieux c'est une perte de temps, il faut commencer par les jeunes. Et l'année suivante il ouvre une école au camp du Vieux-Soleil – c'est là que mon père est allé. Toutes ces années-là étaient mauvaises pour les Indiens – des fillettes à la réserve des Bloods ont foutu le feu à leur résidence et quelqu'un a tiré sur Tims à vue de nez. Evidemment Tims dit que tout ça, c'est le diable qui essaie d'empêcher les païens d'affluer vers l'Eglise de Dieu, et qu'il va pas abandonner le combat. Mais le fait est que son école compte de moins en moins d'élèves. Même ceux qui viennent, tout ce qu'il leur raconte pendant la journée, leurs parents le contredisent le soir à la maison. Donc il n'a pas d'autre choix que d'ouvrir un internat : comme ça les pasteurs auront les enfants à eux dix mois de l'année et ils pourront les transformer en pécheurs. Ils sont obligés d'inscrire le plus d'enfants possible parce que le gouvernement leur donne tant d'argent par élève. Donc ils font irruption dans les maisons en peau, arrachent les mômes à leurs parents et les emmènent loin – plus c'est loin, mieux ça vaut – puis ils les flanquent dans des rangées de lits et de pupitres qui ressemblent à rien de ce qu'ils ont vu jusque-là, leur donnent des savonnettes et des brosses à dents et leur apprennent à chanter *Jésus est mon ami*.

Eh bien les mômes ne mettent pas longtemps avant de commencer à crever. Mon oncle Plume-Bleue – c'était le petit frère de mon papa –, il est allé à l'école le premier jour habillé en guerrier parce qu'il a entendu dire que c'était un endroit dangereux. Mais on lui a confisqué ses leggings et ses perles de verre et ses plumes et on lui a donné un uniforme gris comme tous les autres. Plume-Bleue a été un des premiers à mourir en 1907.

Tous les enfants sont pas morts mais c'était quand même une bonne moitié, ils arrivaient pas à s'habituer à rester enfermés toute la journée avec le mauvais chauffage, sans respirer d'air pur, et à bouffer du porridge et des patates et du pain au lieu de la viande… en plus de quoi l'eau du puits n'était pas très nette. Les missionnaires avaient la frousse – si le gouvernement entendait parler de ces morts, on leur couperait les subventions – alors ils annonçaient seulement le nombre d'enfants inscrits en début d'année et pas le nombre qui restait à la fin. Mais au bout d'un moment il y avait même plus assez d'enfants pour faire une classe, et ils ont été obligés de fermer. Donc quand moi j'ai commencé l'école, Vieux-Soleil était à nouveau un externat.

Tu étais bouche bée, Paddon. Ce jour-là, tu laissas parler Miranda. L'école avait signifié pour toi la liberté – elle avait affranchi ton corps, d'abord, de la surveillance et de l'hygiène maniaques de Mildred, et délivré ton esprit, ensuite, des contraintes collantes du christianisme. Miranda en revanche ne se souvenait que des hideuses bonnes sœurs tout de gris vêtues, lui disant qu'à partir d'aujourd'hui son nom serait Miranda et qu'elle ne devait plus se servir de son vrai nom qui voulait dire Etoile-Filante parce qu'il était impossible à prononcer, lui infligeant des coups de règle sur le dos des mains chaque fois qu'elle parlait algonquin en classe, la forçant à répéter encore et encore les mêmes prières, *pardonne-nous nos offenses* – nos offenses ?

nos offenses ? – et à apprendre par cœur des versets bibliques incompréhensibles. *En dernier lieu Il créa un seul Homme. (Wuttàke wuckè wuckeesittin paúsuck Enín.) De terre rouge. (Wuch mishquòck.) Et le nomma Adam. (Ka wesuonckgonnakaunes Adam.) Ou Terre-Rouge. (Tùppautea mishquòck.)*

Un jour, Miranda leva la main et dit, forçant ses lèvres et ses mâchoires à articuler les mots anglais, Ça pas si différent de ce que Papa raconte. Lui dit Soleil créateur ramasse la boue et fait homme avec, puis souffle l'air dans les trous du nez et l'homme vivant. La poitrine et les joues grises de sœur Angelica gonflèrent d'horreur, elle quitta la pièce en courant puis revint accompagnée du père Roberts qui s'empara du bras de Miranda et la traîna du côté de la salle où s'asseyaient les garçons et la força à se courber sur une chaise et à pointer son petit cul païen vers le plafond et, tout en plaquant sa tête noire contre le siège, il lui fouetta le derrière avec sa lanière en cuir, psalmodiant d'une voix lente et forte emplie d'âpre joie Je ne répéterai pas les œuvres du diable Je ne répéterai pas les œuvres du diable, tandis que les garçons ricanaient de honte et de terreur. On l'obligea ensuite à recopier dix fois les Dix Commandements et c'est ainsi que Miranda avait appris à lire et à écrire et à *aimer Notre-Seigneur Dieu de tout son cœur (Nitchitapi Ispumitapi apistotokiw ; kit ayark atusémataw) et à ne pas prononcer Son nom en vain (Pinokakitchimatchis ; Ispumitapi*

131

otchinikasim) et à *honorer le dimanche car le soleil ne travaille pas son propre jour (Natoyé-Kristikusé pinat apawtakit)* et à *honorer son père et sa mère afin que ses jours se prolongent (Kinna Ké kikrista kimissaw ; karkisamitapiworsé)* et à *ne pas tuer (Pininikitmatapi ; pinistat karkasanitksè)* et à *ne pas être indécente (Pinokatichittat)* et à *ne pas voler (Pinikamosit)* et à *ne pas mentir (Pinisayépitchit)* et à *bien traiter sa femme* et à *n'avoir qu'une seule femme,* commandement révisé exprès pour les Blackfeet polygames *(Kit-opoximaw, omanist orpoximis ; mina kétchitchittat)* et à *ne pas convoiter les biens d'autrui (Minatchestotakit)* et c'est ainsi qu'elle s'était enfuie de l'école de la mission à l'âge de treize ans, mais des hommes de Calgary étaient venus la rechercher et avaient défoncé la porte de la cabane de sa mère, et Miranda les avait griffés et mordus mais ils lui avaient mis des menottes et l'avaient ramenée en menottes à l'école, et voilà pourquoi elle avait quitté l'école à l'âge de seize ans n'ayant achevé que le cours élémentaire, et pourquoi elle demeurait pour ainsi dire analphabète à l'âge de trente-deux ans.

Rentrant chez toi, le jour où Miranda t'avait raconté l'histoire de sa scolarisation, tu te dis – une fois pour toutes, du moins tu l'espérais : Me demander de ne pas aimer cette femme serait aussi monstrueux que de me demander de me couper une jambe. Tant que personne d'autre ne te la coupait, décidas-tu, tu marcherais dessus en toute bonne conscience. Pauvre Paddon. Tu ne savais pas que depuis plusieurs années déjà, Dieu affûtait soigneusement la hache.

Vous vous retrouviez chaque fois que c'était possible et pendant un temps aussi long que possible, vos rencontres n'étaient ni furtives ni hâtives, elles étaient comme l'atterrissage après des heures de vol, comme une parole vraie après des années de mensonge, comme un fou rire qui éclate après une matinée de sermons et de cantiques insipides.

Pourquoi t'appelait-on Etoile-Filante ? lui demandas-tu une fois puisqu'elle n'était pas née au mois d'août, et elle te répondit en rougissant que son nom d'enfance avait été Etoile-Scintillante, à cause de ses yeux, mais qu'à la puberté elle était devenue gauche et se cassait régulièrement la figure.

Tu trouvas même le courage de lui parler des prostituées d'Edmonton et quand elle te demanda si c'étaient des Indiennes tu hésitas puis répondis que oui, parce que si tu ne pouvais pas tout dire à cette femme il n'y aurait jamais personne sur terre à qui tu pourrais tout dire, priant pour qu'elle ne te flanque pas à la porte et elle ne le fit pas mais son visage se ferma et tout le reste de la journée elle ne te parla que par monosyllabes.

Vous ne vous retrouviez pas pour faire l'amour mais vous faisiez l'amour entre autres choses et toutes ces choses étaient de l'amour, y compris le sommeil les repas les confidences au sujet de votre enfance et de vos enfants et de votre travail et oui de vos conjoints car elle n'était pas divorcée, seulement séparée de son mari qui était lui

133

aussi un Blanc. Ce Blanc-là, t'expliqua-t-elle, avait fait fortune en 1914 lors du forage du premier puits Dingman, et perdu presque tout dans le krach quinze ans plus tard ; c'était à lui, ou plutôt aux querelles retentissantes qui avaient précédé leur séparation, que Miranda devait sa panoplie impressionnante de jurons anglais, mais il aimait tendrement leur fille Dawn et la pension mensuelle qu'il leur versait suffisait pour les nourrir. De temps en temps Miranda vendait une toile et alors elle achetait quelque chose de spécial, un châle brillant pour elle-même ou un livre pour Dawn ou de nouvelles couleurs pour ses tableaux.

Elle ne comprenait pas ton malheur.

Elle ne concevait pas qu'on puisse vouloir faire quelque chose de son esprit et ne pas le faire.

Elle n'imaginait pas qu'on puisse être fâché contre soi-même ou déçu par soi-même. Quand tu lui disais ce genre de choses, elle riait comme si tu jouais tous les rôles dans un théâtre de marionnettes mais qu'elle te vît derrière le rideau.

Paddon mon gros bêta disait-elle, qu'est-ce qui cloche, tu peux me le dire ? comment ça peut clocher ? Et de fait, quand tu étais avec elle, rien au monde ne clochait et toutes les choses que tu avais accumulées dans ton esprit pour lui dire qu'elles clochaient te paraissaient geignardes et ridicules, alors tu te taisais en prenant dans ta bouche un de ses mamelons, et tu suçais sa chair sombre jusqu'à ce qu'elle sente ta dureté contre son os iliaque et alors elle venait tout doucement au-dessus de toi et tu restais parfaitement immobile et te pâmais de plaisir tandis qu'elle descendait lentement et remontait et descendait lentement.

Elle te donnait le corps que tu avais toujours eu sans le savoir, te révélant sans fin ses surfaces et sondant ses profondeurs – non pas en t'instruisant mais en aimant toutes les parties de toi qui étaient restées entre parenthèses, enfermées à clef, percluses par l'oubli. Tant que tu étais avec elle, tu avais un sentiment euphorisant d'immunité et d'impunité. En la quittant, eh bien oui de temps à autre tu étais lacéré par la culpabilité mais au fond tu t'étais toujours senti coupable, n'est-ce pas Paddon, depuis ta plus tendre enfance ton cerveau était parasité par une sorte de honte diffuse qui forçait toutes tes pensées à se retourner sur elles-mêmes, se mordre la queue, se dévorer entières. Maintenant – maintenant que, grâce à Miranda, tu avais goûté à quelque chose comme le bonheur absolu –, tu détenais aussi pour la première fois une solide raison de te sentir coupable. Etant entré en contact avec la source miraculeuse qui pouvait te rendre enfin totalement immaculé et intègre, te remplir de sérénité, laver à grandes eaux tes remords imaginaires, des remords réels apparurent sur ton âme comme des plaies purulentes. Cette contradiction te donnait parfois la migraine mais tu ne pouvais t'empêcher de te demander si, sans cette douleur, tu aurais aimé Miranda avec la même intensité. Par moments, tu regrettais même de ne pouvoir demander conseil à Dieu mais tu savais d'avance ce qu'aurait été Son conseil et n'avais aucune envie de l'entendre. Quand tu avouais à Miranda tes doutes et tes appréhensions, elle se moquait de toi : Tu penses trop, disait-elle en embrassant ta poitrine en défaisant ta chemise en embrassant ton ventre en défaisant ta ceinture en embrassant ta racine qui se dressait pleine à déborder de ton amour pour elle, si prodigieusement pleine qu'il n'y avait plus rien à dire.

Très vite, tu compris que le cadeau qu'elle te faisait à chaque instant était celui du présent, mais il te fallut plusieurs mois encore avant de te rendre compte que, précisément en raison de cela, de cette manière unique dont Miranda habitait l'ici et le maintenant, tu serais peut-être capable de revenir à ton travail sur le temps. Tu lui racontas le vieux projet poussiéreux et tes rêves se ranimèrent sur ta langue. Elle hocha la tête, intéressée : elle t'entendait, elle seule pouvait t'entendre. Tu décidas de te remettre au travail – convaincu que, grâce à Miranda, ta vie allait reprendre ses couleurs.

Maman a dû parler à Frankie de Miranda. Je pense qu'elle l'a fait, c'était son grand frère, il la faisait marcher au doigt et à l'œil, elle ne savait rien lui refuser ; ce doit être pour cela, Paddon, que ton fils aîné s'est retourné contre toi de façon si définitive, je ne puis le comprendre autrement. A l'âge de dix-sept ans il a décidé que tu étais impardonnable : après tout ce que Karen avait fait pour toi, toutes les années passées à supporter tes humeurs et tes caprices, tes bouderies et tes colères – versant en toi son bon amour comme du lait, comme une potion, sans jamais se demander si elle s'était trompée en soudant son destin au tien – tu avais trahi un amour que tu ne méritais même pas. C'est alors, j'en suis sûre, que Frankie devint moralisateur et entreprit de dénoncer les injustices du monde, convaincu que la seule chose digne de respect était l'engagement – conjugal, professionnel, politique – puisque c'était la chose dont toi, tu étais incapable. Voilà que l'Histoire se faisait devant tes yeux, voilà qu'une guerre mondiale ravageait la planète, et ton seul souci était ta maîtresse divorcée soi-disant artiste ! Ruthie a dû être accablée de remords après avoir révélé ton secret, hantée aussi par la peur que Frankie ne le révèle à son tour à Karen – mais non, il s'est contenté de bouillonner de rage à te voir revenir le soir, ayant prétendument passé quelques heures à la bibliothèque après l'école (ah ta fameuse bibliothèque ! ah la solitude sacrée dont tu avais besoin pour penser tes pensées profondes ! et dire que tout ça se réduisait à une partie de jambes en l'air !), planter un baiser hypocrite sur la joue de ton épouse altruiste, t'installer dans un fauteuil et te laisser chouchouter par elle tandis que tu enguirlandais Johnny au sujet de sa paresse, sa chambre mal rangée et sa façon de rêvasser devant ses problèmes de maths... Sévère et silencieux, Frankie résolut de quitter la maison dès que possible et de se forger une existence entièrement à l'écart de la tienne : il fit même une tentative sérieuse pour s'enrôler dans l'armée, mais malheureusement il n'avait pas tout à fait dix-huit ans et les troupes alliées durent débarquer en Normandie sans lui.

Tu allas voir Miranda quelques semaines plus tard, ce même été 1944 – elle était au lit, elle passait de plus en plus de son temps au lit et vous évitiez l'un et l'autre de faire allusion à ce phénomène – tu appuyas ses deux mains contre tes lèvres et elle te demanda comment s'était passé l'anniversaire de Ruthie. Elle avait gardé précieusement cette question dans son esprit pour te la poser – Ruthie venait d'avoir seize ans et Miranda savait comme tu étais perturbé de voir le corps de ta petite fille s'épanouir en un corps de femme – donc tu lui répondis longuement, évoquant la fête aux fleurs jaunes, les jonquilles cueillies par Karen et accrochées à des serpentins qui s'entrecroisaient dans l'entrée et le salon, le nouvel ensemble jaune vif de Ruthie et la jonquille dans ses cheveux, ses amis de l'école qui avaient apporté des disques de Frank Sinatra et dansé ensemble aussi lentement que possible au rythme de son vibrato italien bidon, mielleux et écœurant, et l'étrange effet produit dans tes testicules par le fait de voir le bras d'un jeune homme enlacer en une courbe possessive la taille de ta fille, et ensuite tu te mis à lui lire le journal à haute voix, lui décrivant l'avancée inexorable des Alliés à travers l'Europe et l'imminente libération de Paris, puis tu t'allongeas près d'elle pour caresser sa joue lisse et brune, et environ une heure plus tard elle se tourna vers toi en souriant : Dis-moi Paddon – la fête de Ruthie s'est bien passée ?

Ton sang se glaça et tu recommenças, d'une voix entrecoupée, à décrire les jonquilles et le vibrato mais tu étais troublé, et ton trouble la troublait, et elle finit par t'interrompre d'une voix vexée Arrête de faire semblant ! et tu t'arrêtas mais ne savais vraiment pas comment procéder à partir de là, et à la fin c'est Miranda qui parla, disant C'est si bizarre, Paddon. C'est comme un rêve de retour, comme si on revenait à l'endroit où on a grandi, seulement on trouve rien de familier et on crève de peur.

Tu hochas la tête mais n'arrivais toujours pas à parler parce qu'il n'y avait pas moyen de nier que cela était effrayant : n'importe quel handicap physique était supportable et même le vacillement de son parler, mais pas cet oubli, pas ce lent effritement des fondations mêmes de son intelligence – non, cela était la frayeur même.

Tu confias toutes ces choses à ta fille Ruthie, tu avais terriblement besoin de les dire à voix haute et donc tu les lui dis et elle les absorba, les assuma, s'efforçant de partager le fardeau avec toi, le laissant peser sur son cœur et sa conscience, écarquillant légèrement les yeux à mesure qu'elle découvrait les dimensions insoupçonnées du monde adulte, la douleur et la terreur d'un père qu'elle avait longtemps cru omnipotent et infaillible. Tu lui avouas même, à elle et à elle seule, que ce n'était pas un vulgaire pari qui avait si gravement grevé le budget familial l'année précédente : ce jour-là, le jour où tu avais dit à Karen que ton compte en banque était à sec parce que tu avais stupidement parié que les Brigades canadiennes n'iraient pas se mêler aux échauffourées en Italie, était l'une des occasions rarissimes où Karen avait perdu tout contrôle devant les enfants, se laissant échouer les bras ballants sur une chaise de cuisine et se mettant à pleurer sans retenue et sans paroles parce que, étant donné le rationnement du pétrole et du gaz et du sucre et du thé et du café, étant donné que l'Alberta envoyait outre-Atlantique la majeure partie de son bacon et de son porc et de son blé, étant donné l'appétit vorace de vos deux adolescents mâles et la facture impayée du chauffage de l'hiver dernier, ce n'était vraiment pas le moment de vous retrouver sans un sou à votre nom. Les yeux de Ruthie étaient devenus immenses et noirs de reproche et elle s'était retirée de toi de façon ostensible, se refermant chaque fois que tu lui adressais la parole et t'évitant jour après jour, si bien qu'à la fin, au cours d'une longue et larmoyante promenade, tu lui expliquas que l'argent avait servi à une cause qui était bonne mais que Karen n'eût pas comprise : l'achat d'un fauteuil roulant pour Miranda. Ruthie hocha la tête en avalant sa salive ; décidément elle apprenait à avaler beaucoup de choses.

En 1946 Frankie partit pour Toronto en traînant Ruthie avec lui pour la soustraire à ton influence néfaste – mais, dit-il, c'était déjà trop tard. Tu l'avais déjà refaite à ton image, dit-il, molle et complaisante et amorale. Voilà pourquoi, dit-il, elle s'est retrouvée avec deux bâtards et sans mari, et si je n'avais pas insisté pour qu'elle suive des cours de sténodactylo sa vie aurait été bonne pour la ferraille. Combien de fois ai-je entendu cela, moi qui suis fière d'être une des bâtards en question ? Mon oncle Frankie te détestait sincèrement, Papie. Mais tu avais d'autres sujets de préoccupation, au cours des années qui ont suivi la guerre.

Tu étais abasourdi par ce qui venait de se produire, obsédé par les images de Bergen-Belsen Hiroshima Stalingrad, les corps les corps les corps des petits enfants et des vieillards et des jeunes femmes et des jeunes hommes et des vieillardes, des centaines non des milliers non des millions de corps pourrissants ou brûlés ou gazés ou affamés à mort ou battus à mort ou gelés ou déchiquetés ou fondus sous l'impact de rayons invisibles, tu t'acharnais à comprendre et, comme d'habitude quand tu voulais comprendre une chose, tu en parlais avec Miranda, seulement tu ne savais plus maintenant ce qu'elle enregistrait de tes paroles. Un jour, tu lui lus un article sur l'extermination des juifs et elle dit C'est pas si étonnant, vu la manière dont les chrétiens ont toujours traité les autres. Tu protestas avec véhémence, irrité par ses idées simplistes, la manière têtue dont elle y enfonçait les dents et refusait de lâcher prise : Hitler n'était pas chrétien pour deux sous ! Sa plate-forme politique n'avait rien à voir avec le christianisme. Peut-être bien, rétorqua Miranda, mais il a grandi dans le monde chrétien et dans le mode de pensée chrétien, cette manie chrétienne de pousser et de bousculer les autres en déclarant qu'on est les meilleurs, et de convoiter la terre des autres et de la prendre en massacrant tout ce qui se met en travers de votre chemin. Les chrétiens ne sont pas les seuls dans l'Histoire, dis-tu Paddon, à avoir poussé et bousculé les autres – mais elle changea abruptement de sujet. Tu sais ce qu'il a fait, l'homme blanc, en arrivant ici ? demanda-t-elle et tu poussas un soupir. Il a dessiné une ligne droite schlak ! à travers le cœur du pays blackfoot, et puis il a dit Voilà, à partir d'aujourd'hui, ici ça s'appelle le Canada et là-bas c'est les Etats-Unis. Tu n'avais rien à répondre à cela Paddon, tu haussas les épaules en tapant du pied, impatient de revenir au sort des juifs européens. Et sous prétexte qu'ils ont foutu des barbelés et des sentinelles partout et changé le nom du pays, ils peuvent dire C'est à nous. Ici même, ce qu'on appelle Calgary, ça s'appelait autrefois Kootsisaw, tu sais ? Oui je le sais Miranda, est-ce que tu crois vraiment devoir me l'apprendre une nouvelle fois ? Les yeux de Miranda lancèrent des éclairs et tu vis que la confusion de cet échange n'allait pas se dissiper mais ne ferait que s'épaissir et s'assombrir comme de la mélasse. Je t'apprends rien du tout, j'essaie simplement de t'expliquer comment ils pensent, les chrétiens. Par exemple le pôle Nord. *Quoi ?* Qui c'est qui a découvert le pôle Nord, Paddon ?

Ce dévoiement constant de son train de pensées te mettait mal à l'aise mais, te rappelant que son cerveau ne fonctionnait pas normalement, tu t'efforças de n'en rien laisser paraître et, respirant profondément, tu répliquas : Bien sûr que je le sais. Je m'en souviens comme si c'était hier. Toi, tu étais haute comme trois pommes à l'époque, mais moi j'avais neuf ans et mon oncle Jake m'a appelé exprès de Peace River pour me raconter l'histoire. Alors, qui c'est qui l'a découvert ? Robert Peary, répondis-tu avec méfiance, flairant le piège. Tu veux dire qu'il était seul ? Bien sûr que non. Il était avec qui ? Tu soupiras encore – était-ce cela qu'elle voulait te faire dire ? – Avec son aide de

camp noir Matthew Henson, et quatre guides esquimaux. Quatre quoi ? Quatre guides esquimaux. Si
c'étaient des guides, c'est qu'ils y étaient déjà
allés ? demanda Miranda sur un ton triomphal et
tu poussas un grognement d'indignation. Ecoute,
ma chérie, commenças-tu sur un ton indulgent mais
elle te coupa, croisant les bras en un geste de défi
rendu pathétique par sa difficulté physique, Tu ne
connais même pas les noms de ces Esquimaux,
déclara-t-elle. Peut-être qu'ils se baladaient autour
du pôle depuis des années ! Et sous prétexte qu'un
Blanc déclare que c'est un pôle, c'est lui qui devient
célèbre ! Mais Miranda – ta voix venait de grimper d'un ou deux degrés – il y a tout de même une
différence. Malgré tout, errer à travers un territoire
et en faire la carte, ce n'est pas la même chose.
Raconter des histoires autour d'un feu de camp et
écrire des livres, ce n'est pas la même chose. Tu te
rendis compte soudain que tes paroles pouvaient
sonner comme une défense de ta civilisation contre
la sienne, elle dut l'entendre de la même façon car
elle te répondit du tac au tac, Alors si tout ce que
fait ton peuple est tellement fantastique, pourquoi
te lamenter sur le sort des juifs ? Nom de Dieu
Miranda ! explosas-tu, tous les Blancs ne sont pas
comme tous les autres Blancs, comment peux-tu
dire des sottises pareilles ! Dès que les mots eurent
franchi tes lèvres tu frémis, redoutant de la voir se
barricader comme Karen dans un silence injurié
mais non, elle poursuivit avec une obstination
accrue. Tout ce que je sais, dit-elle, c'est que nous

on n'a jamais construit d'usines pour tuer les gens. Et quand je vois à quoi ça a mené, tous vos livres et toutes vos cartes, j'aime autant ne pas savoir lire et écrire. Merci quand même.

Un lourd silence suivit cette dernière énormité ; puis, ramassant ton orgueil autour de toi comme des robes royales, comme les couvertures finement tissées aux motifs brillants d'un chef indien, tu te levas et te mis à discourir tout en arpentant la pièce. Oh Paddon il t'était indispensable que Miranda comprenne ces choses, il fallait à tout prix que tu l'amènes à partager ton point de vue car personne au monde ne savait comme elle serrer tes mains mentales dans les siennes, alors tu arpentas et péroras, arpentas et péroras et, au bout d'une demi-heure passée à débrouiller les thèmes enchevêtrés de la démocratie la barbarie l'alphabétisation et le racisme, te retournant pour vérifier l'effet sur elle de tes paroles, tu vis qu'elle luttait contre le sommeil ; son corps s'était affaissé dans le fauteuil roulant et tous les muscles de son visage s'étaient relâchés. La honte déferla telle une vague rouge dans la grotte de ton cerveau, emportant avec elle les théories brillantes qui, un instant, y avaient étincelé. Tu pris le corps lourd de Miranda dans tes bras, elle te fit un faible sourire et tu la portas à travers la pièce pour la poser maladroitement et amoureusement sur le lit, appuyant ensuite tes lèvres contre son front et te demandant, alors qu'elle fermait les paupières, si vos altercations avaient commencé avant ou après que vous aviez cessé de faire l'amour.

145

Et, bien sûr, la prochaine fois que tu abordas avec elle le sujet des camps de la mort, elle secoua la tête et dit en soupirant Voilà à quoi mène le christianisme, et du coup Paddon il fallait que tu te fasses à l'idée qu'il n'y aurait plus de conversations entre vous, et que votre amour devrait se situer sur un autre plan, ni celui du corps ni celui de l'esprit mais ailleurs.

Au cours des deux années suivantes, le passé de Miranda se volatilisa peu à peu comme ces minces flaques miroitantes qui s'évaporent sur le sable à marée basse, ou comme un dessin qu'aurait lentement effacé une main invisible ; lucide, elle en eût sûrement été horrifiée, mais la brume sur sa mémoire était à cet égard bienfaisante et la plupart du temps elle parvenait à sourire, à rester calme et à te reconnaître comme elle reconnaissait Dawn ou ses chats ou ses tableaux, autant de bribes d'un bel univers qu'elle s'était autrefois construit. Elle aimait bien que tu lui parles et elle t'écoutait toujours, mais son esprit n'assimilait presque rien de ce que tu lui disais, il suivait tes mots comme des traces de pas dans le sable en les oblitérant aussitôt, comme une vague qui ne fait que monter, monter sans jamais redescendre, elle allait vers l'avant et chaque seconde était parfaitement neuve, non seulement elle ne se rappelait plus les circonstances de votre rencontre ni le nombre d'années qu'avait duré votre amour, elle ne pouvait plus prendre assez de recul pour récapituler le sens d'une phrase. Mais dans l'état où elle était, Paddon, avait-elle réellement besoin d'informations et d'opinions et d'idées, n'avait-elle pas plutôt besoin de ta voix comme un bruissement de vent dans les peupliers ? Elle frissonnait de vie, c'était de la vie à l'état pur mais était-ce encore de la vie humaine, de cela tu n'étais pas certain. Tu avais commencé sous l'égide de Miranda à écrire des éloges du présent mais maintenant, son présent s'étant rétréci jusqu'à n'être plus qu'un minuscule point de lumière, les ténèbres alentour te confondaient.

Quelle était la quantité minimale de passé nécessaire à la production du sens ?

Etait-ce cela, la nouvelle question ?

Parfois tu n'avais d'autre choix que de courir. Les rails du chemin de fer. Oui, je te vois clairement en train de courir sur les traverses. Il fallait que tu gardes les yeux baissés parce que la distance entre les traverses n'était pas parfaitement régulière et tu allais tellement vite qu'un faux pas t'aurait allongé par terre. Les yeux baissés donc, tu voyais tes pieds sans chaussettes enfoncés dans des godasses béantes sans lacets qui avaient appartenu à quelqu'un mais qui, n'étant plus à personne, étaient à toi ; au mois de juillet il importait peu qu'elles aient des trous et on était en juillet donc tu les portais et elles faisaient flip-flop à chacun de tes pas rapides. Tu courais. De part et d'autre de tes pieds, les lignes droites des rails en acier scintillaient sous le soleil, imprimant sur ton cerveau des barres de lumière fraîche qui demeuraient visibles quand tu fermais les paupières. Tu courais. Tes jambes étaient brûlées marron par le soleil, couvertes de croûtes et de boue, nues depuis ton short jusqu'aux chevilles. Tu regardais tes pieds se croiser en l'air et retomber sur une traverse à chaque pas comme si tu étais toi-même une machine, un petit train infatigable au moteur bien chauffé et aux vitesses huilées, dont les valves s'ouvraient et se refermaient automatiquement pour laisser entrer et sortir de l'air et dont les roues et rouages tournaient sans cesse dans ta tête alors que tu traversais teuf-teuf la plaine infinie dont les hauts blés filaient à gauche à droite – je *crois* que j'peux, je *crois* que j'peux, je *crois* que j'peux – sauf qu'il n'y avait pas la moindre colline à conquérir par ici, rien que droit devant soi, trois mille kilomètres en ligne droite jusqu'à Toronto, les coudes cognant et cognant et cognant l'air derrière toi, tu courais Paddon sans jamais te fatiguer.

Quel âge avais-tu alors ? Huit, neuf ans peut-être.

Etrangement, je suis incapable de te voir en train de courir dans l'autre sens. Tu as dû le faire, bien sûr, pour éviter une rossée de ton père, mais malgré tous mes efforts je n'arrive pas à imaginer les rails s'étendant devant toi en direction d'Anton. Tout ce que je vois ce sont les sept marches qui conduisent à la porte de la cuisine derrière la maison. Tu ôtes tes chaussures pour éviter une réprimande maternelle mais t'aperçois ensuite que tes pieds nus sont aussi sales que tes chaussures, tu pénètres néanmoins dans la cuisine, attentif à ne pas faire claquer la porte-moustiquaire, et en te retournant tu te retrouves le nez collé au ventre de ta mère, ventre dissimulé derrière un tablier, une robe en coton imprimé et Dieu sait quoi encore, les hanches de Mildred ont l'air sévère mais elle ne dit rien, ne fait que te fourrer un torchon dans la main – C'est ton tour d'essuyer la vaisselle. Cinq minutes plus tard elle t'interpelle : Combien de fois je t'ai dit de ne pas mettre le torchon sur ton épaule ? Pardon, Ma, j'ai oublié. Tu sais, dit-elle, en général quand je te dis une chose c'est pour une bonne raison. Oui Ma. Alors, dit-elle, c'est quoi la raison ? Peut-être que si tu me la dis, tu t'en souviendras à l'avenir. Pourquoi ne doit-on pas mettre le torchon sur son épaule ? Tu hésites et lances, un peu au hasard – A cause des microbes ? Elizabeth qui écoute cet échange depuis l'autre pièce pouffe de rire et tu as envie de prendre le torchon et de le lui mettre autour du cou et de serrer jusqu'à ce que ses yeux jaillissent de leurs orbites et roulent le long du corridor comme deux billes en verre. Oui, dit ta mère, mais quel *genre* de microbes ? Cette fois tu es coincé, tu ne connais pas la réponse, tu n'as pas encore étudié les différents genres de microbes à l'école, tu hausses les épaules d'un air coupable et attends que la vérité soit dite : Des cheveux, Paddon. Crois-tu qu'on a envie de manger dans des assiettes qui ont été en contact avec tes cheveux ? Il est clair que non, bien sûr que non, et maintenant tu sens distinctement grouiller sur ta tête mille parcelles de maladie et de mort.

Ta mère ne t'a-t-elle jamais chanté de chansons, Paddon ? Jamais. Ne t'a-t-elle jamais serré contre elle ? Seulement pour enfoncer les pans de ta chemise dans ton pantalon ou pour corriger ta mauvaise posture. N'a-t-elle jamais rien partagé avec

toi ? Les tenants et aboutissants de la prière du soir :
d'abord on remercie Dieu de tous Ses bienfaits,
ensuite on Lui confesse ses péchés, ensuite on Lui
demande de bénir tout le monde et à la fin, s'il n'y
avait pas trop de péchés, on peut Lui demander un
petit service. *Néanmoins, qu'il soit fait selon Ta
volonté, non la mienne. Amen.* Ne t'avait-elle pas
désiré, Paddon ? Si. Ne t'aimait-elle pas ? Oh si.

Elle voulait par exemple que tu joues du piano.
Consciente de s'être déclassée en se mariant, elle
avait juré de donner à ses enfants une éducation
digne des élégantes manières de salon britanniques
qui depuis toujours avaient échappé de justesse à
son atteinte ; or le symbole de ces manières était le
piano. La tante qui le lui légua était tellement sénile
lors de la rédaction de son testament qu'elle ne se
souvenait même plus du départ de Mildred pour les
plaines vides du Canada. Ayant pris connaissance
de son héritage par courrier, Mildred exigea aussitôt
que l'instrument lui fût envoyé, faisant la sourde
oreille aux protestations enragées de ton père – les
seuls frais d'envoi auraient pu nourrir la famille tout
un mois ! Ils n'avaient pas l'eau courante mais ils
allaient avoir de l'accompagnement pour leurs cantiques merdiques !

Le ranch des Sterling fut ainsi le premier de
toute l'Alberta du Sud à pouvoir se vanter d'un
instrument plus sophistiqué qu'une casserole ou
un banjo. Dorénavant chaque fois que ta mère
relevait les défauts de la maison, se plaignant de
l'exiguïté de ses deux pièces pour une famille de

quatre ou de la fuite dans le toit ou des punaises qui grouillaient dans les murs, ton père mettait fin à la discussion en rétorquant : On n'a qu'à s'installer dans le putain de piano !

Il arriva, passablement désaccordé par les cahots du voyage, mais tu en tombas tout de suite amoureux. Personne dans les environs n'était à même de l'accorder ni de te donner des leçons mais ta mère te laissait caresser le clavier à cœur joie, prédisant à qui voulait l'entendre que tu serais un jour titulaire des orgues de l'église. C'était là son unique indulgence à ton égard ; elle prit fin lorsque Elizabeth, âgée de quatre ans, annonça que ta musique la perturbait dans ses prières; à partir de là tu eus le droit de jouer une demi-heure par jour, et pas une minute de plus.

Elizabeth était au-dessus de tout reproche. Les comparaisons, invariablement en sa faveur, commencèrent le jour de sa naissance pour ne plus jamais s'arrêter. Toi tu avais beaucoup pleuré, Elizabeth était d'un naturel placide. Toi tu avais renâclé à apprendre la propreté, Elizabeth l'avait pour ainsi dire inventée. Toi tu te tortillais et te trémoussais à l'église alors qu'Elizabeth restait tranquillement assise, les pieds serrés les genoux serrés les lèvres serrées, les mains gantées croisées sur sa jupe et les yeux rivés sur le pasteur. Toi, disait Mildred, tu ressemblais à ton père : tu étais sauvage et elle était fermement décidée à venir à bout de ta sauvagerie avant qu'il ne fût trop tard ; Elizabeth, cela va sans dire, lui ressemblait à elle.

Quand ton corps maigrichon se mit à aborder timidement la puberté, ton père entreprit de te transformer en ce qu'il considérait comme un homme, à savoir une star de rodéo. En ancien combattant de la cavalerie royale, lui-même montait encore à cru chaque jour mais il n'était pas idiot : aucun homme de plus de trente ans ne risque ses fesses sur le dos nu d'un mustang frais. L'alcool avait rendu flageolant et décharné son corps à lui et, jusque-là, il ne s'était jamais spécialement préoccupé du tien mais brusquement il se mit à te tâter et te pincer les biceps, à flanquer, chaque soir, sur ton assiette de gros morceaux de viande sanguinolente et à t'initier aux secrets de son métier. Il t'obligeait à traîner dans le corral après l'école pour l'écouter tailler une bavette avec les cow-boys qui, une botte appuyée sur la barre inférieure de la clôture et un mégot au bec, distribuaient des phrases comme autant de cartes à jouer, les mêmes couleurs et les mêmes chiffres revenant à chaque fois – le temps qu'il faisait, la réputation d'un dompteur nouvellement débarqué dans la région, le temps qu'il faisait, le nombre inouï de têtes de bétail amenées des Etats-Unis par un vieux mormon, le temps qu'il faisait, y aurait-il suffisamment de pluie cet été, l'hiver serait-il aussi meurtrier que celui de 1906 – leurs crachats et grognements servant moins à ponctuer qu'à rehausser, compléter, voire illustrer leurs pauvres mots insuffisants.

Meurtri par les attentions de ton père en ces fins d'après-midi pénibles, tu attendais avec impatience que la voix de ta mère décrive son arc au-dessus de l'étendue plate entre la maison et le corral pour te convoquer à ta demi-heure de piano. Elle va en faire une tapette ! grommelait ton père à l'intention des autres cow-boys tandis que tu te faufilais : Lui foutra des jupes bientôt, si je fais pas gaffe. Et il redoublait ses efforts pour t'endurcir.

Les visages de tes amis d'enfance me restent obscurs. Je te vois en train de perdre des billes dans la neige : ça, oui. Et de te bagarrer tièdement pour défendre Elizabeth – tièdement parce que, en ton for intérieur, tu approuvais les insultes qu'on lui avait lancées et abhorrais de plus en plus toute forme de contact physique. Je te vois aussi en train de patiner sur la rivière gelée avec une fille aux joues rouges et aux yeux verts, qui cherche vainement à attraper ta main… et de descendre la berge en glissant sur une vieille boîte en carton aplatie parce que tes parents ne pouvaient pas te payer de luge… Mais tes amis ne se matérialisent jamais en tant qu'individus, ils ne sont qu'une masse sautillante de chapeaux et d'écharpes colorés, ou bien un brouhaha de cris et de huées autour du trou d'eau, et toujours je te vois, toi, à l'écart, guignant le groupe d'un air à la fois critique et craintif. Oui je pense que, dès le début, tu dus choisir une attitude distante afin de ne pas te sentir exclu, te protégeant de ton mieux contre les incursions de ta sœur jalouse et jacasseuse, et préférant les livres aux êtres dès que tu appris à lire.

En 1907 toute ta classe quittait l'école en courant, chaque soir, pour s'installer sur la route de Calgary et regarder les hommes musclés enfoncer des poteaux dans le sol à intervalles réguliers – ah les arbres dépouillés de leurs branches et lissés en cylindres, les muettes forêts abattues et transformées en piliers de communication, les fils suspendus d'un poteau à l'autre comme d'étranges et sombres guirlandes, décorant le visage de l'Alberta tel un lugubre sapin de Noël... Les poteaux s'approchèrent progressivement d'Anton puis de votre ranch ; enfin les fils furent rattachés à votre maison et le miracle se produisit, ton père convoqua toute la famille à regarder tandis qu'il inséra son index enflé et cradingue dans le cadran métallique, fit le zéro et demanda un numéro à Peace River. Trente secondes plus tard, l'instrument émit un cliquetis strident et Jake était au bout du fil. Toi, Paddon, le cœur palpitant, tu pris le combiné dans tes petites mains et l'appuyas contre ta tempe puis, tendant l'oreille, tu reconnus à travers le grésillement de la ligne la voix de ton oncle bienaimé. (Quatre-vingts ans plus tard, tu m'avouerais qu'aucun exploit technologique ne t'impressionnait davantage, ni l'avion ni la télévision ni la bombe atomique ni la chirurgie au laser ; *cela*, le téléphone, te faisait chaque fois hocher la tête d'admiration incrédule : pouvoir frôler quelques touches de tes doigts et entendre aussitôt la vraie voix vivante de ta propre petite Paula à Montréal, riant de tes blagues à 3 500 kilomètres de distance – que pouvait-il y avoir de plus miraculeux ?)

A partir de ce jour-là, Jake vous appela tous les dimanches. L'attente de son appel rendait supportable cette journée étouffante au cours de laquelle tout vous était interdit : faire du bruit, monter et descendre les marches du perron en courant, rire trop fort, avoir l'air de vous amuser. Jake demandait toujours à parler aux enfants et c'est avec toi qu'il parlait le plus ; en mai 1909 il te garda au téléphone une demi-heure avec le récit dramatique de l'expédition Peary au pôle Nord. Tu fermas les yeux et sa voix fit surgir en toi les dangereuses banquises mouvantes, les blizzards si denses que l'air lui-même en devenait opaque, les Esquimaux qui montraient le chemin en hurlant pour se faire entendre par-dessus le rugissement du vent, les chiens qui périssaient de froid en pleine marche, les reflets littéralement aveuglants du soleil sur la neige, les traîneaux qu'on retrouvait au petit matin coincés dans la glace, Peary et son aide de camp Henson dressant leur tente pour la centième fois, brisant avec leurs doigts insensibles des brindilles pour faire du feu afin que Peary puisse étudier ses cartes, et Henson de se demander pourquoi diable son employeur ne pouvait pas se contenter de son appartement chic et chauffé à Manhattan. Ces types sont complètement foldingues ! se disait-il en secouant la tête. Suffit pas qu'ils nous aient traînés hors de l'Afrique, je parie qu'ils ont le projet de nous construire une ville ici, pile au pôle Nord, dans l'espoir que notre peau va enfin se mettre à blanchir !

Tu ris aux éclats, tout chaud de reconnaissance que Jake t'ait su assez grand pour comprendre la plaisanterie.

Quant à Dieu à cette époque de ta vie... eh bien, Paddon, tu ne Le comprenais pas et tu ne Le portais pas précisément dans ton cœur. Tu souffrais déjà trop de la solitude pour parler à des gens qui ne se donnaient pas la peine de te répondre. D'après ce que tu voyais, une bonne partie de Ses faits et gestes était discutable pour le moins et, tout en te faisant quémander les mêmes choses encore et encore, Il ne te les donnait presque jamais, ce qui était assez humiliant. Tu préférais à tout prendre les réponses franches et nettes de ton père, comme le coup qu'il t'assena sur l'oreille quand tu lui demandas un exemplaire de *Tom Sawyer* pour Noël. Tu confias le même souhait à Dieu chaque soir pendant le mois de décembre et Il te laissa espérer, mais à la fin tu n'eus que des caleçons longs et ta déception était bien plus grande. De manière générale, Dieu semblait être la sentinelle de ta maman : comme elle ne pouvait te surveiller tout le temps, elle te disait que Lui le faisait ; du coup tu étais mal à l'aise chaque fois que tu te tripotais le zizi. C'était déjà assez dur de partager une chambre avec ta petite sœur en sachant qu'elle courrait te dénoncer pour la moindre vétille, mais l'idée de ce type qui te suivait partout en regardant par-dessus ton épaule, invisible et louche comme un voleur dans la nuit, avait vraiment le don de t'énerver.

Ta mère te donna le piano en cadeau de mariage ; elle paya même pour le faire livrer à votre nouvelle maison. L'instrument occupait presque la moitié du salon et l'autre moitié était prise par votre lit parce que, te rappelant comme tu avais souffert petit de la promiscuité, tu avais décidé que l'unique chambre de la maison appartiendrait au bébé.

Cette année-là, la première, tu n'avais aucun mal à donner tes cours d'histoire et ta vie se déroulait comme une sorte de fête exubérante ; jetant aux orties Mozart et Beethoven, tu appris à jouer le boogie-woogie et le rag-time et les tubes de Wilf Carter, arrachant ta cravate dès que tu rentrais à la maison, défaisant ton bouton de col et te laissant choir sur le tabouret les yeux fermés, cueillant les mélodies à même le clavier de la main droite en y ajoutant des accords syncopés de la main gauche, te disant qu'au fond tu n'avais jamais aspiré à devenir autre chose qu'un cow-boy de saloon. Parfois Karen grimpait sur le lit derrière toi et se mettait à danser, gauche et vaguement comique à cause de son gros ventre, ou bien elle t'enfonçait un oreiller sur la tête au beau milieu d'un refrain, te faisant culbuter en arrière sur le matelas et t'engageant dans une bataille de polochons à la fin de laquelle vous faisiez l'amour avec une passion insensée, jamais personne au monde n'avait pris un tel pied n'est-ce pas, c'est vous deux qui aviez inventé le plaisir n'est-ce pas, pauvres imbéciles.

Tu repris contact avec tes vieux camarades de lycée, dont bon nombre étaient déjà mariés eux aussi et avaient des enfants ou étaient en passe d'en avoir, et parfois, s'ils arrivaient à trouver une baby-sitter, ils venaient chez vous et s'installaient autour de la table de la cuisine pour jouer au bridge, un jeu que ta mère et celle de Karen avaient réprouvé de sorte que l'un et l'autre, découvris-tu alors, aviez imaginé deux joueurs formant un pont avec leurs corps et les deux autres le traversant ; mais tu avais appris les véritables règles du bridge à Edmonton, lors de tes rares soirées passées loin d'Augustin et de Thomas d'Aquin, et étais ravi maintenant de pouvoir t'asseoir dans ta propre cuisine dans ta propre maison, et jouer à un jeu que ta mère avait blâmé, et te mettre au lit après minuit sans avoir à te soucier des examens à préparer ni de ta thèse à rédiger ni de ta voisine du dessous, et qui plus est tu avais un vrai emploi avec un vrai salaire, pas mirobolant bien sûr mais suffisant pour entretenir ta vraie épouse, dont tu étais éperdument amoureux.

Mes rêves peuvent attendre, te disais-tu, sans te douter un instant à quel point tu disais juste – ah, ce qu'ils pouvaient attendre, tes rêves ! – s'il y avait une chose pour laquelle ils allaient s'avérer doués c'était l'attente, et ils auraient largement l'occasion de te le prouver au cours des décennies à venir, ils deviendraient même des virtuoses, des passés maîtres de l'attente, imbattables sinon en patience du moins en persistance pathologique mais, pour l'instant, tu parvenais encore sans trop de mal à te convaincre que tu avais pris la bonne décision, celle de t'immerger provisoirement dans le monde réel, de faire face aux défis, de ramasser le gant que la vie avait lancé à tes pieds, de te conduire en mari responsable au lieu de te réfugier comme par le passé dans des harmonies et des abstractions éthérées. Le ventre ballonné de ta femme était la chose la plus réelle que tu eusses jamais vue, et tu posais les mains dessus avec autant de vénération que s'il s'était agi de la Terre elle-même.

Karen faisait tout avec le même enthousiasme, qu'il s'agît de te donner son corps ou d'astiquer le sol de la cuisine. Tu te réjouissais de la longueur et de la largeur et de l'unité de son corps, caressant de tes doigts les plaines de ses joues et de ses hanches et de ses omoplates ; ses angles étaient à tel point parfaits qu'on l'eût dite taillée dans du bois et rabotée par des outils de menuisier. Elle avait les doigts noueux et forts, les pieds franchement grands, le nez long et droit, et elle t'aimait Paddon d'un amour féroce qui ne lâcherait jamais prise, et elle fredonnait tout en nettoyant la maison de haut en bas pour la préparer à l'arrivée du bébé.

Bien sûr, tu ne pouvais pas lui parler. Sa foi était aussi saine et fonctionnelle que son appétit : ni trop vorace ni trop frugale ; sujette ni à la spéculation ni à la révision. Les choses étaient ainsi. Lui demander de mettre en cause ses croyances eût été aussi futile que de lui demander de restituer, en l'état, la nourriture qu'elle venait d'avaler. Ses prières à l'instar de sa mastication étaient un moyen prompt et décisif pour atteindre un but. De même, ses grossesses furent gérées avec une efficacité stupéfiante : elles durèrent exactement neuf mois, commencèrent sans vomissements et se terminèrent sans cris. La première eut pour résultat un garçon et la seconde, deux ans plus tard, une fille. Les deux enfants naquirent à la maison : Frankie jaillit rouge vif, s'égosillant et secouant furieusement les membres comme pour prouver que la tragédie de ton père et sa première femme n'allait pas se répéter ; quant à Ruthie elle sortit bleue et immobile et, malgré des frictions et des frottements frénétiques, la sage-femme indienne eut du mal à la convaincre de rester accrochée à la vie jusqu'à l'arrivée du médecin.

A mi-chemin entre ces deux naissances, en 1927, Elizabeth partit pour Haïti en brandissant son diplôme d'infirmière et son appareil-photo comme un croisé son épée et son bouclier. La manière dont son choix s'était fixé sur Haïti allait devenir une des histoires drôles de la famille, surtout après que ladite famille se fut enrichie de quelques Haïtiens : un jour, compulsant à la cathédrale les brochures consacrées aux pays pauvres, elle était tombée sur une description de Port-au-Prince. Les conditions de vie là-bas avaient l'air si abominables – entre la mortalité infantile, la misère, l'insalubrité, la faim et la superstition, sans parler des troubles politiques – qu'elle s'était dit, C'est peut-être là que je dois aller témoigner. Quelques jours plus tard, elle lut dans une autre brochure une évocation d'Haïti. Quel pays misérable ! Mortalité infantile élevée, analphabétisme généralisé, famine rampante, situation économique catastrophique, magie noire : peut-être était-ce là qu'elle devait se rendre, et non à Port-au-Prince. Quand le confesseur à qui elle fit part de ce dilemme éclaira sa lanterne en l'informant que Port-au-Prince n'était autre que la ville capitale d'Haïti, sa joie ne connut pas de bornes : maintenant elle savait avec certitude où Dieu voulait l'envoyer !

N'ayant pour ainsi dire rien lu hormis des manuels de médecine et la Bible depuis ses années de lycée, Elizabeth avait des notions plus que rudimentaires de l'histoire et de la géographie. Elle fut sincèrement étonnée quand tu lui expliquas qu'Haïti n'était autre que l'île de Saint-Domingue, autrefois Hispaniola, la toute première colonie fondée par Christophe Colomb. Ce n'est pas possible ! protesta-t-elle. Colomb a découvert des Indiens, tout le monde sait ça – alors qu'Haïti est habitée par des Noirs !

Tu haussas les épaules et ta sœur s'en alla, en chantant, vers les tropiques.

Iles de la mer du Sud, Au fond de vos grottes de corail, Attachez les vents guerriers, Apaisez les vagues agitées, Celui qui sur vous régnera, De vos déchets Sa route fera – et non seulement Sa route, disais-tu entre les dents, mais Ses banques aussi, pour ne rien dire de Ses aéroports et de Ses usines de base-ball... En effet, Haïti était occupée à l'époque par les US Marines – grâce à quoi, en attendant de maîtriser le créole, Elizabeth n'eut aucune difficulté à trouver des interprètes.

Karen allaita chaque enfant six mois et les sevra avec fermeté, et tu fus ébahi de voir ainsi enfler et désenfler ta femme, le corps de ta femme ; tout le processus t'impressionnait, l'obscurité chaude et serrée dans laquelle tu avais pénétré avec tant de douceur qui explosait en des geysers de sang et des vagissements de bébé, cette terrible puissance vitale, cette force solaire spectaculaire, et les seins que tu avais dû pour ainsi dire chercher lors de ce lointain jour d'été, tant ils étaient plats et poignants telle une prairie dorée dont la surface ondule à peine – ces mêmes seins pendaient maintenant lourds et durs et se balançaient et dégouttaient de lait, puis s'aplatissaient à nouveau, puis se remettaient à gonfler – ah et l'aréole qui éclatait comme un sombre feu d'artifice autour du mamelon, et le mamelon lui-même qui devenait immense et crénelé, tellement plus grand et rêche que les menues lèvres passives en forme de fleur de ta fille Ruthie, oui, tout cela t'ébahissait Paddon, et Karen n'avait toujours pas vingt ans lorsque, ces deux accouchements derrière elle et tous ses angles réapparus aux bons endroits, la Bourse de Wall Street dégringola dans le vide.

C'était presque l'été déjà, découvris-tu avec horreur, et Dieu n'avait pas l'air mieux disposé cette année-ci que l'année précédente ou celle d'avant ou celle d'encore avant. Chaque soir jusque tard dans la nuit, tu parlais avec ton épouse de la survie. Karen était comme toujours avide de te comprendre et de t'aider, et tu savais que, tout comme Mildred et Elizabeth, elle tombait à genoux chaque fois que tu avais le dos tourné pour remercier Dieu d'avoir écouté ses prières, donc tu finis par revêtir ton unique costume et, jetant un coup d'œil sur l'inconnu dans la glace (tes cheveux n'avaient pas réellement blanchi ce jour-là dans la cave mais quelque chose de pire s'était produit, une altération indéfinissable mais irréversible de tes traits), tu sortis demander à réintégrer ton emploi. Au lycée, le recteur t'informa que, contraint comme tout le monde de réduire ses dépenses, il avait augmenté les effectifs de chaque classe tout en diminuant le nombre d'enseignants – ah ! si tu étais revenu l'année dernière mais ah ! tu n'étais pas revenu – et tout ce qu'il pouvait t'offrir pour la rentrée était un emploi comme remplaçant. Tu écoutais en silence les explications qu'il te fournissait sur un ton compatissant ; si tu lui avouais ne pas savoir comment survivre jusqu'à l'été, il ne te réembaucherait jamais.

Tu commençais peu à peu à entrevoir la laideur de ta situation. Les allocations de veuvage de ta mère étant devenues insuffisantes, elle s'était mise à prendre des pensionnaires mais comme ils ne pouvaient payer le loyer elle ne pouvait régler les factures et on venait de lui couper l'eau ; elle vivait de thé et de biscuits. Elle dépendait de toi. Ton épouse dépendait de toi. Tes trois enfants dépendaient de toi.

You haul sixteen ton, and what do you get – désormais tu les avais accrochées autour du cou, oui, les seize tonnes – *Tire, Paddon* – tu descendais la Neuvième Avenue – *Tire, mec* – passant devant les soupes populaires et les mendiants, les voitures rouillées – *Tire !* – toute la famille finirait peut-être par vivre à la décharge de Nose Creek, glanant des restes de nourriture parmi les ordures, disputant aux autres familles les pommes de terre pourries et les os de poulet moisis – *Tire, mec* – remplissais-tu seulement les conditions requises pour l'aide publique ? y aurait-il jamais pour toi une aide quelconque ? – *Allez, tire* – certes, tu pouvais vendre le piano, de toute façon tu y avais à peine touché depuis deux ans – *Tire* – mais personne n'avait les moyens de s'offrir un piano en ce moment, tout au plus te l'achèterait-on comme bois de chauffage – et pourquoi Karen ne demanderait-elle pas un prêt à son père ? – non, bien sûr que non – ça te revenait maintenant – sa ferme s'était effondrée l'année d'avant – tu l'avais même aidé à entasser ses affaires – cela avait-il vraiment eu lieu, étais-tu physiquement allé là-bas toi Paddon ? – oui ça ne pouvait être que l'an dernier, mais en s'infiltrant dans ton cerveau ce souvenir était impalpable comme le rêve d'un autre – laisse-moi t'aider à le capter – ah oui le blizzard noir – tu conduisais vers Medicine Hat, homme miniature dans une voiture miniature – cette même vieille Ford cabossée que ta mère s'était achetée avec tant de fierté en 1919 – suivant une ligne parfaitement droite à travers cette terre dont la monotonie n'était rompue que par de petites maisons de ferme qui se rapetissaient encore sous la prodigieuse immensité du ciel – et çà et là des silos vides – ALBERTA POOL, UNITED GRAIN GROWERS, PIONNIER COMPAGNIE DE CÉRÉALES – autant de doigts timidement levés pour quémander au ciel un peu de pluie – et ce ciel, mon Dieu, ce ciel ! il n'était pas seulement au-dessus de toi Paddon tandis que tu traversais dans ta voiture minuscule la surface plane des bad-lands, il était à ta gauche et à ta droite et devant toi et derrière toi et sa magnificence te coupait le souffle, et soudain il s'emplit d'un lourd silence, d'une étouffante immobilité qui semblait promettre enfin la pluie, enfin le soulagement d'un orage, et tu vis un long nuage sombre en forme de croissant traverser l'horizon telle une montagne belligérante, mais ce nuage-ci charriait non pas de l'eau mais de la terre et, en arrivant à la ferme de ton beau-père trois heures plus tard, tu vis que Dieu y avait semé la zizanie, la terre s'était amoncelée comme de la neige contre les poteaux et dans la maison chaque objet était enduit d'une couche épaisse de poussière. Les carcasses rouillées et tordues des machines agricoles, inutiles ces trois dernières années, gisaient sur la terre sèche comme des squelettes d'oiseaux préhistoriques ayant rencontré une mort violente.

Tire, mec ! Ton beau-père vivait déjà de l'aide publique. Tu avais réussi à te souvenir du blizzard noir de l'été précédent, mais ne savais toujours pas comment faire face à cet été-ci. Tes enfants avaient faim, Paddon ! Et après l'été viendrait un autre hiver, et le prix du combustible indispensable pour maintenir vos corps à la température du corps résonnait dans ta tête comme un glas.

Ta femme, trop soulagée de t'avoir arraché aux mains du Malin, ne se plaignait toujours pas : On arrivera bien à se débrouiller, disait-elle, pour peu qu'on soit ensemble, vraiment ensemble – parfois elle pleurait même de joie, simplement de pouvoir te reconnaître, et les jours passaient ainsi, dans le monde entier ils passaient, et chaque page arrachée au calendrier était un pas de plus vers le désastre, et tu te demandais Paddon si tu ne devrais pas cesser de lire le journal, si ton obsession de l'actualité n'était pas une évasion de plus, si le fait de te perdre dans des enjeux plus vastes (et Dieu sait qu'ils étaient vastes, ces enjeux, l'espèce humaine n'en avait peut-être jamais connu d'aussi vastes) n'était pas une simple ruse pour éviter de te confronter aux dures réalités de ta propre vie.

Saint Peter don't you call me cause I can't go, I owe my soul to the company store – Saint Pierre ne m'appelez pas car j'peux pas partir, Je dois mon âme au magasin de la mine... Cet automne-là tu fis des remplacements chaque fois qu'on te le demandait. Cela te paraissait approprié. Tu vivais une vie de remplacement aussi. Suppléant quelqu'un d'absent. Ta vraie vie ne pouvait ressembler à cela. Elle commencerait un jour. Quand ton vrai moi reviendrait. En attendant, tu avais besoin de l'aide publique. Oui Paddon, tu descendais chaque semaine au bureau municipal et recevais des bons pour une contre-valeur de dix dollars, et avec eux tu pouvais acheter du faux café pour toi-même et Karen et de fausses chaussures et du faux espoir pour vos enfants. Tout était de l'ersatz. Ton orgueil avait été pulvérisé dans la cave, parmi les caisses ; tu n'avais même plus besoin de le ravaler.

Patience, patience. Tout cela finirait par passer. C'était une simple question de temps. Tôt ou tard le monde retrouverait ses couleurs et ton corps se remettrait à vivre. Promis juré, Paddon.

Cet hiver-là, toutes les récoltes gelèrent dans le nord de la province et ce fut au tour de ton oncle Jake d'être ruiné. Il sollicita un emploi comme poseur de traverses pour la Compagnie du chemin de fer de l'Alberta du Nord mais sa demande fut rejetée : il était trop vieux. Il téléphona chez toi. J'ai plus rien, dit-il, je pourrais venir passer un moment chez vous ? Jake mon ami, répliquas-tu, je te dis la vérité, déjà j'arrive pas à joindre les deux bouts. Silence au bout du fil, hormis le souffle toujours asthmatique de la ligne. Les souvenirs de tes étés d'enfance à Peace River se précipitèrent vers toi à travers les décennies, la jetée en bois les cannes à pêche le bourdonnement des insectes. Tu adorais ce type. Merde, dis-tu, viens quand même, on trouvera bien le moyen de s'en sortir – mais Karen te tirait par la manche – Deux impasses peuvent pas être pires qu'une seule, hein ? – elle te dévisageait d'un air féroce – Attends un instant Jake, ne quitte pas – tu mis une main en coupe sur le récepteur et elle te chuchota Mais tu es fou ? te fixant d'un tel air de détresse qu'elle n'avait même pas besoin d'ajouter Regarde tes enfants mais regarde-les – *Tire, Paddon* – ils ont la tête couverte de croûtes à force de mal manger – si bien que quand tu repris le combiné ce fut pour dire Euh, écoute Jake, là tout de suite c'est peut-être pas le meilleur moment, tu comprends… Il n'y eut pour toute réponse qu'un bruit bas et bref, et c'est toi qui compris : ces trente secondes avaient suffi pour défaire l'amitié de toute une vie et tu n'entendrais plus jamais parler de ton oncle Jake.

Un jour vous étiez assis à la table de sa cuisine, vous ne parliez pas, vous ne faisiez que vous passer et repasser la pipe, fumer du tabac en silence tandis que le soleil redescendait son misérable arc d'hiver à trois heures et demie de l'après-midi, et tu l'aimas sans la toucher jusqu'à ce que l'obscurité fût complète. Dawn rentra de l'école, c'était une petite fille trapue de huit ou dix ans, aux cheveux épais et noirs comme ceux de sa mère mais à la peau nettement plus claire, elle te connaissait maintenant et ne manifestait en t'apercevant ni plaisir ni déplaisir, elle vint se blottir contre Miranda et lui dit J'ai faim maman, et Miranda se leva pour lui verser dans un bol des flocons d'avoine avec du sucre roux, son goûter préféré. Soudain, sans prévenir, alors que Dawn se lovait dans un coin du lit avec les chats et son bol de céréales, Miranda se mit à te raconter une des histoires qu'elle retenait en elle depuis de longues semaines. Tout le temps que dura son récit elle garda ta pipe à la main, scrutant les braises comme pour rallumer ses phrases au fur et à mesure.

C'était un alcoolique comme ton père à toi, sauf que c'est pas pareil parce que nos corps à nous sont différents des vôtres – ce qui vous fait tousser et renifler la moitié d'une semaine nous envoie dormir sous la terre à tout jamais, ce qui vous laisse les joues grêlées nous abat par centaines, ce qui vous grise et vous rend gais nous déclenche dans la tête un fracas épouvantable, ce qui vous aiguise la langue nous fait sortir le couteau pour nous égorger, nous-mêmes ou l'un l'autre. Mon père avait reçu en héritage le désespoir du grand chef Crowfoot : il était incapable de travailler, il ne voulait pas apprendre l'agriculture, la seule idée le rendait malade. Plus que tout il aimait ma mère – elle avait honte d'être une métisse mais son histoire ne faisait qu'attiser la colère de mon père. Et puis quand les petits ont commencé à naître, c'est lui qui a eu honte, il pleurait de voir ses mains vides devant leur bouche, et les enfants crevaient, Paddon, les uns après les autres. En 1910, les Blackfeet ont renoncé au tiers de leurs terres en échange de vivres permanents mais mes frères et sœurs crevaient quand même. Certains sont morts de faim et d'autres de la grippe, un des petits garçons est même mort de froid, je me souviens encore du bleu de ses lèvres et j'ai jamais pu me servir de ce bleu-là. Personne n'avait eu froid ou faim dans les vieilles maisons en peau mais on avait froid à la réserve, et la seule chose qui pouvait réchauffer mon père jusqu'à l'os c'était le whisky. Il a commencé à aller à Gleichen, c'était une ville chaude à l'époque, pour montrer aux cow-boys ses prouesses dans les jeux de pailles et de mains et de bâtons et de dés, en échange de quoi on lui glissait un petit coup de scotch en douce, et souvent un œil au beurre noir ou une lèvre fendue pour faire bonne mesure. Maman pleurait et pleurait, à la fin il y avait plus de larmes dans son cœur et quand elle a enterré le dernier enfant ses yeux étaient secs comme des feuilles mortes. C'était à l'automne 1914, elle s'est tenue toute une journée debout devant la petite rangée de croix qu'elle avait plantées dans un coin de la réserve, et puis elle s'est croisé les bras et elle a juré que son mari ne l'approcherait plus.

Le printemps d'après, vos femmes chrétiennes ont fait fermer les saloons et tout est devenu plus dur. A nous, l'alcool était déjà interdit depuis longtemps mais maintenant mon papa courait deux fois plus de risques à en acheter. Il passait des journées entières à essayer de dégoter une bouteille, et quand il en trouvait c'était non seulement hors de prix mais infect. On n'avait plus rien, moins que rien, on mangeait des ordures et de l'herbe, le silence de Maman le heurtait de plein fouet dès qu'il rentrait à la maison, et parfois il faisait demi-tour et repartait aussitôt ; il ne pouvait plus la regarder dans les yeux. C'était un homme très fier – son air juvénile lui est resté jusqu'à la fin – un beau guerrier blackfoot qu'on avait dépouillé de toutes ses armes. Tu sais, des milliers d'Indiens sont partis faire la Grande Guerre en Europe : ils ignoraient tout des enjeux mais au moins ils pouvaient se sentir forts à nouveau et mourir l'arme à la main. Mais pas mon père, non, parce que mon père avait trop d'enfants. Seulement il n'arrivait pas à les nourrir. Il était coincé comme un lapin entre les dents en acier de ces deux faits, et la douleur était en train de le tuer. Enfin, six ou sept jours se sont écoulés sans qu'il revienne à la maison. Le huitième jour, Maman a commencé à gémir. Je me souviens qu'elle faisait du bannock – elle était debout près de la table, à malaxer la pâte et à gémir. Ce qui s'est passé ce jour-là, elle l'a appris des autorités de la réserve mais à nous elle ne l'a dit que bien plus tard. Elle a complètement cessé de parler. Ça a duré longtemps, j'ai cru que ce serait à tout jamais, c'était au moins trois ou quatre mois. Muette comme les pierres. Plus muette même, parce que les pierres ne sont pas censées parler.

Miranda fit une pause, les yeux rivés sur le fourneau de ta pipe. Tu ne l'incitas pas à poursuivre. Elle soupira et laissa la pause s'allonger, puis y mit brusquement fin.

Il est allé dans un des bordels près du pont Langevin, ivre mort. Il a demandé une femme en lançant en l'air des billets de banque pour la payer, probablement de l'argent volé. Les propriétaires sont allés rassembler quelques copains. Ils l'ont traîné dehors, et là, ils l'ont réduit en bouillie. Miranda leva les yeux pour rencontrer ton regard ; s'étant assurée de ton amour elle les baissa à nouveau. Une bouillie sanglante sur le trottoir. Une chose qu'on ne pouvait même pas enterrer. Une chose qu'on ne pouvait que ramasser le lendemain matin, tant bien que mal, traîner à la décharge et laisser pourrir au milieu des boîtes en fer-blanc rouillées.

Dawn traversa la pièce d'un air rêveur et vint poser son bol vide sur la table. Elle alla jusqu'à la fenêtre noire et se mit à jouer avec le givre sur la vitre, poussant les motifs fleuris de ses doigts et les grattant de ses ongles pour les faire se déformer et fondre ensemble. Elle écoutait maintenant. Miranda tirait des bouffées de ta pipe.

Tu sais, dit-elle, avant l'arrivée des chevaux, on montait dans les montagnes et on faisait des piskuns pour tuer les bisons. On alignait en V des pierres et de la broussaille au bord d'une falaise, on pourchassait les bisons pour les faire entrer dans l'ouverture du V, et puis tout d'un coup on se mettait à crier et à faire claquer nos habits. Les bisons finissaient par paniquer et se précipiter en bas de la falaise. Mais, un été, les troupeaux ont refusé de tomber. Chaque fois, ils reviraient à la dernière minute et s'en allaient trottiner hors de danger. Les gens commençaient à souffrir de la faim. Alors une jeune fille est allée implorer les bisons, elle a promis d'épouser l'un d'eux si seulement ils acceptaient de dégringoler de la falaise. Les bisons ont dit D'accord, et donc après la chute, pendant que tout le monde s'occupait de l'abattage, un immense taureau a sauté sur ses pieds pour réclamer la main de la jeune fille et l'emporter à travers les plaines. Son père remarque son absence et part à sa recherche. Il voyage longtemps longtemps et arrive enfin à une mare bourbeuse près d'un troupeau en train de paître. Là, il s'assoit pour se reposer et il voit une pie. Va regarder, dit-il à la pie, si ma fille se trouve parmi les bisons, et dis-lui que je suis là. La pie trouve la fille à côté de son mari endormi et lui chuchote à l'oreille le message de son père. Quand l'immense taureau se réveille, il ordonne à la jeune fille d'aller lui chercher de l'eau ; elle prend sa corne et descend jusqu'à la mare. Oh ! Papa ! dit-elle, pourquoi m'as-tu suivie ? Ils te tueront. Mais son père lui dit : Je suis venu te reprendre. Elle le supplie d'attendre au moins que son mari se rendorme, et elle retourne vite auprès du taureau avec la corne pleine d'eau. Le taureau goûte à l'eau et s'écrie : Il y a un homme près d'ici ! Il donne l'alerte aux autres, tout le troupeau se relève en s'ébrouant et en reniflant pour flairer l'être humain. Ils courent jusqu'à la mare, trouvent l'homme et se mettent à le piétiner, le lançant en l'air du bout de leurs cornes et le piétinant encore jusqu'à ce qu'on ne puisse plus reconnaître son corps. La fille pleure pour son père – *Oh ! Ah ! Ni'-nah-ah ! Oh ! Ah ! Ni'-nah-ah !* – la voix de Miranda coulait grave et sombre de sa gorge, et tu n'osais pas la regarder en ce moment Paddon – mais le taureau dit : Ce n'est que justice, après tous les bisons que ton peuple a abattus. Malgré tout, ajoute-t-il, je te donnerai une dernière chance – si tu arrives à ranimer ton père, vous pourrez retourner parmi les vôtres. Alors la jeune femme dit à la pie d'aller chercher un fragment du corps de son père, n'importe lequel, même un tout petit bout d'os… La pie se met à fouiller dans la boue avec son bec ; enfin elle trouve un éclat de vertèbre et le lui rapporte. Elle le pose par terre, le recouvre de sa robe et se met à chanter. Quand elle ôte la robe, le corps de son père est allongé là, sans mouvement. Elle le recouvre et chante à nouveau. Cette fois-ci, quand elle ôte la robe, son père respire.

La voix de Miranda s'éteignit.

J'ai même pas eu le plus petit bout d'os, murmurat-elle enfin avec un soupir sec. Je n'avais que dix ans quand on a écrabouillé mon père, et on ne m'a même pas permis de chanter sur son corps.

Dawn qui connaissait cette histoire vint enfin s'asseoir près de sa mère, mais sans regarder l'intrus qui, lui, l'entendait pour la première fois. Miranda lui frôla doucement l'avant-bras, puis vida la pipe de ses cendres froides et te la tendit. C'était le signal de ton départ.

Une autre fois, peut-être pas la fois suivante mais celle d'après, tout en te prélassant dans son lit après l'avoir aimée et aimée, tu demandas à Miranda si les Blackfeet avaient cru aux histoires qu'ils racontaient. Elle était en train de se laver les cheveux, penchée sur un bassin métallique rempli d'eau qu'elle avait fait chauffer sur le poêle, et quand tu posas cette question elle se redressa

brusquement pour rire, t'éclaboussant de goutte-
lettes : Oh, Paddon ! – elle se tenait là, les seins
tremblants sous l'effet de son rire et l'eau mouil-
lant sa chemise – non ils ne croyaient pas en leur
religion, ils la dansaient ! Toute cette histoire de
bisons, c'était pour raconter les débuts du *I-kun-
uh'-kah-tsi*, la Société de Tous-les-camarades,
comment ils se sont emparés de la danse des
bisons. L'époux taureau était tellement impres-
sionné par la magie de la jeune fille qu'il lui a
appris tous ses secrets, et ensuite elle est revenue
enseigner à son peuple la danse et le chant des
bisons, et aussi comment se servir de leur tête et
de leur peau comme remèdes, et comment conduire
la cérémonie.

Elle se pencha en avant jusqu'à ce que ses longs
cheveux mouillés retombent des deux côtés de sa
tête et lui cachent le visage, puis elle se mit à se
balancer à droite à gauche avec de lourds pas ryth-
més tout en fredonnant et en tapant dans les
mains. Levant les yeux vers toi, elle te fit signe de
la rejoindre et, délaissant à contrecœur la chaleur
douillette de ses couvertures, tu vins près d'elle,
pieds nus sur le plancher, et exécutas quelques pas
de danse hésitants. Elle ne rit pas – non, elle ne
pouffa pas de rire à la vue de tes jambes blanches
poilues se démenant avec maladresse, elle ne se
gaussa pas de tes pans de chemise professoraux ni
de ta gaucherie chrétienne ; te tournant le dos, elle
continua un moment à taper dans les mains en fredonnant, puis elle se remit à se laver les cheveux.

Son amour pour ton corps pouvait racheter bien des choses, n'est-ce pas Paddon, mais pas ta nullité comme danseur : alors dès qu'elle eut tourné le dos tu sautas à pieds joints dans ton caleçon long.

Chaque fois, tu rentrais chez toi comblé de son amour et cet amour débordait sur Karen et les enfants – c'était comme si Miranda te fécondait, comme si elle versait en toi des graines qui bourgeonnaient constamment en gestes et en pensées inattendus. Tu te sentais la force de tout supporter, absolument tout. Même les soirées-Haïti pour lesquelles les femmes affluaient de plus en plus nombreuses dans ton salon ; même les lettres d'Elizabeth que Karen lisait à haute voix au milieu des Oh ! et des Ah ! de l'assistance (douze mille ouvriers agricoles haïtiens venaient d'être massacrés en République dominicaine sur l'ordre du président Trujillo et Elizabeth en était affligée car la plupart d'entre eux n'étaient pas baptisés), émaillées de citations christiques célèbres, d'anecdotes édifiantes illustrant la victoire progressive de la médecine occidentale soutenue par Dieu sur les bokors et les médecin-feuilles, et de poésies mielleuses – *Courage mon frère, ne perds pas pied, Ton chemin est dans l'obscurité, Mais l'étoile est là, qui guide les humbles, Aie confiance en Dieu et fais le bien Même si le chemin est sombre et triste Et son but hors de notre vue, Marche avec fermeté, joyeux ou las, Aie confiance en Dieu et fais le bien* – dix ans plus tôt, un tel poème t'aurait donné envie de rugir et te jeter tête la première contre le mur tel un taureau fou, mais Miranda te sauvait même de cela.

Persuadé d'avoir maintenant éliminé de ton esprit toute trace des années de désastre, tu te remis à écrire – sans te forcer à produire un livre ou un traité ou une thèse, cherchant simplement à transcrire aussi fidèlement que possible les nouvelles formes qui verdoyaient en toi. Tu rêvais d'écrire un chef-d'œuvre et de le déposer aux pieds de Miranda, le draper autour de ses épaules, t'en servir pour lui gratter le dos ou lui parfumer le creux des genoux. Tu parlas longuement avec elle du temps et elle te dit qu'en dépit de son mariage, elle ne s'était jamais habituée au temps de l'homme blanc, cette perpétuelle fuite en avant, ce mètre à ruban qui vous filait devant les yeux à toute vitesse, divisé en segments puis en fragments puis en poussière. Le temps blanc était de l'argent et il coulait à travers les doigts blancs qui s'acharnaient à l'arrêter, le retenir, le mettre à la banque. Mon peuple, dit-elle, baignait dans le temps comme dans un bain chaud, notant ses rythmes et ses cycles et se berçant de l'idée que, de façon générale, tout devenait de plus en plus tard. Ils ne voyaient pas chaque jour ou chaque saison comme le début d'une chose nouvelle, mais comme le même jour ou la même saison qui revenait leur rendre visite, légèrement plus âgé que la dernière fois. A quoi bon y fourrer le plus d'activités possible ?

Tu ris, enchanté. Tu lui dis que tu aurais dû naître blackfoot.

Elle se redressa dans le lit et te repoussa brutalement, tu eus le souffle coupé par la surprise de te retrouver hors d'elle, ta verge soudain froide et le lien de vos corps brisé mais elle était furieuse et, tirant violemment les couvertures autour de ses épaules, elle s'écria Ce que t'es con Paddon, c'est incroyable comme tu peux être con quand tu t'y mets. Qu'est-ce que j'ai dit ? Que tu aurais dû naître blackfoot, ce que t'es con, j'en reviens pas ! Si t'étais né blackfoot t'aurais pas été toi et je t'aurais pas aimé. Tu serais un guerrier. Tes bras seraient couverts de dessins au couteau et tu aurais des cicatrices sur la poitrine à force de tirer le poteau sacré avec des lanières en cuir enfilées sous tes muscles jusqu'à ce qu'ils claquent. Tu me baiserais et puis mon mari me tuerait d'avoir baisé avec toi – ou bien il me couperait le nez sous prétexte qu'il avait donné deux chevaux à mes parents pour être le seul à pouvoir me baiser.

Ton étonnement était aussi authentique que sa colère. Miranda, dis-tu, qu'est-ce que tu racontes ?

Je raconte que j'en ai marre des Blancs qui se sentent tellement coupables de nous avoir détruits qu'ils ont besoin de se dire qu'on était parfaits. C'est la même chose que votre Jésus. Tu sais, quand les premiers missionnaires ont débarqué en territoire sarci, ils ont planté une croix dans la terre là où ils voulaient construire leur église, et les Sarcis ont eu une trouille bleue. Ils ont vu ce type cloué sur une croix et ils se sont dit Oh-oh, c'est comme ça que ces gens traitent leurs ennemis, et quand les curés leur ont dit que non, au contraire, c'était leur meilleur ami, l'homme qu'ils aimaient le plus au monde, l'homme le plus parfait qui ait jamais vécu, les Sarcis ont décidé qu'ils étaient complètement fêlés.

Tu ris mais, toujours offusquée, elle continua sur sa lancée. Tout ça c'est de la connerie chrétienne, tu comprends pas ? On était bons et méchants, exactement comme vous. Moi, je suis contente de pas être née avant l'arrivée des Blancs, je peux te le dire. Maman m'a parlé de sa mère à elle, je l'ai jamais rencontrée parce qu'elle est morte avant d'avoir les cheveux blancs mais elle a eu une vie atroce, pleine de malheur et de travail et de coups de poing sur le dos. Elle a accouché d'un enfant tous les ans, rien que des filles, d'abord ma mère qui était à moitié blanche, puis une autre fille et une autre et puis une autre, et toutes sont mortes sauf la première. Quand la cinquième est née ma mère était plus grande, elle a vu sa mère en train de l'étouffer avec la couverture, elle lui a dit Qu'est-ce que tu fais ? et sa mère a répondu Je lui rends service, elle sera plus heureuse comme ça, j'aurais bien aimé que ma mère en fasse autant ! Alors viens pas me raconter que t'aurais dû naître blackfoot, ça me fait pas rire.

Toi Paddon, en compagnie de ta classe de catéchisme, tu avais une fois rendu visite à la réserve des Stoneys ; ce souvenir lugubre n'avait pas cessé depuis de te hanter.

Mais, insistas-tu, tu ne veux quand même pas dire que tout s'est passé pour le mieux ?

Je veux dire, dit Miranda, que je suis contente de pouvoir peindre, et je trouve dommage que Dawn ne connaîtra jamais les montagnes. Pourquoi tu tiens à ce que les choses soient simples ?

Elle produisit une série de tableaux nouveaux, différents de tout ce qu'elle avait peint jusque-là, de larges et violents traits de pinceau noir et rouge vif et violet, qui balafraient la toile de haut en bas, mais peindre la perturbait désormais car si elle passait un jour ou deux loin d'un tableau, elle oubliait entre-temps ce qu'elle avait voulu en faire. Même les toiles qu'elle arrivait à finir lui paraissaient étranges, méconnaissables presque aussitôt achevées. C'est moi qui ai fait ça ? murmurait-elle. Bien sûr, lui disais-tu. N'est-ce pas que c'est superbe ? Pas mal, disait-elle en se détournant avec un haussement nerveux des épaules.

Pendant les années de sa détérioration, la brillance des idées auxquelles tu avais donné naissance en sa présence se ternit peu à peu et leur acuité s'émoussa. Tu venais la voir encore plus souvent qu'avant, t'installant à son chevet et lui parlant à en perdre le souffle du chaos qui régnait dans l'Europe de l'après-guerre, de la course aux armements, de l'invention de la télévision, cherchant à faire jaillir en elle une étincelle d'intérêt – ou de

dérision, d'amusement, de colère, peu importe ;
enfin, un jour, tu te jetas à genoux et lui juras que
si elle mourait tu te tuerais, que sans elle tu n'avais
aucune raison de rester sur cette terre, mais il était
trop tard Paddon pour ce genre de déclaration :
Miranda y répondit en souriant d'un air indulgent
mais absent, comme une mère devant le babil
excité d'un enfant auquel elle n'accorde que la
moitié de son attention.

Dawn entra – c'était une jeune femme maintenant, employée dans la compagnie pétrolière de
son père – et, te voyant agenouillé près du lit de sa
mère, se mit à faire du thé dans la cuisine, mani-
pulant aussi brutalement que possible la bouilloire
et les tasses afin de t'inciter à t'en aller. Elle avait
horreur de tes démonstrations larmoyantes.

Quelle est la vraie Miranda ? te demandais-tu
en rentrant chez toi. Celle de dix ans plus tôt, riante
et ondulante, confiante et forte, ou celle d'aujour-
d'hui, allongée immobile, les yeux vides s'ani-
mant fugitivement d'une pensée que ses mains et
ses lèvres étaient impuissantes à exprimer ? Quelle
Miranda fallait-il croire ? Celle qui t'avait donné
de l'espoir ou celle pour qui l'idée même d'espoir
était dépourvue de sens ? La Miranda de 1947
annulait-elle celle de 1937 ? N'aurait-elle pas été
scandalisée de te voir accepter cette défaite ?

Donc tu ne l'acceptas pas. Jusqu'à la fin tu
continuas de venir et de lui parler et de t'age-
nouiller à ses côtés et de prendre dans tes deux
mains sa main flasque et insensible et de l'appuyer

contre tes lèvres, lui disant encore et encore Mais mon amour je t'aime, je ne vis que pour toi et quoi qu'il arrive on sera ensemble et on a toujours été ensemble et rien au monde ne changera cela. Ce que je parviendrai à écrire sera notre œuvre à tous les deux, tu fais partie de moi et tout ce que je sais faire c'est grâce à toi, et Miranda souriait et tu l'aimais si violemment que tu crus en devenir fou.

Karen t'était d'un immense réconfort même si elle n'habitait pas le même univers que toi. L'existence de Karen ; la solidité de Karen ; le bruit de sa respiration près de toi dans le lit ; la forme de ses os que tu connaissais mieux que tes os à toi, sa gentillesse surtout et sa loyauté – car en vérité elle avait supporté beaucoup de choses – te faisaient chaque jour un bien immense. C'est bien cela Paddon, je ne me trompe pas ? Quelque chose comme ça.

Tu te rapprochas encore plus d'elle, après que le départ de Frankie et de Ruthie pour Toronto eut laissé dans votre vie quotidienne un trou béant. Certain Noël, alors que vous ressentiez cruellement leur absence et que même les cris de joie de Johnny devant son nouveau vélo ne parvenaient pas à combler le vide de la maison, tu passas plusieurs soirées avec elle à trier les centaines de photos de leur enfance et à les coller soigneusement dans des albums dans l'ordre chronologique et à te noyer dans des émotions contradictoires, la surprise la nostalgie le regret l'hilarité et la douleur, douleur devant l'évidence de ton vieillissement, la manière flagrante dont la vie t'avait ôté l'illusion que tu ferais exception à sa vilaine règle. Ce qu'étant jeune tu n'avais jamais imaginé au sujet du vieillissement, c'est à quel point il était humiliant, à quel point il vous rendait fragile et vulnérable, de sorte qu'on finissait par en vouloir aussi bien à ceux qui avaient assisté à votre lente dégradation qu'à ceux qui, ne vous ayant jamais connu jeune, ne croiraient jamais que vous l'ayez été – oui cette gêne, cette étrange obscénité qu'il y avait à ne plus pouvoir offrir aux yeux du monde que laideur, cette honte que sécrétaient les muscles ramollis, la flaccidité des biceps et du cou et de la panse, les rides profondes au coin des yeux : c'était là une défaite réellement affligeante. Tu trouvais quelque chose d'ignominieux dans le fait que, plus on gagnait en expérience de la vie, plus on perdait en force et en beauté.

L'autre révélation des photos, plus perturbante encore, fut l'air de bonheur que tu avais eu au long des années calamiteuses, la promptitude avec laquelle le sourire te venait aux lèvres, la clarté et la confiance qui rayonnaient de tes yeux, la souplesse de ton corps ferme. Tout compte fait, il semblait bien que ces années-là avaient dû être les meilleures de ta vie, parce que alors au moins il y avait eu la jeunesse.

Le dernier soir des vacances de fin d'année, Karen te fit un bon grog chaud comme Mildred l'avait fait parfois pour John avant son départ à la guerre et, plus tard au lit, la tête emplie d'ivresse et de somnolence et de chaleur et de souvenirs et de larmes, tu te blottis contre sa chemise de nuit en flanelle et embrassas son omoplate pointue avec tant d'obstination qu'elle finit par se retourner vers toi. Les mauvaises années vous avaient rapprochés comme amis et séparés comme amants : après le bourbier dans lequel vous avait plongés la naissance de Johnny, Karen était sans doute soulagée de ne pas courir le risque d'une nouvelle grossesse – c'est bien cela, Paddon, je ne me trompe pas ? –, toujours est-il qu'elle se comportait en général comme si son corps avait joué son rôle et, ayant mené à bien les devoirs épuisants que lui imposait son sexe, méritait son repos.

Enfin le jour arriva, celui pour lequel tu te préparais depuis longtemps : c'était un jour de février, un jour de chinook c'est-à-dire de vent-qui-mange-la-neige. La ligne blanche caractéristique s'imprimait nettement sur le ciel gris sombre à l'ouest tel un arc-en-ciel en noir et blanc, le signe que Dieu demandait pardon non pour le déluge cette fois mais pour les températures grotesquement basses de ces derniers jours : Je ne le ferai plus, Je vous le jure, ceci est Mon alliance avec le peuple de l'Alberta du Sud, plus de mauvais temps, plus de blizzards, promis juré, et voici l'arc pour le prouver, et voici un peu de bon vent chaud qui fera fondre toute cette neige que Je vous ai envoyée, c'était juste pour vous taquiner, ne vous en faites pas, la terre est toujours là, l'herbe deviendra verte à nouveau et les fleurs s'épanouiront, tout ira bien

Je vous assure, c'est terminé maintenant, Je sais que Je vous ai fait un peu peur là mais c'était une simple plaisanterie, à partir de maintenant ce sera toujours le printemps, vrai de vrai, Je ne vous jouerai plus de mauvais tours, regardez, J'ai rien dans les mains, rien que du bon vent chaud – et, ce jour de février 1950, tu frappas à la porte de l'appentis et un homme blanc t'ouvrit et tu sus que c'était le mari de Miranda et que Miranda était morte.

Elle n'avait évidemment pas laissé de trace écrite de ses dernières volontés, mais Dawn prétendit que sa mère avait toujours souhaité être enterrée à la réserve dans le même coin que ses petits frères et sœurs, sans cercueil afin que son corps puisse retourner à la terre, étant donné que depuis belle lurette les Blancs avaient déclaré illégale la coutume blackfoot consistant à emmailloter les cadavres dans des peaux de bêtes et à les attacher fermement par des sangles aux branches basses des arbres.

Ils te laissèrent seul un moment avec elle, Paddon et, la dévisageant, tu te rendis compte qu'elle était devenue laide ; elle avait le corps obèse et le visage bouffi, bistré, presque violet. Lui tournant le dos, tu murmuras Je t'aime et la phrase sonna creux à tes oreilles donc tu la répétas un peu plus fort, ajoutant son nom à la fin Je t'aime Miranda, et la phrase sonna creux donc tu lui dis Je t'ai fait une promesse et je vais tenir ma promesse, tu verras tu verras, mais tu eus beau dire et redire ces choses, les réitérer sur tous les tons, elles sonnaient toujours creux. Tu ne restas pas longtemps dans l'appentis où tu avais passé tant de matinées et tant d'après-midi et, en le quittant, tu savais que tu n'y remettrais jamais les pieds. Cette nuit-là les températures plongèrent jusqu'à moins vingt et les stupides bourgeons crédules qui avaient pris le baratin de Dieu pour argent comptant et étaient sortis fêter l'arrivée du printemps crevèrent de froid et Dieu rit à s'en fendre la patate, Il jouait toujours le même tour à l'Alberta du Sud, hiver après hiver, et à chaque fois les plantes et les arbres tombaient dans le panneau et à chaque fois Il trouvait ça tout simplement désopilant.

Certes, ton suicide n'allait pas être facile à vivre pour Karen. Elle comptait sur toi maintenant encore plus qu'auparavant, ne s'étant jamais vraiment remise du départ de Frankie et de Ruthie quatre ans plus tôt ; chaque soir elle passait des heures à te confier ses craintes et ses angoisses. Elle se demandait ce qu'allait devenir Johnny, qui allait sur ses dix-huit ans et avait déjà redoublé deux fois et ne semblait s'intéresser à rien – il passait de longues heures à rêvasser seul dans sa chambre ou à se promener à vélo le long de la rivière, son beau visage toujours illuminé par le même sourire vague – arriverait-il un jour à se prendre en main ? Ton suicide ne serait pas facile à vivre pour lui non plus, venant juste au moment où il avait besoin d'un modèle de force et de fermeté.

Peut-être valait-il mieux que tu attendes, pour te tuer, que ses ailes se soient formées et qu'il ait pris son envol.

Mais alors Karen serait tout à fait seule.

Eh bien, elle avait ses amies : ses groupes de prière, ses ventes de charité et ses clubs de bridge avaient proliféré ces dernières années, et sa foi en Dieu lui serait d'un précieux soutien.

Ainsi tu pris une nouvelle résolution : dès que Johnny serait capable de se débrouiller seul, tu tiendrais ta promesse à Miranda et te suiciderais. Chaque matin en te réveillant, tu renouvelais passionnément ce serment.

Mais lorsque, en 1953, Johnny quitta enfin la maison, ce ne fut pas pour un travail à plein temps mais seulement pour cueillir des pommes pendant l'été dans la vallée de l'Okanagan et puis voir où le conduirait sa bonne étoile, et lorsque, en 1954, il décrocha enfin un vrai emploi dans une station-service près de Kamloops, Ruthie vous téléphona en PCV de Toronto pour vous annoncer qu'elle était enceinte. Elle prétendait, bien que cela fût faux, ne pas connaître l'identité du père parce que, et cela était vrai, elle avait créché chez à peu près tous les beatniks de la ville – et de toute façon, ajoutait-elle, c'est pas parce que je connais l'identité de la mère qu'elle est plus à blâmer que lui – et elle avait besoin d'argent pour se faire avorter. Karen devint hystérique et te passa le téléphone en le tenant à bout de bras comme un serpent et en hurlant C'est ta fille Paddon c'est ta fille, c'est toi qui es responsable, et tu la regardas, scié, en te disant Ainsi elle est au courant depuis toujours, Frankie a dû le lui dire avant de s'en aller, et puis, t'efforçant d'écarter cette idée absurde, tu détachas ses doigts tétanisés du combiné et l'appuyas contre ton oreille et entendis ta Ruthie, ta Ruthie chérie ton enfant préférée, tout aussi hystérique à l'autre bout du fil, et sentis ton amour pour elle remonter des profondeurs de ton estomac pour former une grosse boule dans ta gorge alors qu'elle te suppliait de lui envoyer de l'argent pour se débarrasser de cet enfant, cet enfant qui n'était qu'un accident stupide, cet enfant qui allait lui bousiller la vie, cet enfant, ton petit-enfant, il y avait un enfant, et alors tu te mis à parler très lentement Paddon, très doucement pour dissoudre la boule dans ta gorge et calmer la panique de ta fille et, tout en serrant très fort le combiné, tu te rendis compte soudain que Miranda n'avait pas une fois acquiescé à ta promesse, pas une fois intimé qu'une vie dût être sacrifiée en son honneur, du reste tu avais maintenant cinquante ans passés et le suicide, un peu comme jouer de la mandoline sous un balcon, était un geste dont le romantisme devenait franchement risible avec l'âge, et maintenant il y avait une autre vie dans la balance et tu te souvins de l'autre promesse que tu avais faite, celle de terminer ton livre, l'enfant de ton cœur et de ton cerveau, et tu compris que de le laisser inachevé serait aussi impardonnable que de frapper Johnny, oui, mettre une chose au monde et puis la maltraiter – tout cela traversa ton esprit alors que les sanglots de Ruthie continuaient de couler dans les fils du téléphone, et peu à peu l'enfant dans son ventre t'apparut comme une nouvelle chance, une renaissance du temps lui-même, la possibilité de ranimer la pauvre petite vie que Miranda avait étouffée dans l'œuf, d'aimer enfin un être dès sa naissance sans jamais le blesser ni l'abandonner ni lui mentir, et l'occasion aussi de mettre de l'ordre dans tes idées et de nettoyer ton manuscrit, de prouver que Miranda t'avait réellement appris quelque chose, à savoir que la présence d'un enfant peut favoriser la création plutôt que la frustrer, qu'il n'y a pas de scission entre le corps et l'esprit, et tu dis Ruthie, oh ma Ruthie, laisse cet enfant venir au monde, on trouvera bien le moyen de s'arranger, on s'en occupera nous jusqu'à ce que tu te sentes prête mais s'il te plaît, ne lui claque pas la porte au nez, s'il te plaît !

Et c'est ainsi Paddon que tu devins père d'un petit-fils, deux ans à peine après que ton fils cadet eut quitté la maison. Ruthie arriva par le train avec le paquet vagissant et tu allas les chercher à la gare du Canadian Pacific, et à voir ta fille tu compris avec un serrement de cœur qu'il y avait désormais entre vous des choses trop intimes pour être partagées : un père ne confiait pas à sa fille ses projets de suicide et une fille ne racontait pas à son père la manière dont les hommes s'étaient servis de son corps, jamais vous ne pourriez vous communiquer ces choses à travers les mots, seulement les deviner aux indices physiques tels que des lunettes noires ou une nouvelle tension autour des épaules, et vous offrir un réconfort général en posant une main sur une main ou un baiser sur une joue.

Ensuite elle repartit.

Karen n'avait accepté de prendre en charge le petit Michael qu'à condition que cela n'entraînât pas pour elle un surcroît de travail. Elle prenait de l'âge, ta femme, la souplesse de ses chairs s'était évaporée et ses articulations commençaient à raidir ; sa beauté n'était pas encore définitivement perdue, seulement de façon intermittente, elle était à l'âge critique où l'on oscille entre la jeunesse et son contraire, tantôt son air alerte te rappelait vertigineusement la demoiselle crémeuse qu'elle avait été, et tantôt ses traits s'affaissaient en une préfiguration horrifiante de son masque mortuaire, et maintenant elle te fit comprendre par mille allusions que cela ne la dérangerait pas d'avoir un aspirateur et une cireuse et une machine à laver le linge et aussi un tambour à air chaud.

Comme l'état de tes finances ne permettait pas l'achat de tous ces appareils ménagers, il y avait, chaque jour à ton retour du lycée, des couches propres à essorer et à accrocher aux cordes à linge que tu avais suspendues au sous-sol, des couches sales à rincer – et pour la première fois de ta vie tes doigts étaient en contact direct avec la merde, jour après jour – et du lait en poudre à mesurer soigneusement, les mains tremblantes, dans un biberon en verre calibré tandis que le bébé t'énervait en poussant des cris indignés devant la transgression flagrante de toutes tes résolutions secrètes et silencieuses. Une fois le repas du soir terminé et les minuscules maillots et pyjamas de ton petit-fils pliés et les devoirs de tes élèves corrigés, tu avais la migraine et ne pouvais même pas imaginer d'être assez méchant avec toi-même pour aborder les gros paquets de feuilles jaunissantes. Tu envisageas de te lever tôt le matin pour les trier, mais te souvins rapidement que Michael prenait son premier repas à cinq heures et demie : si tu étais levé Karen voudrait sûrement que tu t'en occupes, alors il valait mieux passer une bonne nuit et essayer de trouver un moment pour le manuscrit après tes cours.

Ton espoir était de pouvoir relier ce que Miranda t'avait appris au sujet du temps à tes vieilles incursions avortées dans la philosophie classique, mais à peine avais-tu débarqué à la bibliothèque, étalé méthodiquement le contenu de ta serviette sur une table et commencé à feuilleter le fichier des auteurs et des titres qu'il était déjà l'heure de repartir. Si tu as pu trouver tout ce temps pour Miranda, te disais-tu sur un ton de remontrance, tu dois bien pouvoir en trouver un peu pour toi-même. Mais tes après-midi des années cinquante te semblaient nettement plus courts que ceux des années trente et quarante. Enfin tu résolus de te débarrasser de tout ce vieux fatras, ces débuts de chapitre partant dans tous les sens, ces tentatives de plan et de préface et de postface, ces rédactions universitaires vieilles maintenant de trente ans, dont les pages étaient collées par la moisissure de différents sous-sols humides – une véritable montagne d'angoisse révolue ! A force de monter les caisses dans l'escalier tu te disloquas une épaule mais, malgré la douleur, tu insistas pour les entasser tout seul dans ta voiture et les trimbaler jusqu'à la décharge de Nose Creek et les balancer au milieu de la puanteur et de la pourriture. Tu restas là aussi longtemps que tu pus le supporter, t'évertuant à trouver dans ton cœur une pensée respectueuse pour le père de Miranda, et faisant semblant de te sentir soulagé que ce fardeau écrasant ne pesât plus sur tes épaules, mais ton épaule te faisait plus mal à chaque instant et tu passas le reste de la semaine au lit.

Mais qu'est-ce qu'une semaine, Paddon ? Tu te dis que ce répit par rapport à l'enseignement te donnerait le temps de revoir calmement ton projet, et de décider comment procéder à partir de là.

Un jour alors que tu allais sur tes douze ans, ton père annonça que vous iriez ensemble à Calgary pour fêter ton anniversaire. Un petit régal pour les hommes de la famille, Paddon, rien que nous deux. Tu vas voir, on va faire la bamboula ! Tu fis de ton mieux pour paraître fier plutôt que craintif. Calgary était une ville d'une vitalité débordante : sa population s'était multipliée par quinze depuis ta naissance, passant de 5 000 à 75 000, et elle avait envie de célébrer son opulence. Guy Weadick, un entrepreneur errant qui avait exhibé son talent au lasso dans le Wild West Show de Buffalo Bill lors de sa tournée européenne, décela tout de suite le potentiel de cette ville pour la nostalgie instantanée et n'eut aucun mal à réunir les cent mille dollars nécessaires pour monter une gigantesque fête de cow-boys et d'Indiens – le Stampede de Calgary, on allait l'appeler ! Il y aurait un défilé ! des chars ! des manèges et du rodéo ! Flores LaDue la propre épouse de Weadick était championne mondiale du lasso, catégorie féminine. Et pour couronner le tout, on construirait dans un coin du parc Victoria un authentique village indien à l'ancienne, avec ses wigwams pittoresques ! Jamais tu n'avais vu ton père aussi excité. Tu le regardas se raser ce matin-là et, tout en repassant son rasoir sur le cuir, il chantait. Ne l'avais-tu jamais entendu chanter ? Si mais cette fois il n'était même pas éméché.

Tu grimpas avec lui dans la calèche et il fouetta les chevaux. Le ciel de septembre était couvert mais cela n'empêchait pas des hommes en mal de sensations d'affluer par milliers vers Calgary, convergeant non seulement du Saskatchewan et du Montana et du Wyoming, ce qui était facile, mais du Nevada et de la Californie et de la Colombie-Britannique. Les embouteillages commencèrent bien avant l'entrée dans la ville et dès dix heures du matin les roues de charrette faisaient un tel boucan et levaient une telle poussière que ton ventre se crispa. Ton père avait acheté une bouteille de whisky pour l'occasion et il dévissa le bouchon et se mit à prendre de petites gorgées rapides, se léchant les babines entre chaque coup mais, bizarrement, la boisson n'eut pas sur lui son effet habituel ce jour-là, au lieu de devenir sinistre et somnolent il se remplit progressivement d'allégresse, te traînant d'un événement à l'autre en glapissant de joie – yip, yip, yippee ! Ton ventre se tendait et se tordait, te nouant les intestins.

La ville était devenue folle. Un quart de million d'êtres humains déferlaient en une vague sans fin pour fêter leur bonne santé physique et financière, la force et la virilité de leur jeune pays, le fabuleux folklore de l'Ouest. Des deux côtés de la Huitième Avenue les adultes se massaient et se pressaient – ta tête leur arrivait à hauteur de poitrine et tes narines étaient emplies de l'odeur de leurs aisselles – pour voir défiler, tout au long de la matinée, l'histoire faramineuse de cette province qui, à peine sept ans plus tôt, n'était pas une province du tout mais encore un simple territoire du Nord-Ouest.

Ce fut aux Indiens de donner le départ ! Tu n'avais encore jamais vu de vrais Indiens vivants, n'est-ce pas Paddon ? Et voilà qu'ils étaient là devant tes yeux ! Posés et composés, assis sur des chevaux ou debout sur des chars tirés par des chevaux : des chefs blood et stoney et blackfoot et sarci dans leurs plus beaux atours guerriers, les coins de la bouche sévèrement recourbés vers le bas, une fantastique coiffure de plumes colorées leur dégringolant dans le dos jusqu'au dos nu de leur monture ; de jeunes braves musclés à la poitrine glabre et aux jambières de cuir, le visage badigeonné de rouge, brandissant toutes les armes possibles et imaginables depuis le couteau jusqu'au tomahawk en passant par le revolver et le fusil à répétition parce que c'était seulement du faire-semblant, ils ne voulaient plus nous scalper pour de vrai ; de jeunes squaws modestes en jupes de cuir frangé et en vestes décorées aux perles de verre, leurs longues nattes noires tapotant doucement contre leurs seins : tous saluaient de la main, d'un air perplexe, les foules qui les avaient vaincus hier et qui aujourd'hui, dans un état proche du délire, lançaient en l'air des milliers de stetsons blancs pour fêter leur illusoire retour.

Après les Indiens venaient les missionnaires pionniers, d'abord les oblats catholiques dans leurs soutanes marron, une lourde croix suspendue autour du cou, ensuite les méthodistes, baptistes et presbytériens habillés de noir et blanc, souriant tous et levant très haut la Bible pour ne pas avoir l'air de s'enorgueillir du miracle qu'ils avaient accompli, transmettant d'un air modeste les applaudissements à Dieu. Ensuite les intendants et négociants de la Compagnie de la baie d'Hudson, avançant lentement dans leurs charrettes Red River et faisant tournoyer sur un doigt leurs chapeaux en peau de castor. Ensuite ces vilains scélérats de l'Ouest, les contrebandiers et commerçants en spiritueux, que des milliers de spectateurs enchantés huèrent comme un seul homme. Ensuite les fières montures aux sabots retentissants de ceux qui avaient accouru de l'Est pour écraser les scélérats : oui, les hommes de la Gendarmerie royale en chair et en os : ceux-là mêmes, les tempes un peu argentées maintenant, qui avaient participé trente ans plus tôt aux moments les plus héroïques de notre histoire. Ensuite les pionniers vachers et les propriétaires de ranch avec leurs cuistots (à voir passer des chariots familiers, ton père émit des aboiements extatiques). Ensuite les diligences conduites par leurs facteurs d'origine, qui se lissaient les favoris gris en hochant la tête d'un air confus

devant l'orage d'applaudissements. Ensuite les domp-
teurs de taureaux, les écorcheurs de mulets, les
aiguillonneurs de vaches, et puis les bien nommés
schooners des plaines transportant les immigrants
et leurs familles – ah c'était terrible Paddon, le
cortège s'étendait à perte de vue dans les deux
sens et tu étais certain qu'il allait défiler devant tes
yeux jusqu'à la fin de ta vie – ensuite des centaines de cow-boys et de cow-girls à cheval, dont la
vue provoqua une nouvelle cascade de Yip-yip-
yippee et de stetsons lancés en l'air – ensuite d'autres
chars, toute une série en l'honneur des syndicats du
travail, une autre série sur le thème du progrès
industriel et une dernière, triomphale, dans laquelle
chaque char tiré par un attelage de six chevaux portait des groupes d'écoliers calgariens, des gamins
de ton âge Paddon, les yeux brillants de bonheur et
les petites mains blanches levées pour saluer la
foule : l'Avenir de la province.

Le rodéo ne démarra qu'après le déjeuner et ton
père, ayant croisé entre-temps plusieurs copains
qui devaient y tenter leur chance, avait complètement oublié que cette fête devait être aussi la
tienne ; il se dirigea vers l'arène en roulant les
mécaniques et tu le suivis à contrecœur.

Ah les cow-boys ! mais regardez-moi ces mecs !
ces corps suants et nerveux ! ces tendons torsadés !
ces poitrines contre lesquelles votre poing se fra-
casserait ! ces cuisses musclées ces bottes pointues
ces éperons étoilés ces étuis à pistolet ces blue-
jeans crasseux ces chapeaux repoussés sur le front

ou bien tombés dans l'échauffourée avec la bête – ah le rodéo ! L'homme seul dans le corral avec un jeune bœuf enragé et une corde ! Oh oui danse-moi cette danse ! fais-moi voler ce lasso ! Ah ! l'homme qui s'élance sur le dos nu arqué d'un cheval fou et qui s'agrippe, corps contre corps, force contre force, ruade contre ruade, voilà ce que moi j'appelle un homme ! Visages durs et paroles dures et membres durs, oh oui ! Et cette poussière qu'ils font lever !

Tu t'étranglais dans la poussière, Paddon. Tu toussais et crachotais entre tes jambes, sous les gradins, espérant que ton père ne le remarquerait pas mais il ne te prêtait plus la moindre attention. Et, dans les recoins plus sombres du champ de foire, sous les charrettes derrière les saloons, on chevauchait aussi les jeunes squaws comme des mustangs – as-tu vraiment vu cela Paddon ? peut-être n'as-tu fait que le pressentir tandis que l'après-midi se muait lentement en cauchemar, que la foule devenait plus dense et plus démente, que l'air s'alourdissait d'effluves de bière et de whisky et que la menace de pluie se faisait imminente, peut-être as-tu seulement deviné, alors, qu'une autre sauvagerie était en train d'être domptée, une autre beauté brisée, que d'autres corps jeunes et forts se cabraient de douleur et d'indignation en roulant des yeux terrorisés tandis que leur liberté était pul-vérisée sous les poussées vigoureuses d'hommes blancs, ahanant sous les yeux d'autres hommes dont les hourras les incitaient à poursuivre jusqu'à la victoire. Peut-être n'as-tu fait que déduire l'existence de cette attraction supplémentaire de la manière brutale dont les gens riaient en heurtant sans cesse ton corps de petit garçon jusqu'à ce que tu ne puisses plus bouger ni respirer ni réfléchir, jusqu'à ce que des larmes coulent sur tes joues et de la sueur dans ton dos. Les hennissements effrayés des chevaux te tordaient les boyaux, on était en train de les briser, leur colonne dorsale se rompait et leurs vertèbres volaient en éclats, des éperons s'enfonçaient dans leurs flancs et faisaient gicler le sang, ils hurlaient et se débattaient et se contorsionnaient en cherchant à désarçonner leurs bourreaux et tu ne supportais pas ce spectacle, tu éternuais et t'essuyais la morve sur la manche de ta chemise et te cachais les yeux derrière ton bras afin de ne pas voir.

Et en effet tu ne vis pas grand-chose, Paddon, car ces images ne sont pas la vérité du rodéo, la vérité c'est que les cavaliers se font jeter à terre et piétiner, que leurs jambes se cassent et leur crâne se fend – c'est même là la raison d'être du spectacle, c'est lorsque cela arrive que les hommes dans les gradins savent qu'ils en ont eu pour leur argent – alors pourquoi ne m'as-tu jamais parlé que des pauvres chevaux, Paddon ? Ils n'étaient pas si pauvres que ça, ils étaient jeunes et soyeux et musclés, et les cow-boys prenaient de vrais risques.

Il s'avéra que les meilleurs cow-boys n'étaient pas les copains de ton père mais les Indiens. Il s'avéra qu'un beau jeune Blood du nom de Tom

Three-Persons remporta le championnat de ce premier rodéo du Stampede de Calgary. Il avait tiré Cyclone, le mustang le plus redoutable de tous les temps, ayant désarçonné pas moins de cent vingt-neuf cavaliers sans jamais se laisser monter. Quand Tom réussit à traverser l'arène sur le dos frénétique de Cyclone, ce fut le délire. Des Indiens galopaient dans tous les sens en chantant et en poussant de hauts cris, des Blancs affluaient dans l'arène pour féliciter le gagnant et le couvrir de prix – un trophée ! mille dollars ! une médaille ! une selle toute neuve du Montana ! une ceinture de champion avec une boucle en or et argent ! Oh je te vois si clairement, Paddon... Je te vois perdre la main de ton père, l'espace de trois ou quatre minutes, et te plonger dans l'eau glaciale de la panique. Je te vois la retrouver et la serrer contre toi comme une serviette chaude avec un tel soulagement qu'il te repousse, agacé. Je te vois ahuri par le brouhaha et la bousculade, l'odeur rance du fric et du fumier, la sueur des hommes et des bêtes, le bruit mat des bêtes et des hommes frappant la poussière, les éclats de rire, les ébrouements et les crachats, et la musique enfin, l'accordéon et le banjo, le rythme martelé par des centaines de bottes et de mains, et les hommes soûls chancelant, s'emparant des femmes et les faisant valser, et parmi eux ton père dansant la gigue avec une jeune femme inconnue, une femme très belle aux lèvres rouge cramoisi et aux frisettes auburn qui lui tombent dans le dos et au corsage en dentelle et aux jupons froufroutants, ton père arquant ses reins tout contre la jupe de la femme, ton père lui écrasant les seins contre sa poitrine et bougeant comme jamais tu ne l'avais vu bouger, ton père la conduisant dans des cercles de plus en plus vastes jusqu'à ce que tu le perdes de vue à nouveau dans la foule sautillante assourdissante, pas de Peaux-Rouges par ici, rien qu'une flopée de Blancs au visage rouge faisant la bringue, et là-dessus les nœuds dans ton ventre se défirent d'un coup et tout ce que tu t'efforçais de retenir fut dégorgé, tu dégobillas en te tordant, envoyant un jet de vomi jusque sur le bord de la piste, et ton père fut bien obligé de lâcher l'inconnue dare-dare. Peu importe le coup terrible qu'il te délivra à la tête pour te punir d'avoir gâché son plaisir : il n'avait d'autre choix que de te ramener.

Tu marchas jusqu'à la calèche sur des jambes grêles et tremblotantes et, jetant sa veste sur toi, il se mit à fouetter les chevaux tout en marmonnant des jurons. Au moment de quitter le champ de foire tu te remis à éternuer et il explosa, Bon Dieu Paddon mais qu'est-ce qui te prend, t'es enrhumé ou quoi, je me casse les couilles pour te faire plaisir et toi tu me fous en l'air toute la journée, je te préviens mon gars que je finirai par perdre patience, si tu veux faire du rodéo t'as intérêt à te secouer, je vais pas perdre mon temps avec des morveux qui savent même pas se moucher.

Ce discours ne fit rien pour atténuer l'affreuse pression dans ta poitrine, les éternuements devinrent au contraire plus forts et plus rapprochés, c'étaient des houles terribles qui partaient du ventre l'une après l'autre, faisant monter de la bile dans ta gorge et dans ton nez jusqu'à ce que tu eusses envie de disparaître, de te cacher de ton père, de te trouver n'importe où au monde sauf à ses côtés sur le siège de la calèche, à écouter ses réprimandes rageuses.

Tout le chemin du retour, tu fus secoué par les éternuements ; ils s'arrêtèrent à l'instant où tu franchis le seuil de la maison.

Le lendemain, te voyant rentrer de l'école, ton père courut à ta rencontre, s'empara de ton bras et te traîna jusqu'au corral : dès que tes yeux se posèrent sur les chevaux tu te remis à éternuer. Le jour d'après, c'était pareil. Dégoûté, il te prit dans ses bras, te souleva aussi haut que possible et te jeta à terre. Tu étais heureux de te retrouver par terre, même si le sol dans ce corral était drôlement tassé et même si John Sterling avait encore assez de muscle pour faire mal quand il s'y appliquait, tu étais heureux parce que tu savais que ce moment marquait la fin de ta carrière de cow-boy et, levant les yeux vers le ciel, tu vis des nuages d'orage noirs et bleu indigo empilés en un fabuleux tourbillon immobile et poussas un grand soupir. Va faire ton putain de piano, dit-il. Te relevant, tu traversas le vent de la plaine jusqu'à la maison sans même avoir épousseté le siège de ton pantalon.

L'avais-tu brisé ? A partir de ce jour, il devint encore plus taciturne autour de la maison, desserrant à peine les lèvres à table sinon pour grommeler Balivernes ! dès que Mildred et Elizabeth avaient fini de chanter le bénédicité. *Merci de ces bonnes choses ! Qu'elles puissent nous donner Des forces pour Te servir toujours plus, Te servir toujours plus, Dieu est amour, Dieu est amour.* Balivernes ! grommelait-il, et John ! disait ta mère, et peu à peu cet échange en vint à remplacer l'amen.

Ton père boudait et grognait à tel point qu'il n'y avait aucune place pour les états d'âme de ta mère, qui n'était de toute façon pas portée à la démonstration émotive (elle était ferme et stricte et prête à te châtier si nécessaire, mais jamais elle ne se laissait aller à la colère) ; la seule fois que tu la vis réellement hors d'elle fut l'année après le Stampede lorsque, regardant distraitement la page Société du journal sur lequel elle épluchait des carottes, elle vit que la grande actrice Sarah Bernhardt, en tournée canadienne avec une pièce intitulée *la Reine Elisabeth*, devait jouer à Calgary la semaine suivante. A cette seule pensée Mildred fut inondée de nostalgie pour l'Europe et l'Angleterre et les reines et les théâtres et les robes longues et les diadèmes scintillants et les grandes actrices et la culture, et décida sur-le-champ qu'il lui fallait voir ce spectacle coûte que coûte. En voyant ce que coûtaient justement les billets, John lui opposa un refus catégorique mais pour une fois elle lui tint tête, faisant remarquer que lui gaspillait au moins cette somme chaque mois sur de l'alcool, que lui faisait constamment des voyages à Calgary alors qu'elle n'y allait qu'une fois l'an et encore, que lui avait assisté au fameux Stampede parce que c'était là son genre de distraction et voici qu'on proposait enfin son genre de distraction à elle et elle ne voyait aucune raison de ne pas y assister, mais plus elle protestait plus il se butait, disant qu'il n'allait pas tolérer qu'une bonne femme lui dise ce qu'il pouvait faire et ne pas faire, comment il pouvait dépenser et ne pas dépenser l'argent qu'il gagnait avec sa sueur et son sang, mais, des deux, Mildred était la plus éloquente, et plus elle parlait plus il enrageait de ne pouvoir trouver en réponse un seul argument plausible, hormis l'argument lourd et massif de son autorité maritale, avec lequel il la tabassait comme un homme des cavernes jusqu'à ce qu'elle éclate en sanglots et s'effondre sur la table, disant qu'elle n'avait pas fait tout ce trajet pour vivre avec des vaches, et que sa vie était gâchée.

Ton père buvait de plus en plus et le ranch se mit à perdre de l'argent et il n'arrivait plus à rembourser son emprunt et Elizabeth priait à voix haute du matin au soir pour le salut de son âme et la maison connut deux ou trois années très mauvaises. C'est au cours de ces années mauvaises que tu éprouvas pour la première fois comme un fourmillement dans le bas-ventre et décelas la suggestion de courbes légères sous la chemise de nuit de ta sœur ; un soir tu l'étonnas en t'agenouillant près d'elle sur le plancher dur et en te pressant contre le lit et en marmonnant à l'unisson avec elle le *Notre-Père*, te remuant doucement au rythme des paroles tout en regardant du coin de l'œil ces courbes à peine perceptibles et en pensant à rien rien rien jusqu'à ce qu'en toi une chose surgisse, une chose si forte et merveilleuse que ton amen t'échappa avant la fin de la prière.

C'est également pendant ces années mauvaises que vous fîtes, toi et Elizabeth, la découverte du catholicisme – ah il y a encore des vomissements dans cette scène Paddon, je sais que j'invente tout cela au fur et à mesure mais chaque fois que tu vomis cela me paraît parfaitement vrai et justifié, je me demande pourquoi – Miss McGuire ton professeur principal venait de décéder. Je peux la voir à travers tes yeux timides et fuyants : la fraise de dentelle sensuelle sur sa poitrine démentie par une jupe brun foncé impitoyablement sanglée à la taille, les douces boucles dans sa nuque contredites par des bottes sévèrement boutonnées jusqu'à mi-mollet, la plénitude de sa lèvre inférieure vaincue par sa main qui brandissait presque toujours une baguette. C'était une vieille fille irlandaise catholique, l'un des membres fondateurs de la petite école d'Anton et une militante infatigable de l'instruction religieuse à travers la province, et maintenant elle était morte d'une pneumonie et tous les élèves avaient eu un jour de congé pour assister à ses obsèques à Calgary. Ni toi ni Elizabeth n'aviez jamais mis les pieds dans une cathédrale : pour elle ce fut la révélation de sa vocation et pour toi, encore un souvenir de honte cuisante.

La cathédrale Sainte-Marie était en grès et non en bois, elle avait des dômes et des flèches et des vitraux colorés à la place des clochers raides et des murs nus auxquels tu étais accoutumé, il y faisait une chaleur étouffante et les bruits y réverbéraient de manière confuse. La messe te parut interminable : des troupes d'enfants de chœur vêtus de longues robes rouges et de blouses blanches suivaient les prêtres et les diacres et les archidiacres parés de manteaux qui descendaient jusqu'à terre et d'écharpes filées d'or et de chapeaux pointus piquetés de pierres précieuses, avançant à une allure solennelle et majestueuse en balançant des encensoirs en bronze d'où montaient des volutes de fumée âcre, et en psalmodiant des phrases latines lugubres qui s'appuyaient longuement sur la même note et remontaient d'un demi-ton à la fin puis redescendaient aussitôt, et le chœur et l'assemblée des fidèles leur répondaient dans la même tonalité triste : c'était cela le plain-chant, toujours cette même mélodie plaintive vacillant autour d'une note unique. Au bout de l'allée centrale près de l'autel se trouvait le cercueil noyé de fleurs et la douceur écœurante de leur parfum avait pour toi un relent de mort, de même que la douceur oppressante de l'encens, de même que la douceur éthérée des voix de soprano des garçons, de même que l'épaisse douceur collante des chants nasillards des prêtres et, tandis que la mort s'insinuait lentement dans tes narines, les bijoux étincelants des mitres semblaient clignoter un message morbide et les encensoirs luisants se balançaient de droite à gauche dans un nuage de fumée infernale et la procession des corps rouge et blanc tanguait dans l'allée de façon terrifiante et l'orgue tonnait la volonté de Dieu, emplissant complètement l'air de la cathédrale que comblaient déjà les teintes chatoyantes des rayons du soleil à travers les vitraux, les monceaux de fleurs hétéroclites, la foule de gens serrés sur les bancs et jouant des coudes près de l'entrée, les voix perçantes tremblotantes des enfants de chœur et les sombres intonations des prêtres, un tel grouillement, un tel bouillonnement de gestes et de bruits et de couleurs qu'à la fin cela ne pouvait que déborder, giclant de ton estomac sur le tapis de prière à tes pieds qui dut ensuite être rapporté à la maison et lavé par ta mère mortifiée et rapporté à la cathédrale la semaine suivante, une fois sec.

Entre-temps Elizabeth, après une brève consultation avec Dieu, avait annoncé son intention de se convertir au catholicisme et ton père, frappant la table de son poing si violemment que le contreplaqué s'était fendu, avait déclaré que, lui vivant, un adepte des âneries papistes n'habiterait jamais sous le toit qu'il avait construit de ses propres mains, et ta mère avait dit Allez, John.

Si jusque-là les eaux boueuses de la pauvreté vous avaient menacés de loin en loin, maintenant du jour au lendemain elles vous submergèrent.

Oh elle n'était pas abattue pour autant, cette Karen. T'ayant épousé pour le meilleur et pour le pire, elle était avide de te prouver qu'elle resterait à tes côtés quoi qu'il advienne. Etant donné que sa grand-mère avait réagi au désespoir en se pendant à une poutre et sa mère en sifflant de la bière artisanale, elle avait opté depuis longtemps pour la solution de son père qui consistait à redoubler ses efforts tout en se fiant à Dieu. Heureusement pour toi Paddon, c'était une ménagère miraculeusement débrouillarde et économe : elle se mit à confectionner elle-même les habits des enfants à partir de vieilles nippes (et tu regardais leurs pieds pousser avec terreur, te souvenant de la manière dont ton père avait rafistolé tes semelles chaque automne avec des bouts de carton que la pluie rendait spongieux, te souvenant de la morsure douloureuse des cailloux dans la plante de tes pieds et sachant que même Karen ne savait pas fabriquer de chaussures).

Tu souffrais de voir ta laitière agile et gentille se transformer en une version scandinave de ta propre mère, passant son temps à dresser et à redresser les enfants, à fredonner des cantiques pour se donner du courage, à prier pour que lève la pâte, à repasser des chemises et à laver des fenêtres et à rincer des couches pleines de merde et à tomber dans son lit morte de fatigue nuit après nuit.

En 1931 tu te rendis compte qu'en dépit de ton salaire, en dépit de vos budgets hebdomadaires et mensuels et annuels minutieusement planifiés, en dépit de l'inscription maniaque dans un grand livre de toutes vos dépenses au centime près, votre situation financière ne cessait de se dégrader et ta paie à la fin de chaque mois suffisait à peine à rembourser les dettes du mois précédent. Ton corps, telle la taille de guêpe d'un sablier, n'était plus qu'un passage exigu entre le monde extérieur et les besoins de ta famille, à travers lequel l'argent devait couler.

Parfois, après avoir bu un verre ou deux en retournant tout cela dans ton esprit, une des chansons anglaises paillardes de ton papa te revenait en mémoire, et tu te mettais à la taper au piano pour la plus grande joie de tes enfants – *Oh, un formidable navire pour un voyage en mer était le* Store vénitien, *Aucun vent qui soufflait L'équipage n'effrayait Ni n'agaçait le capitaine, Et l'homme à la barre avait tendance à se croire Heureux dès la première goutte de pluie Même s'il s'avérait souvent, Quand retombait le vent, Qu'il était couché dans son lit !* D'autres fois, tu arpentais la maison dans un silence renfrogné, imperméable aux efforts de Frankie et Ruthie pour te réveiller, te ranimer, te ramener par leurs chatouillements et taquineries à la sphère de leur existence. Ils finissaient par laisser tomber, défaits et déconfits. Les lèvres de Karen se pinçaient – selon elle les adultes ne devaient jamais étaler leur mauvaise humeur devant les enfants – mais elle ne disait rien, cherchait seulement à les apaiser en les attirant doucement vers une autre activité. Toujours pareille à elle-même, elle méritait leur confiance. Toi, tu étais douze hommes différents dont aucun n'était celui que tu aspirais à être. Ton rêve du chant d'oiseau date-t-il de cette époque ?

Une voix m'incitait avec urgence à venir écouter le chant d'un oiseau – c'était tout simplement merveilleux, me disait-on – et je répondais Oui oui, dans un instant, je suis occupé là tout de suite mais j'arrive – et la voix insistait Mais c'est tellement fabuleux, tellement magnifique, ce chant d'oiseau, tu dois absolument venir l'entendre – et je disais Ne vous inquiétez pas, je viens, j'ai presque fini ce que je suis en train de faire – et l'autre répondait Mais c'est maintenant qu'il chante, l'oiseau ! Au réveil, j'ai compris que l'oiseau était ma propre intelligence, et que si je ne lui accorde pas toute mon attention il cessera de chanter et s'envolera à tout jamais… Ainsi quand je trouverai enfin le temps, après toutes ces années, de me plonger en moi-même et de prêter l'oreille

214

au gazouillis magique de mon esprit, il n'y aura
plus rien à entendre ?

Pendant ce temps, Elizabeth menait en Haïti une existence palpitante. Elle écrivait à ta mère des lettres détaillées en lui demandant de les partager avec toi et Karen, louant la gentillesse et la générosité des Haïtiens et se félicitant que la plupart d'entre eux fussent apparemment déjà des catholiques fervents. Dès les premières semaines, elle fit allusion à un petit accroc dans le programme d'élevage de cochons inauguré par les Marines en 1915, mais tu mis plusieurs mois à comprendre ce qui s'était réellement passé. Un des premiers projets de ces êtres humains roses et rondelets en Haïti avait été de donner des cochons roses et rondelets aux paysans noirs et maigrichons qui, jusquelà, s'étaient parfaitement contentés de leurs cochons noirs et maigrichons, descendants des sangliers sauvages qui avaient sillonné l'île à l'époque de sa gloire boucanière. Les cochons noirs raffolaient des ordures, ils vivaient dans les basses-cours et y maintenaient une propreté impeccable en mangeant les épluchures de mangues et de bananes plantains et d'avocats qui traînaient par terre, s'engraissant et somnolant sous le soleil et jouant avec les enfants jusqu'à ce qu'on les abatte enfin en janvier pour la fête de l'Indépendance. Les cochons roses, en revanche, étaient des snobs : ils faisaient les dégoûtés devant les ordures haïtiennes et refusaient d'y mettre le groin, et on ne pouvait guère demander aux paysans d'utiliser leur faible récolte de maïs et de haricots pour nourrir des cochons alors qu'elle suffisait à peine et même à grand-peine pour nourrir leurs propres enfants avec parfois quelques poignées excédentaires à vendre au marché, alors les cochons roses étaient morts de faim et les basses-cours s'étaient remplies de déchets qui avaient attiré des mouches qui avaient répandu des microbes qui s'étaient emparés des corps vulnérables des enfants, de sorte que ceux-ci étaient maintenant de plus en plus nombreux à s'allonger par terre et à rouler des yeux vitreux et à rendre l'âme. Heureusement dans la plupart des cas, ajoutait ta sœur, ils étaient baptisés.

Les séances épistolaires étaient déjà assez pénibles mais Elizabeth envoyait également des paquets de photos, et Mildred organisait chaque mois une réunion avec ses amies de l'Eglise pour les regarder et se sentait blessée si tu n'y assistais pas. Elle était si fière de sa fille – et bien sûr, par comparaison implicite, si peu fière de toi ; la pression insidieuse était toujours là : Sois sage Paddon, tu n'es pas encore à la hauteur, mets-y un peu du tien, fais un effort, on est tous de ton côté, tous là à te soutenir, il n'est pas trop tard pour repartir du bon pied, mais on n'a rien pour rien, il faut que ce soit toi qui le désires.

Les soirées-Haïti se terminaient toujours par une série de cantiques tonitruants : le piano n'étant plus là pour aider il y avait souvent un flottement quant à la tonalité, mais jamais la moindre insuffisance de volume – *Regardez comme ils viennent, Les fils d'Afrique à la couleur profonde De tellement loin ils viennent, De leur désert sauvage au bout du monde ! L'amour de Jésus a gagné leur cœur, Ils se courbent devant Sa croix et pleurent* – Il y a de quoi, te disais-tu *sotto voce*. En effet, la loi martiale venait d'être déclarée en Haïti, la plupart des lycées étaient en grève, les Etats-Unis avaient envoyé des renforts militaires et quelques Marines nerveux venaient d'abattre plusieurs dizaines de paysans qu'ils avaient pris, selon Elizabeth, pour des manifestants. Tu fulminais contre ta sœur. Tu lui en voulais de prier pour toi comme si tu étais un païen, et tu lui en voulais de prier pour les païens. Tu ricanas quand une lettre arriva dans laquelle elle avouait enfin son désarroi : nonobstant leur misère infinie, ces gens pervers n'arrêtaient pas de danser et de sourire, de blaguer et de forniquer ! Pire, il s'avérait que pour les Haïtiens, catholicisme et vaudou étaient non seulement compatibles mais confondus : les saints chrétiens avaient été tout bonnement intégrés au panthéon barbare ! Ces gens faisaient semblant de prier la Vierge Marie alors qu'en fait ils chantaient les louanges d'Erzulie Frieda, déesse de l'érotisme ! Ils érigeaient partout des statues de saint Patrick parce que les serpents à ses pieds leur rappelaient Damballah, le grand loa-serpent ! Ils vénéraient l'Agneau du sacrifice parce que eux-mêmes tranchaient la gorge des chèvres, des taureaux et des poulets pour ensuite s'éclabousser la tête de leur sang ! Voyez-vous, écrivait Elizabeth désespérée, on peut pénétrer dans un lieu saint et se dire Ah, c'est bien, ces gens connaissent déjà la Bonne Nouvelle, mais en réalité chaque croix est un hommage à Papa Legba, dieu des carrefours, chaque rosaire un collier pour rehausser la beauté séductrice d'Erzulie, chaque cantique une invitation à la possession ! Comment peut-on extirper le diable s'il revêt les apparences de Dieu ?

Les dames méthodistes étaient presque autant choquées par les rites catholiques que par le vaudou mais Mildred défendait avec véhémence sa fille convertie : Tout de même, disait-elle, l'important est de sortir ces pauvres pécheurs de leurs ténèbres, non ? Toi Paddon aurais voulu taper du pied et du poing et dire à ta sœur Nom de Dieu, tu ne vois pas que ces gens sont plus heureux sans toi ?... mais l'évocation de la misère haïtienne dans les lettres d'Elizabeth te coupait le souffle. On ne pouvait nier que ces gens avaient besoin de vaccins et de pansements et de nourriture et d'eau stérilisée et qu'Elizabeth, dont l'esprit gambadait dans les cieux nébuleux avec son héros à halo, contribuait à améliorer leur sort de la manière la plus concrète, tandis que toi, qui rejetais en bloc la baliverne de la béatitude éternelle, passais ton temps à jacasser sur la généalogie des rois anglais et le passage frayé par Alexander Mackenzie jusqu'au Pacifique. Tu aurais voulu t'emporter et tempêter contre ta sœur, lui démontrant à grands coups de tonnerre et de foudre rhétoriques qu'un mythe est aussi valable qu'un autre… mais ses photos des cérémonies vaudou te donnaient la chair de poule. Comment peuvent-ils respirer, sans parler de faire leurs dévotions, au milieu de tout ce fatras ? te demandais-tu, grimaçant devant la prolifération de bougies et de fleurs et de drapeaux à paillettes, les libations de farine blanche et de maïs grillé et de liqueur – fatras, tout ça – reculant devant les images de carnaval, la foule compacte de corps noirs suants et sinueux portant des coiffes géantes ornées de fourrure et de plumes, des masques peints piqués de pierres scintillantes – fatras, fatras – et, tandis que tu les regardais danser, bien que les photos fussent immobiles et la pièce silencieuse hormis les gloussements titillés des amies de ta mère, tu sentais la pulsation des tambours dans la chaleur caraïbe tisonner les corps à la frénésie et, à voir une femme plonger un couteau dans la gorge d'un poulet vivant puis lui briser prestement les ailes, ton cœur se soulevait – fatras – et, à voir un homme possédé par Ogoun Ferraille le loa de la guerre, sauter en l'air et s'écraser au sol, sauter et s'écraser, sauter et s'écraser jusqu'à ce qu'on dût le retenir, ton estomac se figeait d'effroi – ah oui Paddon, tu regardais ces photos, par obéissance ou par masochisme tu les regardais, sans pouvoir en décoller les yeux, mais quand tout était fini tu quittais la maison de ta mère dans des sueurs froides, les ongles enfoncés dans la paume de tes mains pour contenir les houles de nausée.

Après ce genre de soirée, ta confusion mentale était telle que tu aurais voulu courir à nouveau le long de la voie ferrée, ne plus voir que les deux lignes droites parallèles et les centaines de traverses perpendiculaires rayant le sol plat à l'infini, ne plus entendre que le teuf-teuf de ton propre souffle, ne plus enregistrer que le néant parfait de ce paysage qui pénétrait en toi et s'épandait lentement, rendant ton esprit aussi lisse et vide et muet que les plaines – oui, Paddon, jusqu'à ce que tu sois non seulement seul mais au-delà de la solitude, jusqu'à ce que tu ne sois plus toi et qu'il ne reste que le chant, cette longue ligne de notes plaintives, cette lamentation immobile : le plain-chant, dans toute sa splendeur monocorde.

Au lieu de quoi tu devais rentrer chez toi et te glisser dans le lit à côté de Karen et l'écouter se demander si Ruthie allait avoir besoin d'un appareil dentaire et se promettre, si tel était le cas, d'économiser l'argent nécessaire dans les mois à venir en remplaçant la margarine par le saindoux dans ses pâtes à tarte et, le lendemain matin, tu devais te lever tôt afin de préparer pour tes élèves une interrogation écrite sur la vie et la mort de Samuel de Champlain.

De 1935 je sais deux choses avec certitude. La première a plus d'importance que la seconde mais j'ai nettement plus de mal à l'imaginer : ta mère est morte, peu après Pâques.

Je ne sais vraiment pas quoi dire à ce sujet, Paddon. Je me lève, je vais à la cuisine fixer longuement les balcons et les cordes à linge des maisons voisines dont le kaléidoscope familier mais toujours différent m'aide parfois à remettre mes idées en place mais je ne trouve toujours pas d'hypothèse convaincante. Serait-elle morte de faim ? L'un de ses pensionnaires l'aurait-il étranglée pour s'emparer du peu de meubles et de bijoux victoriens qu'il lui restait ? Peut-être s'est-elle paisiblement éteinte dans son lit, même si elle n'avait que soixante-cinq ans – mais dans ce cas pourquoi la chose serait-elle enveloppée d'un tel mystère ? Pourquoi m'est-il plus difficile d'imaginer la mort de ta mère que n'importe quel autre événement dans ton existence ? Ruthie se souvient d'avoir manqué un jour l'école pour assister aux funérailles de sa grand-mère, elle dit que Johnny pleurait et s'agitait

constamment et que les épaules de Karen trem-
blaient de chagrin contenu mais toi, dit-elle, toi
Paddon selon ma mère Ruthie, tu es resté impas-
sible tout au long de la cérémonie et n'as versé aucune
larme. Elizabeth n'avait pas pu venir : Haïti était sens
dessus dessous, les Marines, qui pendant dix-neuf ans
avaient si généreusement secondé l'effort des missions pour bâtir des hôpitaux et déraciner la superstition, venaient de plier bagage, l'armée grandissante
de paysans noirs grondants leur ayant fichu les
jetons, et de toute façon il fallait cinq jours au bas
mot et souvent sept pour faire le voyage par bateau et
train et train et train de Port-au-Prince jusqu'à Calgary, de sorte que la chère Mildred se serait mise à
empester avant l'arrivée de sa fille – mais Elizabeth
envoya un télégramme avec un chaleureux message
de réconfort, t'enjoignant au passage de remercier le
Seigneur d'avoir rappelé votre mère à Ses côtés.

Tu ne protestas pas lorsque, le lendemain matin,
Karen tout en buvant son faux café te fit part de sa
décision, maintenant que Mildred était partie pour
un monde meilleur, d'utiliser votre maison pour les
soirées-Haïti mensuelles. Ayant retrouvé chez ta
mère le dernier paquet de photos ainsi qu'une lettre
décrivant la scandaleuse célébration de Pâques
parmi les paysans haïtiens, elle avait pris l'initia-
tive aux obsèques de la veille d'inviter toutes les
amies de Mildred à venir chez vous le soir même.

Elizabeth avait passé presque tous les printemps
précédents à Cap-Haïtien où était située la mission
des oblats mais cette année-ci, se trouvant par hasard

dans la région de Léogane pour s'occuper d'une épidémie de malaria, elle avait pu se rendre compte de toute l'étendue du désastre. Ils sont censés être misérables, disait sa lettre, et regardez-les ! C'est le mercredi des Cendres, premier jour de carême, suivi des sept semaines pendant lesquelles on doit renoncer à une chose qui nous tient à cœur, se soumettre à une discipline déplaisante, manger des anguilles, se lever à cinq heures, se passer du petit déjeuner, peu importe pourvu qu'on partage un peu la souffrance du Christ – et que font-ils ? La bringue ! Ils mettent des costumes barbares et passent leur temps à danser et à jongler, à jouer du tambour et de la trompette... Ça, c'est un groupe rara, il y en a des centaines, les membres peuvent avoir entre six et soixante ans, ils sillonnent la montagne en s'arrêtant dans chaque ville et chaque village, les femmes en route vers le marché se joignent à eux et dansent pendant des kilomètres avec de lourds paniers sur la tête – or ces gens ont faim ! leurs enfants souffrent de scorbut et de tuberculose ! Mais ils ne peuvent pas se retenir de danser et chanter au lieu de travailler. En plus ce sont des danses licencieuses, des chansons ordurières (Elizabeth parlait maintenant couramment le créole, et le regrettait parfois) – on voit bien d'où vient le surpeuplement tragique de ce pays !

Les amies de feu Mildred s'agglutinaient autour de la table dans ta cuisine Paddon pour lorgner les corps noirs luisants mâles et femelles de ces affreux pêcheurs aux coiffes ornées de fleurs et de miroirs et de bois spectaculaires, aux chemises bariolées où étincelaient des perles de verre et du papier d'aluminium, ondulant tous de l'arrière-train et du torse en proie à la joie sensuelle la plus explicite. Mais avec une alacrité frustrante Karen rangea ces photos pour passer à la série suivante.

Le Vendredi saint, dit-elle en lisant à voix haute la lettre d'Elizabeth, ils passent la journée à rejouer la trahison de Notre-Seigneur. Ils fabriquent une effigie géante de Judas et se mettent à lui taper sur la tête et à le traîner dans la poussière en hurlant Tuez le juif ! Tuez le juif ! et pour finir, ils y mettent le feu. L'homme qu'on voit ici joue le rôle de Judas. Il doit ramper sur le chemin et tout le monde le harcèle en faisant claquer des fouets et en riant aux éclats – et tout cela est censé représenter la Passion du Christ !

Au milieu des exclamations indignées des dames, tu te calas dans ta chaise Paddon et allumas ta pipe en te détournant discrètement de ce spectacle obscène. Tu t'étais mis à fumer depuis peu : mordre dans le tuyau noir et dur te donnait l'impression d'avoir une prise sur quelque chose, et tenir le fourneau brûlant dans ta main était une petite preuve de chaleur quelque part. Par ailleurs, les femmes considéraient le tabac à la fois comme une extravagance et un péché, et fumer traduisait ta réfutation douce mais persistante de leurs valeurs.

Du deuxième événement qui s'est produit en 1935 je sais un certain nombre de choses parce que Maman m'en a parlé seulement l'autre jour ; il me faudra toutefois inventer bon nombre de détails.

Une nuit du mois de juin tu as veillé tard tout seul, oui longtemps après que les enfants et Karen se furent couchés, te tenant peut-être sur la véranda à fumer et à scruter les étoiles. La chaleur meurtrière du jour mettait des heures à relâcher sa prise sur la terre et à remonter en frémissant dans le ciel, tu étais là à la sentir se dissiper lentement, sans penser à grand-chose, et à tirer des bouffées régulières de ta pipe pour éloigner les moucherons – oui cela je peux le voir très clairement Paddon, pourquoi tout à coup cette image si nette du rafraîchissement d'une nuit de juin et toi seul sur la véranda avec un mince ruban de fumée au-dessus de la tête ? Je ne sais pas, toujours est-il qu'il devait être deux ou trois heures du matin lorsque tu revins enfin dans la maison et refermas la porte – Johnny avait percé des trous dans la moustiquaire et tu n'avais pas assez d'argent pour la remplacer –, traversas la cuisine dont le lino était terne et craquelé malgré les soins amoureux que lui prodiguait ta femme, te dirigeas vers ta chambre et, te ravisant soudain, tournas à droite plutôt qu'à gauche et pénétras dans la chambre des enfants.

Le lit de Frankie était à côté de la fenêtre et celui de Johnny près de la porte ; Ruthie dormait au milieu et tu te tins là dans la nuit d'été gris foncé à regarder ces trois produits si différents de tes reins, inertes mais vivants, le pouls battant au rythme de leurs rêves, et, ému, tu voulus les embrasser dans leur sommeil. Ruthie bougea légèrement la tête quand tu te penchas sur elle et tu entendis un froissement de papier. Glissant la main sous son oreiller tu retiras une enveloppe, l'apportas à la cuisine et vis que Karen l'avait adressée au premier ministre R. B. Bennett, Ottawa. Il te revint que le matin même Ruthie t'avait quémandé des sous pour acheter un timbre et tu lui avais demandé Pour quoi faire ? et elle t'avait dit Pour écrire au père Noël et tu avais ri en disant Ça peut attendre quelques mois mon chou et elle s'était éclipsée en se mordant la lèvre. Maintenant tu déchirais l'enveloppe et en sortais une lettre de ta fille de six ans qui apprenait tout juste à lire et à écrire, disant Cher Mesieu Benet Ma maman ma dit que je doi vous écrir une letre parce que nous somme très povre et jais besoin de lunetes. Je peu pas voir ce qui est écri au tablot à l'école mais mon Papa est au chaumage et ma Maman dit qu'il fot pas le déranget avec ce problemme. Sa serre a rien, ça le rendra seullement triste parsque il peut pas tacheter des lunetes. Alors demande au chef du Canada sil peu nous éder. Alors je vous demande, les lunetes sa coute quinze dolars et nous on a moins que zéro dolars elle dit. Sil vous plez envoyez nous l'argent toute suite parseque jais peur de redoubler cet anée et mon Papa va se facher.

Tu restas là à regarder la feuille sous l'ampoule nue suspendue au-dessus de la table de la cuisine et au bout d'un moment tu dis à voix basse Est-ce que je vais m'effondrer ? mais au lieu de t'effondrer tu marchas à grands pas jusqu'à ta chambre et allumas la lumière et tiras Karen de son sommeil en la secouant aussi brutalement que possible et lui délivras un coup magistral à la tête, puis tu la frappas encore parce qu'elle était terrorisée et toujours à moitié endormie, se tortillant dans tous les sens pour éviter tes coups, et aussi parce qu'elle avait l'air tellement maigre et vieille alors qu'elle n'avait que vingt-cinq ans donc tu continuas de la rouer de coups sans même lui en dire la raison, surtout que la raison changeait à mesure que tu la frappais et le lendemain matin, quand elle servit le porridge d'avoine sans lait ni sucre, les enfants virent qu'une de ses lèvres était enflée et qu'elle avait une ecchymose ouverte à la pommette gauche.

Il fallait vraiment que tu recommences à travailler, Paddon. Par bonheur, tu pus réintégrer ton emploi sans commettre d'assassinat parce que le mois suivant, quand les températures grimpèrent au-dessus de cinquante degrés pour la cinquième année de suite, le vieux Mr Garby se laissa obligeamment foudroyer par une crise d'apoplexie et le recteur te téléphona pour te dire qu'à partir de septembre tu serais repris à ton ancien salaire de vingt-cinq dollars par semaine.

Pas un instant tu ne doutas de son amour, pas une seule fois tu ne te demandas si tu le méritais ni si le danger dans lequel il te mettait en valait la peine. Chaque fois que tu allais la voir elle te sidérait, t'approfondissait, ouvrait dans ta tête de nouvelles mines d'idées, mettait au jour des veines de minerai qui se cachaient depuis des années derrière la morne pierre grise. Tu l'aimais d'autant plus que tu t'aimais toi-même de savoir si bien l'aimer. Tu aimais sa brusquerie et ses fous rires, les rides qui s'étaient creusées dans son front et la légère rugosité au bout de ses doigts, la lourdeur de ses seins et de ses hanches et le gros soupir qu'elle poussait juste avant de s'endormir, la ligne plus foncée qu'avait laissée la maternité sur la peau foncée de son ventre entre le nombril et le sexe. Elle te faisait pleurer d'amour et aimer les pleurs, toi qui n'avais pour ainsi dire pas versé de larmes depuis le jour de tes oreilles gelées – même à la mort de ton père, même à la mort de ta mère, même quand ton année pour l'écriture s'était effritée entre tes mains.

Tu pleuras le jour où elle te raconta l'histoire de sa grand-mère, bien que ce fût une histoire très mince, une histoire banale qui tenait en une seule phrase, une histoire totalement dépourvue de valeur éthique ou esthétique mais qui s'était répétée des centaines de fois, l'histoire atroce et ordinaire d'une jeune fille indienne se faisant déflorer par l'intendant de la Compagnie de la baie d'Hudson. Cela se passait le plus souvent le dernier jour de leur scolarité, c'était presque une tradition, un passage obligé de leur initiation à la civilisation, les prêtres avaient fait de leur mieux pour leur inculquer la sagesse biblique à coups de fouet sur leur derrière païen, mais leur instruction n'était pas parachevée tant qu'un intendant de la Compagnie de la baie d'Hudson n'avait pas déchiré leur hymen et déposé dans leur ventre sauvage sa graine civilisée, c'était pour ainsi dire inévitable et les parents de la fille n'avaient plus qu'à prier pour que la graine ne germe pas ; malheureusement celle qui était dans le ventre de la grand-mère de Miranda avait germé. Si c'était un garçon son père blanc le reconnaissait le plus souvent et l'élevait en vue d'une future carrière comme diplomate et interprète entre commerçants et Peaux-Rouges – c'était là le rôle que remplissaient admirablement les métis depuis un siècle avec quelques exceptions regrettables comme Louis Riel –, mais si c'était une fille on l'abandonnait à son sort parmi les sauvages.

Bien sûr, le fait que tu sois amoureux n'avait en rien atténué la méchanceté de Dieu ; simplement tu as cessé de la prendre comme un affront personnel. 1938 fut le dernier des hivers insupportables parce que Dieu, s'étant lassé des farces futiles comme l'ensevelissement des veaux dans quinze mètres de neige, avait décidé de passer aux choses sérieuses. Maintenant c'était le climat politique qu'Il s'amusait à pourrir et il y avait de toute évidence de sacrés orages à l'horizon, malgré les déclarations rassurantes de Mackenzie King à son retour d'Allemagne l'année précédente, selon lesquelles Hitler ne nourrissait que des intentions pacifiques et le Canada, déjà surpeuplé avec son habitant par kilomètre carré, n'avait donc pas besoin d'ouvrir ses portes à tous ces juifs sûrement pauvres et probablement communistes et de toute façon juifs qui demandaient l'asile à cor et à cri, surtout quand on pensait au nombre toujours croissant des Canadiens au chômage. Malade d'appréhension, tu allas chez Miranda un jour de juillet pour en parler avec elle mais tu la trouvas en train de t'attendre avec impatience pour te faire part de son émotion à elle qui, pour la première fois depuis que tu la connaissais, frôlait l'hystérie.

Elle était allée à Gleichen te dit-elle pour rendre visite à sa famille et là, elle avait appris – c'est ici qu'elle se mit à rire, riant à en perdre l'haleine – que son cousin préféré Joe Crowfoot, petit-fils du grand chef et chef lui-même, était parti – le croiras-tu ? Miranda pouffait et s'esclaffait – à Sydney !

A Sydney, répétas-tu bêtement, que diable est-il allé faire en Australie ? Ils vont faire un – rodéo – là-bas ! dit-elle, sa voix entrecoupée par des salves de rire. Ils ont choisi – huit champions – indigènes – pour aller – faire le clown devant les Blancs – à l'autre bout du monde ! Et tu sais Paddon – se tenant les côtes de rire, Miranda perdit l'équilibre et manqua de renverser un seau de peinture ; les chats alarmés filèrent comme des flèches dans tous les coins de l'appentis – pour être choisi il suffisait pas de savoir monter à cru ! – Il fallait aussi – avoir une tête – de vrai Indien sauvage ! Les meilleurs cavaliers – sont restés ici – parce qu'ils avaient pas le nez – assez busqué ! – C'est pas formidable, ça ?

Cette façon de juger les hommes à la forme de leur nez aurait pu te servir de prétexte pour évoquer ce qui se passait en Allemagne nazie, mais Miranda était déchaînée. Une demi-heure durant elle te raconta, d'une voix hérissée de rires sarcastiques, comment les Indiens avaient été amenés à faire du rodéo. D'abord l'homme blanc arrive et il dit OK les mecs, arrêtez de danser comme des dingues et de pousser vos cris de guerre et tout le bataclan, notre Dieu n'aime pas du tout ce genre de spectacle satanique et même nous ça nous rend un peu nerveux, vous comprenez, surtout la partie guerrière. Mais ensuite la vie est devenue rapidement ennuyeuse et l'homme blanc s'est dit Hmmm, en fin de compte elles avaient quelque chose de pittoresque, ces traditions, alors voyons, on va vous donner la permission de les ressortir une fois par an pour faire semblant, dans nos défilés et nos foires, comme ça nous on vendra des billets d'entrée et tout le monde sera content. Et si vous voulez vous défouler un peu, venez dans l'arène monter quelques mustangs, vous avez toujours aimé ça et pour nous ce sera un fameux numéro et on vous dédommagera avec une coupe en argent. Elle a raison, te dis-tu Paddon, c'est comme les Noirs qui font de la boxe aux Etats-Unis. Mais Miranda n'avait pas le temps d'écouter tes analogies ; elle te racontait maintenant – tout cela datait d'avant sa naissance mais son père lui en avait parlé et c'était tout ce qu'elle possédait de lui, cet éclat de vertèbre avec lequel elle cherchait à le ranimer en chantant – la querelle qui avait opposé les Eglises et les foires pendant de longues années, les Eglises disant Ecoutez, on vient tout juste de confisquer leurs tomahawks sanglants, leurs scalps et leurs crânes de bison blasphématoires, et maintenant vous voulez leur rendre tout ça en les invitant à sortir de leurs réserves et à boire et à forniquer ? – ce à quoi les foires répondaient Ecoutez, ce défilé des costumes guerriers va attirer la plus grande foule de la saison ! – sur quoi les Eglises étaient allées rapporter au gouvernement fédéral, gémissant que tous leurs efforts pour civiliser les sauvages allaient être bafoués – sur quoi le gouvernement avait rédigé une nouvelle loi interdisant à tous les Indiens de participer aux foires, et ce n'est qu'en rentrant chez toi et en voyant l'air inquiet de Karen cramponnée à la radio que tu te rendis compte en rougissant que tu avais totalement oublié le sort des juifs.

Un jour, un lundi au début du mois de septembre, tu frappas à sa porte et ce fut Dawn qui vint t'ouvrir. Elle te dit que Miranda était au lit, ne pouvait pas se lever et ne souhaitait pas te voir aujourd'hui. Elle refusa de te dire ce qui n'allait pas. Tu rentras chez toi bouleversé, te demandant quoi, comment, pourquoi, et Karen vit tout de suite l'altération de tes traits : balayant d'un geste de la main ses questions potentielles tu te cachas derrière le journal du soir mais tes pensées revenaient sans cesse à l'appentis et au visage impénétrable de Dawn dans la fente de la porte, ensuite Karen alluma la radio et enfin la chose se fit comprendre, enfin le message que tu lisais et relisais depuis dix minutes sans l'enregistrer pénétra jusqu'à ton cerveau, grâce au ton dramatique employé par le journaliste de la radio pour l'annoncer : la France et la Grande-Bretagne venaient de déclarer la guerre à l'Allemagne. Mais que se passait-il chez Miranda ? Elle avait déjà été malade, et pas une fois elle n'avait refusé de te recevoir. C'était le début de la Seconde Guerre mondiale. Mais qu'était-il arrivé à Miranda ? Johnny qui avait sept ans maintenant vint près de toi à la table de la cuisine et se mit à déchiffrer avec fierté les titres géants du *Calgary Herald*. Tu explosas pour la première fois depuis longtemps, bondissant sur tes pieds et vociférant Tais-toi bon Dieu ! Je ne peux pas avoir cinq minutes de paix quand je rentre du travail ? Tu reconnus la crispation soudaine des épaules de Karen qui, te tournant le dos, faisait bouillir des haricots beurre ; tu reconnus la terreur dans les yeux écarquillés de Johnny, reculant devant l'ogre qu'il s'était mis tout récemment à aimer ; tu reconnus les nœuds dans ton propre ventre alors que tu quittais la pièce en claquant la porte, écœuré et honteux – mais nom de Dieu qu'est-ce qui n'allait pas chez Miranda ?

Le trimestre venait tout juste de commencer mais tu savais qu'avec ce tumulte dans l'âme tu serais incapable de faire face à tes élèves. Ainsi le lendemain matin pour la première fois en presque quinze ans d'enseignement tu allas au centre-ville et, entrant dans un café, tu téléphonas à l'école pour plaider la maladie, te disant que tu avais bel et bien le cœur malade et que c'était là une raison suffisante, te disant que si l'école appelait la maison pendant la journée et que ta carrière était détruite cela te serait bien égal, te disant ce que tu croyais être la vérité, à savoir que sans Miranda tu ne pouvais pas vivre.

Dawn serait sûrement partie pour l'école à cette heure-ci. Tu frappas doucement à la porte de l'appentis et dans le silence qui s'ensuivit ton cœur cogna comme s'il était prêt à défoncer la porte. Au-dessus de toi le ciel de septembre était de cobalt et le soleil de bronze – un temps d'été indien, te dis-tu de façon incongrue, te demandant si oui ou non tu aurais le courage de mettre un poing à travers la vitre de la porte pour tourner le bouton de l'intérieur. Le silence dura et dura, enfin le loquet se déplaça sans bruit et Miranda ouvrit la porte.

Elle avait le teint cendreux et l'air maussade, les mâchoires serrées et les cheveux en bataille, et pour la première fois le désordre dans la pièce te semblait de mauvais augure. Mais tu n'éprouvas à la voir aucune colère ni aucune peur, pas même de la curiosité pour l'instant, seulement du soulagement parce qu'elle était en vie. D'un geste du menton elle te montra une chaise, puis s'assit en face de toi et ne dit rien. Tu ne parlas pas non plus. Ensuite elle parla.

Il y avait un enfant, dit-elle et sa voix était aussi cendreuse que son teint et tu compris sur-le-champ ce qu'elle voulait dire et sentis les cheveux de ta nuque se hérisser. Tu restas muet, non plus dans l'attente mais dans l'horreur. Quand enfin tu dis quelque chose ce fut pour répéter ses mots, moins pour les transformer en une question que pour te les approprier : Il y avait un enfant, et Miranda hocha la tête oui. Te détournant d'elle, ton regard fut happé vers un coin de la pièce où un petit tas de chiffons tachés de rouge te montra qu'elle disait vrai. Tu vis le sang de ta mère former une flaque sous elle sur le plancher, tu entendis son cri perçant de canard sauvage et tu te levas si abruptement que ta chaise se renversa. Te retournant violemment vers Miranda, tu dis – mais sans crier, très bas – Comment as-tu osé ? Et comme elle ne leva pas les yeux vers toi tu répétas en pleurant de rage : Comment as-tu osé, il n'était pas qu'à toi, tu n'avais pas le droit – et elle ne te regardait toujours pas mais tu vis son menton se figer et les muscles de sa mâchoire se serrer plus obstinément encore alors tu allas près d'elle et te jetas à ses genoux, t'affaissant entre ses jambes comme si c'était toi l'enfant, Paddon, t'enfouissant le visage dans son giron parmi les plis de tissu autour de l'endroit chaud et mouillé d'où l'enfant ne sortirait jamais et, levant les yeux vers elle, tu dis, les joues baignées de larmes : Comme ta grand-mère, alors, tu tues tes propres enfants et alors elle se leva à son tour, orgueilleuse et furieuse, et dit : Je préfère tuer mes propres enfants avant leur naissance plutôt que de les frapper et les engueuler une fois qu'ils sont en vie, et tu reculas sous le fouet cinglant de cette phrase puis t'écroulas tout à fait, sanglotant comme un bébé à cause de la douleur des coups de ton père et la honte de tes coups à toi et ton amour pour Miranda, cet amour qui ne pourrait jamais devenir un enfant.

Tu restas avec elle toute la journée ce jour-là, endeuillé et épuisé. Tu lui fis boire du thé, et cherchas à la persuader de manger quelque chose mais elle refusa toute nourriture. Elle savait ce qu'elle devait faire. Elle avait utilisé des feuilles spéciales apportées par une cousine de la réserve qui connaissait encore les recettes anciennes – les feuilles ne sont efficaces que les deux ou trois premières semaines, lui avait dit sa cousine ; après, il faut se servir de la vessie d'un ours. Heureusement, les feuilles avaient suffi.

La seule chose que tu avais sauvée du naufrage de tes spéculations sur le temps était le mince dossier bleu datant des années de maladie de Miranda. Tu passais des heures au lit à lire et à relire ces idées éclair en te demandant comment faire pour les relier en un unique faisceau de lumière intellectuelle. Mais à ta grande consternation, au lieu de s'envoler, ton esprit continuait de claudiquer dans les sillons familiers des soucis quotidiens, tournant le plus souvent autour de tes enfants. Johnny allait-il gaspiller le reste de sa vie dans une station-service ? Et que deviendrait Ruthie, maintenant qu'à l'âge de vingt-cinq ans elle avait rompu avec ses amis beatniks et accouché d'un fils illégitime ? Le seul enfant à s'être vraiment frayé un chemin dans la vie était Frankie, qui avait son doctorat ès sciences politiques et militait activement dans le mouvement pacifiste dont les tendres pousses vertes s'efforçaient de percer la sinistre nappe blanche de la guerre froide ; il daigna même t'envoyer par courrier une série d'articles incisifs dans lesquels il dénonçait la paranoïa anticommuniste américaine.

Michael le fils de Ruthie apprenait pendant ce temps à rentrer de son jardin d'enfants en courant, et à se couvrir la bouche et le nez de sa chemise dans l'éventualité d'une alerte nucléaire, et à ne jamais manger de la neige parce qu'elle venait de l'Alaska et pouvait être radioactive, contaminée exprès par les Russes. Oui ton petit-fils ingérait des mots comme contamination et radioactivité en même temps que ses biscuits et son jus d'orange et tu te demandais en soupirant où allait le monde, grimaçant d'entendre pareil cliché traverser ton esprit. Assis dans la salle des profs, les coudes sur la table et la tête dans les mains, tu ruminais toutes ces nouvelles choses à redouter et, comme tu chérissais malgré tout ton fils aîné, tu te mis à lire des revues et des journaux politiques toutes tendances confondues afin d'au moins te faire une idée sur ce qui se passait et pouvoir en discuter avec lui. Mais, plus tu lisais, plus tu hochais la tête en soupirant, et plus la force te manquait pour penser tes pensées à toi.

Certains jours tu te forçais à écrire et ces jours-là étaient pires encore que les autres ; tes phrases sortaient de travers, tes idées te semblaient ou bien évidentes ou bien contradictoires et, te demandant quelle était la relation entre les phrases et les idées, tu trouvais des formules franchement niaises pour la décrire –

l'idée est le cadeau de la phrase
la phrase est le ruban de l'idée

– à la suite de quoi, te prenant par les épaules, tu te secouais et t'apostrophais en disant Ecoute mon vieux, tu ne trouveras jamais de réponse tant que tes questions ne seront pas tout à fait limpides. Qu'est-ce que tu veux savoir exactement ?

Alors d'autres jours tu commençais en définissant clairement le sommet que tu visais, puis tu t'embarquais sur une voie de réflexion et la suivais avec ténacité mais, levant les yeux un peu plus tard, tu voyais qu'un pic moins élevé mais plus proche avait surgi devant toi, bloquant totalement de ta vue le sommet aux glaces étincelantes.

– le temps et la spiritualité. La manière dont la conception du temps, dans une société donnée, détermine la philosophie qu'elle peut produire ainsi que son attitude envers l'âme humaine. La manière dont (et les raisons pour lesquelles) le christianisme s'est prêté au développement industriel, à la destruction des autres cultures, à la guerre totale.

Ironie : les chrétiens disaient que cette terre était sans importance, que seul comptait l'au-delà, tandis que les Indiens disaient que cette terre comptait, qu'elle était même sacrée, et les chrétiens ont privé les Indiens de leurs terres.

Mais cela a-t-il encore à voir avec le temps ?

Coincé par tes propres arguments et contre-arguments, tu te retrouvas dans une impasse noire, une suspension totale de l'activité cérébrale, et tu restas prostré pendant des heures, la tête sur les bras, à te demander à quoi réfléchir maintenant, en quoi mettre tes espoirs, comment croire encore en une renaissance possible. Karen, en voyant ce qu'elle interprétait comme les symptômes d'un glissement vers ton abîme d'un quart de siècle plus tôt, manifesta une angoisse si palpable que tu t'empressas de la rassurer : Ce n'est rien, lui dis-tu, j'ai simplement décidé qu'il valait mieux ne pas me forcer à écrire avant d'avoir engrangé de nouvelles lectures…

Alors, comme Michael était plus grand maintenant et ne se réveillait plus la nuit, tu recommenças à passer tes soirées en bibliothèque, compulsant les calendriers et les cosmologies des tribus amérindiennes de l'océan Arctique jusqu'à l'Amazone. Tu te délectais de ces histoires et, quand Elizabeth revint en congé à l'automne, tu lui racontas la version huronne de la création – il y avait une divinité femelle du nom d'Aataensic, au début elle habitait un monde de pure transcendance spirituelle mais un jour elle tomba par un trou dans le ciel, soit accidentellement soit poussée par son mari irascible, et pendant sa chute Grande-Tortue vit qu'Aataentsic allait tomber dans la mer primordiale et peut-être se noyer, alors elle demanda aux autres animaux comme Castor et Rat-Musqué de plonger au fond de l'océan et rapporter de la boue et ainsi, juste à temps, ils réussirent à empiler sur le dos de Tortue suffisamment de boue pour que la mère de l'humanité ait une moelleuse piste d'atterrissage et ensuite un domicile confortable – Qu'en penses-tu ? demandas-tu avec un grand sourire et ta sœur rétorqua sèchement Je préfère la Genèse.

Rêve dans lequel j'avais enfin décidé de parler franchement avec Elizabeth, l'attirer de force vers cette partie frissonnante en moi qui a besoin de penser les choses jusqu'au bout, cesser de lui faire accroire qu'un jour je partagerai son édredon de croyance, chaud mais étouffant. Ecoute, lui dis-je, je travaille sur le rapport entre le temps et la spiritualité, la manière dont nos idées sur le temps affectent notre conception de l'univers et du sens de la vie humaine. Depuis notre enfance, les mots comme amour éternel et paix infinie m'ont laissé sur ma faim. Mais Paddon, dit alors Elizabeth, tu n'ignores quand même pas que l'acceptation du temps est le principe moteur, crucial et fondamental de la doctrine de Jésus-Christ !

A ton réveil, tu fus obligé de reconnaître que cela n'était pas faux et que, du coup, tout ce que tu avais essayé d'écrire depuis la mort de Miranda était nul et non avenu, et que tu ferais aussi bien de le bazarder et de recommencer.

Comme si les choses n'étaient pas déjà assez compliquées, Frankie se mit en tête à cette époque d'épouser une expatriée haïtienne du nom de Clorinde et Elizabeth réagit en te reprochant amèrement, Paddon, d'avoir renoncé à exercer sur tes enfants une quelconque influence morale. Elle était moins choquée par la couleur et les origines de la fiancée de son neveu que par le fait qu'ils

avaient choisi de sceller leur union par une cérémonie civile. Clorinde préparait un diplôme à la
faculté de droit de Toronto, c'était une athée fervente et une militante marxiste dont les pieds, du
moins en apparence, étaient aussi solidement plan-
tés sur terre que ceux de son nouveau mari. En
deux temps, trois mouvements elle donna naissance
à des jumelles, fut reçue avocate et décrocha un
emploi passionnant mais peu lucratif comme défen-
seur des immigrés clandestins. Les Sterling de
Toronto s'installèrent dans un quartier populaire et
tapissèrent les murs fissurés de leur maison avec
des affiches et des brochures et des banderoles
vantant toutes les manifestations auxquelles ils
avaient participé et toutes les causes nobles qu'ils
avaient épousées. Leurs convictions avaient les
mêmes formes et couleurs que les mots d'ordre
sur les affiches, fortes et claires et terre-à-terre
avec un ton péremptoire et des coins à angle droit,
et ils étaient fermement décidés à élever leurs
fillettes Pearl et Amber avec un régime sain de
folksongs et de conscience sociale. En Haïti, Elizabeth priait désespérément pour leurs âmes.

Frankie s'était façonné un caractère qu'il considérait comme diamétralement opposé au tien, tout
dévouement et loyauté en tant que mari et en tant
que militant et en tant que père, et il enrageait de
constater qu'avec le temps, Pearl et Amber refusaient non seulement de marcher dans ses pas mais
même de témoigner d'un respect minimal pour
son mode de vie. C'étaient des filles casse-cou et

capricieuses, égoïstes et cachottières ; elles étaient animées par des passions absolues, friandes d'expériences sadiques sur les insectes et autres espèces inférieures telles les cousines ; elles avaient la colère rapide et la rancune durable et, pire que tout, elles semblaient t'aimer toi Paddon plus que leur propre père.

On peut même dire qu'elles étaient folles de toi : elles comptaient chaque année les jours qui les séparaient des vacances d'été, quand elles pourraient venir passer tout un mois dans l'Ouest chez Papie Sterling. Clorinde glissait toujours dans leur valise une liste de conseils stricts en matière de régime, prétextant des allergies alors que la vraie raison était tout autre et ne devait éclater au grand jour qu'une décennie plus tard, de sorte que Karen passait le plus clair de son temps à la cuisine à concocter consciencieusement les rares mets que daignaient consommer les jumelles. Pendant ce temps, tu faisais le clown avec tes petites-filles café au lait, regardant briller leurs yeux sombres et sautiller les rubans de leurs nattes tandis qu'elles se roulaient dans leur propre rire, ballottées par lui, attendaient que gonfle et remonte sa vague et puis, quand elle était à son faîte, s'y plongeaient à corps perdu, la laissaient se briser sur elles et les renverser à terre, rebondissaient sur leurs pieds avec de nouvelles salves, de nouveaux ouragans de rire. Karen dans son tablier se tenait à la porte de la cuisine, les mains sur les hanches, et vous appelait à table pour la quinzième fois en s'évertuant à réprimer dans sa voix la note d'impatience.

Oui : selon son élégante formule, Frankie en avait ras la patate de l'affection que manifestaient ses filles (et du reste toute autre personne) à ton égard – à son avis, ce n'était là que de l'indulgence malsaine, et cela ne pouvait qu'aggraver ton penchant pour l'indécision et l'apitoiement sur soi ; ce dont tu avais besoin, selon lui, c'était que l'on te dise tes quatre vérités au lieu de te conforter dans tes illusions de grandeur défaite. Une fois, par exemple, tu as avoué dans une lettre à Ruthie, avec humour bien sûr, que la présence de Michael t'avait empêché d'écrire pendant plusieurs années ; elle a été submergée de chagrin et de remords, mais quand d'une voix larmoyante elle en a parlé à son frère au téléphone, Frankie n'a fait que râler et ricaner : Laisse tomber Ruthie, disait-il, laisse tomber à la fin, quand est-ce que tu accepteras de regarder les choses en face ? notre père n'a jamais fait grand-chose et il ne fera jamais grand-chose, il ramassera toujours le premier bâton qui lui tombera sous la main pour le mettre dans ses propres roues, afin de pouvoir continuer à gémir et à blâmer les facteurs extérieurs pour son impuissance, d'abord il y a eu ceci et ensuite il y a eu cela, mais tous ses problèmes sont de sa propre invention – exactement comme les histoires de fantômes qu'il nous racontait enfants – il les suscite exprès, c'est eux qui lui permettent de rester là à trembler, paralysé de peur. Ruthie ce n'est pas ta faute s'il est paralysé, ne crois jamais ça, c'est la faute à personne, c'est une automutilation qu'il maquille en glorieuse blessure de guerre : oui, il en est fier, tu ne comprends pas ? il ne voudra jamais s'en départir ! Alors cesse de le plaindre – c'est justement ce qu'il souhaite, c'est ce qui permet à son petit théâtre de fonctionner, année après année.

Ruthie était glacée par la cruauté. Chaque fois qu'elle la voyait à l'œuvre elle était prise au dépourvu, elle n'arrivait pas à s'y habituer et ne savait pas quoi en faire. Ainsi, au lieu de contrer les arguments de Frankie avec les siens, elle décida de garder dorénavant sa douleur pour elle-même. Ce n'est que plus tard, bien plus tard, qu'elle accepterait d'en partager un peu avec moi.

Parce que oui, c'est là que moi je débarque dans cette histoire, glissant pieds devant à travers le passage vaginal tant malmené de ta fille au bon cœur : Paula, sa deuxième bâtarde, nommée pour un certain Paul joueur de poker québécois. C'est à peu près tout ce que je sais de mon géniteur car il leva le camp dès que la nouvelle de mon existence encore imperceptible parvint à ses oreilles. Heureusement Ruthie n'a même pas envisagé cette fois-ci de se faire avorter – elle travaillait dans une galerie sur Yorkville, gagnait assez bien sa vie, et se sentait prête non seulement à reprendre Michael mais à ménager un petit espace pour moi.

Tu lui rendis Michael avec une affreuse torsion du cœur qui te laissa essoufflé pendant de longues semaines, avant de s'atténuer et se transformer peu à peu en une crampe permanente à la poitrine. Il allait sur ses six ans et tu avais assisté de bien plus près à son épanouissement qu'à celui de tes propres enfants : tu l'avais vu délaisser ses couches en coton blanc avec leurs épingles de sûreté que tu appelais épingles de danger et passer au pot puis aux toilettes, tu avais apaisé ses fièvres avec une compresse trempée dans une bassine d'eau fraîche, essorée et posée doucement sur son front, encore et encore tout au long de la nuit, tu lui avais appris à jouer au piano des duos comme *Chopsticks* et *In the Mood*, tu l'avais regardé explorer le jardin à quatre pattes, lui faisant remarquer comme les nouvelles feuilles de la haie de caraganas, vert clair au printemps, devenaient plus foncées et plus gluantes à mesure qu'avançait l'été, tu lui avais appris à sucer le croissant jaune sucré de ses fleurs, tu avais barbouillé de boue ses piqûres d'abeille, fait cuire pour lui des steaks au barbecue sur la véranda, bravant la répugnance de Karen pour la cuisine en plein air, tu lui avais lu des histoires sans nombre depuis la bonne vieille *Ile au trésor* jusqu'au bon nouveau *Docteur Seuss* sans parler de l'indépassable *Winnie l'ourson*, et ensemble vous aviez ri aux larmes à la lâcheté de Cochonnet et à la gloutonnerie de Winnie et surtout, surtout, aux soupirs martyrisés de Hihan. Michael avait eu en toi une confiance absolue et Papie était devenu le mot le plus chaud de la langue anglaise et tu avais préservé en ta mémoire l'image de sa petite main lisse abandonnée dans ta paume calleuse et usée, le jour où il s'est endormi sur tes genoux dans le bus en revenant du planétarium, et si c'était Karen qui, avec son application habituelle, s'était occupée de le nourrir et de le laver, c'était toi qu'il adulait, toi qu'il voyait comme son compagnon dans l'univers, toi son gros ours bougon et bourru qui l'emmenais faire des randonnées dans les vallons, puis déroulais des histoires aussi longues et brillantes que les cheveux de Rapunzel pour l'empêcher de devenir grincheux sur le chemin du retour.

Ruthie sa mère avait téléphoné et écrit régulièrement au cours des années, même si elle avait rarement pu se payer le voyage dans l'Ouest, et à Michael elle avait paru aussi splendide et intouchable que les femmes qui tombaient amoureuses de Zorro ou de Wyatt Earp à la télé. Mais depuis le début il avait été entendu qu'elle le reprendrait un jour, et peu à peu cela devint envisageable et puis brusquement réel, et tu pleuras à la gare Paddon, et Michael pleura aussi, seulement Michael avait six ans et toi soixante, Michael avait sa vie devant lui et la tienne était plus ou moins derrière toi, et pour la première fois tu te dis que rien au monde ne comptait plus que d'être avec les gens qu'on aime, et que le temps avait en fin de compte peu d'importance étant donné que le trait saillant ici, le facteur incompressible incontournable et incoercible ici était l'espace : le nombre absurde de kilomètres qui séparaient Calgary de Toronto. A quoi ça rime, te dis-tu, un monde dans lequel les petits garçons peuvent être arrachés aux bras de leur grand-père et jetés dans un train pour s'évanouir en fumée ?

Les deux ou trois premières années, Michael t'écrivit une fois par mois comme il avait promis de le faire, des lettres polies et contraintes qui étaient pour lui une corvée et pour toi une frustration, et puis soudain, comme tombé du ciel, son père apparut : ayant vu le nom de Ruthie sur la vitrine de sa galerie il avait voulu lui faire une surprise. C'est elle qui l'avait surpris en lui apprenant la conséquence – lourde de vingt-deux kilos et déjà excellent joueur de hockey – de leur étreinte avinée de huit ans plus tôt ; et comme elle n'avait rien de mieux à offrir à Michael en guise de père, et comme ce père-ci, bien qu'affligé maintenant d'une calvitie et d'un embonpoint, semblait avoir acquis en maturité ce qu'il avait perdu en attrait physique, Michael commença à passer toutes ses vacances à Kingston où son père avait une maison sur le lac et, se découvrant une passion héréditaire pour les passe-temps virils telles la chasse et la pêche, il t'oublia assez vite.

Les hommes de John Sterling supportaient de moins en moins sa mauvaise humeur et sa mauvaise chance ; ils partaient les uns après les autres, laissant le ranch péricliter et les chevaux redevenir sauvages – si bien que lorsque l'Angleterre déclara la guerre à l'Allemagne après le mois de juillet le plus torride de l'histoire météorologique, ton père se précipita au bureau de recrutement le plus proche pour s'enrôler.

Elizabeth était émoustillée et fière : elle avait entendu parler des atrocités allemandes à l'école et comme elle associait le mot d'atrocités aux Indiens elle était persuadée que son père partait combattre une lointaine tribu de sauvages pour les gagner à l'amour du Christ. *Soldats de la Croix debout ! Revêtez votre brillante armure, Puissants sont vos ennemis, La bataille sera âpre et dure !* Il s'avéra que le Canada n'était pas tout à fait prêt à faire la guerre : son stock d'uniformes disponibles était largement insuffisant pour habiller tous les beaux jeunes corps solides avides et mâles qui se pointèrent pour s'engager dans le 31e bataillon de Calgary, alors en attendant ton père ressortit de sa malle la culotte en cuir et le vieux chapeau à larges bords qu'il avait portés en Afrique du Sud. On lui coupa les cheveux très court, laissant une bande blanche sur le cou au-dessus de sa peau rougie par le soleil d'août, et oh Paddon tu le reconnaissais à peine et il n'arrêtait pas de plaisanter, disant qu'il allait retourner au pays tous frais payés par Sa Majesté le roi, et Pourquoi tu fais cette tête Mildred, tu te rends pas compte que c'est un sacré coup de chance pour nous, et si je reviens pas t'auras une jolie petite pension, et le lendemain même tu l'accompagnas à la gare – ah oui je vois très bien la minuscule gare d'Anton avec ses planches boueuses – et tu étais encore petit Paddon pour ton âge, tu ne lui arrivais qu'à l'épaule, et comme l'aspect bizarre de sa tête et de son visage te perturbait tu baissais constamment les yeux, de sorte que ce sont ses bottes noires luisantes qui s'imprimèrent dans ton esprit au moment de son départ, et quand il revint deux ans plus tard tu étais plus grand que lui mais en le voyant là dans le portail tu baissas à nouveau les yeux – cette fois parce que ton regard était happé par une absence – et tu vis qu'une des jambes de son pantalon était épinglée au genou et qu'il ne lui restait qu'une seule botte.

Ils sont gaillards et courageux, Ils ont un culot merveilleux, Ils restent au front, ils gagneront, Chacun y met du sien, Et quand il reviendra, On l'acclamera, Notre Johnny Canadien ! – Personne ne l'acclama. Il devait avoir des béquilles et quelqu'un avait dû l'accompagner en voiture avec sa valise mais je ne vois rien de tout cela, je ne vois que toi Paddon en train de le regarder bouche bée et tu es si grand, si dégingandé : pendant les deux années de son absence il n'avait envoyé ni lettre ni télégramme donc tu croyais qu'il était mort et lui croyait que tu étais un petit garçon et maintenant, ne sachant que faire l'un de l'autre, vous n'échangez pas un seul mot. Il franchit maladroitement le seuil et entre dans cette maison qu'il ne connaît pas, traverse le salon cahin-caha et se laisse tomber dans le vieux fauteuil. Ensuite il défait l'épingle dans la jambe de son pantalon et tu vois qu'il n'y a pas de cuisse non plus, à la place de la cuisse il y a un demi-gallon de whisky de contrebande qu'il retire et, après une hésitation imperceptible, te propose le bras tendu en reconnaissance de ton saut à la perche dans l'âge adulte, mais tu hoches la tête sans réfléchir et quand tu te rends compte que tu aurais dû accepter il est trop tard, ton père boit rageusement au goulot tout seul et il a fait une croix sur sa mauviette de fils.

Il allait mettre encore neuf ans à se tuer avec la boisson. Pas une fois il ne ferait allusion à l'abominable bataille de Courcelette au cours de laquelle sa jambe gauche avait été arrachée à la racine. Pas une fois il ne décrirait pour votre édification ou votre instruction les tranchées et les cadavres, la boue et le sang, les membres fragmentés éparpillés, la sombre confusion désespérante de cette sale guerre. Pas une fois il ne poserait la moindre question sur ce qui s'était passé entre-temps à la maison, une maison si radicalement différente de celle qu'il avait quittée. La réponse que ne proposaient pas Mildred et Elizabeth aux questions qu'il taisait aurait pu se résumer en un seul mot, un mot bref mais coulant liquide soyeux et noir, le mot de pétrole, le mot giclant et jaillissant de pétrole, un mot qui voulait dire richesse instantanée, richesse foncée collante lisse et poisseuse, richesse divine et dégoûtante – oui, sur le ranch lui-même ! Non pas que les femmes Sterling aient touché l'argent du pétrole directement, non certes – elles n'étaient même pas au courant des cinq cents compagnies pétrolières qui avaient poussé comme des champignons quand, au printemps 1914, le premier puits Dingman s'était mis à éjaculer du pur et sublime naphte brûlable ; elles n'avaient pas assisté à la scène sur la Première Rue Sud-Ouest ce jour du mois de mai, lorsque des milliers d'hommes blancs frénétiques portant costume trois-pièces et chapeau melon s'étaient piétinés dans la course à l'achat des parts ; elles n'avaient pas vu les courtiers calgariens remplir allégrement leurs tiroirs avec des billets de banque et des chèques et puis, une fois les tiroirs pleins, fourrer le fric dans des corbeilles à papier ; du reste cela valait mieux pour elles parce que, dès la fin 1914, les certificats pour lesquels les habitants de Calgary venaient de se ruiner n'étaient plus bons qu'à tapisser les murs mais à ce moment-là les femmes Sterling avaient déjà empoché une coquette somme pour le ranch.

Elles étaient justement en train de rassembler leurs forces pour faire face à tout un hiver de crêpes frites au saindoux quand un prospecteur de Calgary Petroleum Products avait frappé à la porte pour leur annoncer son intention de forer dans la région, et en moins de temps qu'il n'en fallait pour le dire il avait étalé un contrat sur la toile cirée de la table de cuisine. C'était la première fois de sa vie qu'on demandait à Mildred de signer quelque chose et même si c'était évidemment la signature de son mari qu'on lui demandait de contrefaire, on l'assura à maintes reprises qu'on avait confiance en elle et elle était drôlement fière d'avoir à prendre seule une décision aussi importante. Le ranch était en train de péricliter de toute façon, se disait-elle, et avec l'argent elle pourrait s'acheter une maison en ville et peut-être même apprendre à conduire une voiture, et toi Paddon tu pourrais prendre des leçons de piano, et Elizabeth serait à l'abri des œillades obscènes des cow-boys, et d'ailleurs dans son for intérieur Mildred avait toujours aspiré à reprendre une vie citadine et une existence comme il faut, pleine de thé au lait et de choux à la crème et de conversation morale, loin de ces tristes terres grises et brunes crénelées dont la monotonie n'était rompue que par des fils de fer barbelés, loin des vastes étendues de ce ranch paumé où le vent soufflait sans merci et où l'église la plus proche était à quarante-cinq minutes à pied.

Tant de choses avaient changé ! Mildred et Elizabeth avaient passé ces deux années à Calgary à tricoter et à caqueter : elles s'étaient réunies avec d'autres dames prétendument pour tricoter des gants de toilette et des compresses, des chaussettes et des bandages pour les hommes au front, mais en fait elles caquetaient plus vite encore qu'elles ne tricotaient, si bien que lorsque John Sterling et les autres soldats revinrent enfin dans l'Alberta, non seulement tous les bordels de Big Valley avaient été incendiés mais les femmes s'étaient arrogé le droit de vote et avaient aussitôt fait passer la Prohibition, loi inique qui empêchait un honnête homme de s'acheter un honnête verre ! Il ne restait rien de l'ancienne vie. Le ranch avait été vendu en bloc, John aurait été incapable de remonter à cheval même s'il y avait eu un ranch, son fils au lieu de le remplacer comme homme dans la maison restait assis devant le piano à jouer des sornettes de sonates écrites par des tapettes aux perruques poudrées, sa fille interpellait la Vierge à tout bout de champ et son épouse partageait son temps entre la mise en conserve de pommes sauvages et les réunions de la Ligue antialcoolique. John Sterling s'est mis à mariner dans un silence amer. Mildred l'a installé sur le canapé du salon, où elle lui changeait les draps une fois par semaine ; en dehors de cela elle faisait comme s'il n'existait pas.

La Ligue se réunissait parfois chez vous, auquel cas on sollicitait ton aide, Paddon, d'abord pour cacher ton père au premier étage – geignant et gémissant, il s'appuyait lourdement sur ton épaule en sautillant de marche en marche et c'était pour toi une torture sans nom de sentir son corps noueux et maigre se cogner contre le tien dans l'escalier étroit –, ensuite pour faire la conversation aux dames à mesure qu'elles arrivaient, tandis que ta mère et Elizabeth préparaient le plateau de thé. Tu te tortillais de malaise alors que ces suffragettes pieuses fouillaient distraitement dans ton âme avec des questions du genre C'est quoi ta matière préférée à l'école, chéri ou Est-ce que tu prends toujours des leçons de piano, questions auxquelles tu rêvais de répondre par des crachats ou des pets ou des claquements de porte – c'est ainsi que débuta je crois ton allergie violente pour le papotage, ah comme j'aimais cela en toi Paddon, ce refus obstiné d'échanger des banalités ou de fournir le moindre renseignement sur toi-même aux gens qui étaient pleins de bonnes intentions mais de rien d'autre et dont le grégarisme agressif allait connaître un succès grandissant dans les décennies à venir, grâce à la période baba cool suivie de la période BCBG – tu te crispais à chaque fois et coupais court à ces dialogues qui commençaient innocemment par Quel temps superbe n'est-ce pas, comme pour susciter une chaleur minimale entre membres d'une même espèce, puis enchaînaient avec des questions d'une intimité intolérable, telles que D'où venez-vous ou Etes-vous marié ou Que faites-vous comme métier – qui, bien que prononcées avec le même air innocent, te faisaient grincer des dents à cause de l'implication sournoise que ce que tu faisais reflétait qui tu étais – ou, pire, qui tu voulais être.

John Sterling n'émergea plus qu'une seule fois de son abattement – et à ce moment-là tu étais déjà parti à Edmonton et cherchais à l'éloigner le plus possible de tes pensées – en 1919, quand la province de Saskatchewan organisa un rodéo gigantesque en l'honneur du prince Edward. Celui-ci s'était découvert une lubie pour les mustangs et ton père, fermement décidé à le voir de ses propres yeux se casser royalement le cul, insista pour que Mildred le conduise jusqu'à Saskatoon dans la Ford qu'elle venait tout juste de s'acheter et qu'elle manipulait aussi brutalement que ton cœur. Mais à la grande mortification de John, t'expliqua ta mère plus tard par téléphone, Sa Majesté chevaucha comme un pro et laissa en transe les vingt mille spectateurs. Le mois suivant, le prince acheta le célèbre ranch EP à deux pas de l'ancienne propriété Sterling, et ton père sombra définitivement dans la hargne éthylique.

Au mois de juin, Calgary accueillit à bras ouverts les manifestants des camps de secours de la côte ouest, ces jeunes célibataires en rage et en guenilles qui, las d'avoir à se cacher et à s'échiner à des travaux aussi exténuants qu'inutiles contre un peu de bouffe et deux misérables sous par jour, sautaient par milliers sur des trains de marchandises et avançaient telle une nuée de sauterelles vers Ottawa. Mais leur voyage allait s'arrêter net à Regina : on leur livra attaque tous azimuts, un policier fut tué dans la mêlée et le vagabondage fut déclaré crime fédéral. Le faible et falot premier ministre Bennett tremblait dans ses chaussures de luxe. Gesticulant de façon menaçante, il donna l'ordre d'arrêter tous les leaders du parti communiste et de saisir leur littérature ; en outre il demanda à ses chers concitoyens de dénoncer ceux qui touchaient indûment l'aide publique.

L'Alberta pendant ce temps penchait de plus en plus vers la droite, à l'exception d'un petit nombre de travailleurs agricoles agités pour ne pas dire agitateurs selon lesquels, avec des ressources aussi prodigieuses et une quantité aussi gigantesque de travail à faire, il était grotesque d'expulser les étrangers de la province sous prétexte de chômage. Mais les étrangers étaient en passe de devenir de sales rouges et William Aberhart, dit Bible Bill, commençait à glisser dans ses sermons radiodiffusés des doses croissantes d'une théorie économique qu'il avait glanée sans trop la comprendre dans les livres d'un certain commandant Douglas. Le Crédit social, mouvement inauguré par Dieu Lui-même ! proclamait-il et trois cent mille auditeurs dressaient l'oreille et prenaient note. O Seigneur, donne-nous un avant-goût de Ton règne du millénium ! Il ne suffit pas de s'organiser, notre aide doit venir d'en haut ! tonnait-il, et ses ouailles l'acclamaient et répandaient la bonne nouvelle. Douglas dans une main, le Saint-Esprit dans l'autre ! rugissait-il au cours des pique-niques évangéliques, et les croyants eurent les mains toutes rouges à force de l'applaudir. Si vous m'élisez je vous donnerai des certificats de prospérité ! promettait-il – mais si vous n'avez pas encore assez souffert, Dieu vous accorde le droit de souffrir encore ! Les électeurs le prirent au mot et, après l'avoir élu par une majorité écrasante et avoir remplacé Bennett par Mackenzie King et échoué à dépenser leur *funny money* dans les magasins vides, ils souffrirent encore.

Toi Paddon, tu passais des heures à lire le journal. Tu ne faisais même plus semblant de travailler, tu ne faisais que lire le journal du début jusqu'à la fin et parfois de la fin jusqu'au début. Une seule fois, tu fis, toi l'historien, un effort herculéen pour réfléchir à ce qui se passait : te concentrant tout un week-end sur les horreurs de l'actualité, tu sécrétas un pauvre petit paragraphe qui échappa, Dieu sait comment, à la corbeille –

En clair, l'Amérique du Nord est en train de convertir sa culpabilité pour l'extermination des Peaux-Rouges en une terreur exorbitante et irrationnelle des rouges : tout se passe comme si les communistes étaient la réincarnation spectrale des Indiens massacrés, venus prendre leur revanche, nous dépouiller de cette terre que nous avons volée et profanée

– tu ne pouvais aller plus loin. Te voyant émerger livide de ton bureau, Karen vint te poser un baiser sur le front et te demanda timidement Tu ne veux pas aller défiler avec l'Union des hommes mariés ? Bordel de Dieu répondis-tu, te jetant dans un fauteuil.

Tu ne pouvais rien faire.

Les mauvais jours, tu portais ta frustration comme une armure de glace qui te recouvrait des pieds à la tête, donnant au monde extérieur des contours précis et coupants et lointains, t'obligeant à évoluer avec une lenteur extrême et à aspirer au sommeil. Bien des jours cependant n'étaient pas mauvais : du moment que tu faisais la sourde oreille aux vieilles questions qui tapaient furieusement du poing contre la porte verrouillée dans ta tête, tu parvenais à fixer ton attention sur le monde autour de toi. Tu as accompagné Ruthie et Frankie au Stampede, par exemple, ravi de leur ravissement à voir passer le char de Mickey et Donald, riant de leurs rires au spectacle des trompettistes et clarinettistes et tambourineurs dans leur uniforme impeccable aux galons d'or, s'efforçant de trouver un compromis entre marcher au pas scandé et régulier droit devant soi et éviter les gros crottins fumants fraîchement déposés devant leurs chaussures en cuir brillant. Comme il y avait des chevaux partout, tu passas la journée à éternuer et à te moquer de tes éternuements. Ils étaient impressionnés d'apprendre que tu avais assisté au tout premier Stampede, et comme ils ne t'auraient pas cru si tu leur avais dit que c'était atroce tu leur dis que c'était fameux. Tu aimais marcher dans la foule en les tenant par la main, tes deux aînés, neuf ans et sept ans, garçon et fille, roulant de grands yeux et brûlant de connaître de nouveaux frissons. Tu étais content d'avoir décidé de leur offrir ce régal. Tu serras leurs mains très fort.

Oui il y avait de bonnes journées, ou tout au moins de bons moments, beaucoup de bons moments à vrai dire, comme ces samedis où vous faisiez la grasse matinée, toi et Karen, et étiez réveillés par de petits corps venant se blottir entre vous, ou par de petits doigts vous chatouillant les pieds, ou même parfois par l'odeur du café sur le plateau de petit déjeuner fièrement apporté par Frankie et Ruthie – ce genre de réveil n'était possible que le samedi, c'eût été un luxe honteux le dimanche quand Karen courait dans tous les sens dès huit heures du matin pour être sûre qu'elle-même et les trois enfants seraient habillés et peignés et spirituellement sur leur trente et un à temps pour partir à l'église. Vous étiez parvenus à un compromis sur ce point, aux termes duquel elle avait le droit d'exposer ses convictions religieuses aux enfants pourvu que personne ne priât à haute voix dans la maison, ainsi tu étais définitivement libéré des bénédicités et pouvais rester seul le dimanche matin tandis que les autres sortaient dans le froid d'hiver, poussant Johnny en landau tour à tour sur les trottoirs glacés et pentus, un kilomètre et demi à pied jusqu'à l'église luthérienne puisque Karen ne savait pas conduire.

Tout cela m'est très vivant Paddon, toutes ces bribes de bonheur avec tes enfants et d'autres encore, comme quand tu leur posais des devinettes à table, ou leur inventais des histoires de fantômes pendant les longues soirées d'été, ou faisais de la luge avec eux sur les pentes enneigées de la ville, ou jouais avec eux sur la moquette du salon, les laissant plonger en toi comme si tu étais une piscine, ou les défiant de se libérer de ton étreinte-de-l'ours, bien que ce genre de mêlée se terminât le plus souvent par des larmes, celles de Johnny, qui t'irritait par son comportement de bébé à l'âge de trois ans révolus…

De plus en plus, ton fils cadet avait tendance à t'éviter.

Ruthie, elle, te vouait un culte – et, tout en redoutant tes crises de colère, elle fut suffisamment mûre dès l'âge de sept ans pour les considérer comme puériles et te les pardonner. Par exemple – et cet incident te faisait rougir à chaque fois qu'il te revenait en mémoire – un jour de cette même année 1935 elle t'attendait à la bibliothèque et tu arrivas en retard mais pour te faire pardonner tu lui avais acheté une montre-jouet à dix sous et quand tu la lui donnas dans le tram, elle se mit à bouder après un premier cri de joie parce que ce n'était pas la vraie montre dont elle rêvait depuis longtemps, alors tu vis rouge et, te servant de mots impardonnables pour lui dire ce que tu pensais des enfants gâtés, tu lui arrachas la montre des mains et la jetas par la fenêtre alors que le tram descendait en trombe la Dix-Neuvième Rue. La scène aurait pu devenir alors très laide mais Ruthie, bien que choquée et blessée à vif elle-même, était plus encore peinée pour toi, honteuse que tu l'aies laissée te voir ignoble, et – de crainte que ta culpabilité ne t'étouffe – elle surmonta héroïquement son chagrin et changea de conversation.

Quant à Frankie – d'après ce que je peux comprendre, ce furent là les derniers mois de chaleur entre vous deux – il te trouvait tout simplement formidable. Tu étais professeur, il te vantait et t'imitait, rapportait à la maison des bulletins étincelants pour te rendre fier, aimait que tu le boxes et le roues de coups et le traites comme un homme. Karen était tellement soulagée de te voir reprendre goût à la vie qu'elle n'osait pas demander si tu avais renoncé à l'idée d'écrire un livre. Ainsi, tu appris à vivre au jour le jour et à marcher très doucement sur la mince croûte de normalité qui s'était formée sur la plaie purulente de tes espoirs.

Au-dessous, au fond, au fin fond de toi toujours, près de l'os, il y avait la peur.

Elizabeth revint en congé cet automne-là. Ses cheveux avaient déjà quelques mèches d'argent mais ses yeux bleus brillaient plus fort que jamais. Karen écoutait religieusement tandis que sa belle-sœur évoquait la campagne récemment lancée par les missions catholiques en Haïti contre le Monstrueux Mélange. Toi Paddon, tu écoutais non pas religieusement mais aussi calmement que possible : tu avais découvert que si tu acquiesçais de temps à autre en murmurant, selon le ton de sa voix, soit Mais c'est affreux soit Mais c'est merveilleux, elle serait satisfaite de votre conversation. Il y avait une nouvelle histoire du genre Mais-c'est-merveilleux, tournant autour d'un paysan nommé Ti-Jules, et en la racontant les yeux déjà brillants d'Elizabeth se remplissaient de larmes qui scintillaient dans la lumière. Ti-Jules était vaudouisant comme tous les paysans haïtiens, alors quand trois de ses enfants étaient tombés malades il est allé voir le houngan et a suivi ses instructions à la lettre. Mais un jour Notre-Seigneur est venu frapper à la porte de son cœur et Ti-Jules a fini par L'entendre

264

et Le laisser entrer. Se redressant, il s'est mis à courir à travers la maison et à fracasser tous les objets que le houngan avait pu toucher – chaises, verres, assiettes, pour ainsi dire toutes les richesses de sa famille. A sa femme horrifiée, il a expliqué qu'il nettoyait la maison de l'influence de Satan. Mais c'est merveilleux, dis-tu.

Eh bien, poursuivit Elizabeth, Dieu a tenu sa promesse et les enfants ont guéri. Ti-Jules était tellement reconnaissant qu'il a voulu partager la Bonne Nouvelle. Il a eu une vision dans laquelle deux saints-pères au visage rayonnant sont venus lui montrer comment apprendre aux gens à prier. Ses voisins ont eu vent du miracle, et bientôt des paysans ont commencé à venir de tout le pays pour le voir, espérant se libérer enfin des exigences de leurs loas. Ti-Jules leur a dit qu'ils devaient se marier s'ils vivaient dans le péché, promettre de ne plus jamais toucher à un fétiche, mettre le feu à leurs maisons-mystères et abattre leurs arbres-servis. On a du mal, avoua Elizabeth, à savoir quels arbres sont des arbres-servis et lesquels sont tout simplement des arbres, mais il vaut mieux en abattre trop que trop peu, n'est-ce pas ? Nous-mêmes on a souvent dû jouer aux bûcherons, là-bas. Mais c'est merveilleux, dis-tu. Evidemment, poursuivit Elizabeth dont la voix s'élevait à mesure que l'intrigue se corsait, les prêtres et les sorciers vaudou étaient furieux de voir diminuer leur clientèle. Ils ont dénoncé Ti-Jules aux autorités, l'accusant de diriger des cérémonies de magie noire et de fomenter des troubles politiques. Pauvre Ti-Jules a été arrêté et jeté en prison. Mais c'est affreux, dis-tu. Mais Jésus est resté à ses côtés, et quand on l'a relâché sa réputation n'avait fait que grandir ; c'est par milliers que les paysans affluaient maintenant à Trou d'Eau. Bien sûr ce n'est pas un prêtre ordonné, ajouta Elizabeth ; il n'a pas vraiment le droit de les évangéliser, il ne peut que les envoyer au prêtre de leur paroisse qui prend le relais. Mais ça nous aide beaucoup d'avoir quelqu'un de leur propre milieu pour leur expliquer ces choses, quelqu'un qui connaît le vaudou de l'intérieur. Mais c'est affreux, dis-tu, ayant perdu le fil de son argument, mais ta sœur était trop emportée pour te soupçonner de sarcasme : Ah, conclut-elle avec un soupir satisfait, les voies du Seigneur sont réellement impénétrables, n'est-ce pas ? Et Karen de pousser en écho un soupir admiratif.

Au cours de l'année suivante, toutes les lettres d'Elizabeth sans exception décrivaient les progrès spectaculaires de la renonce. La plupart des paysans, tout en donnant de grandes et ostentatoires démonstrations de leur repentir, préféraient ne pas prendre trop de risques : ils allaient à la messe un jour et préparaient des manger-loa le jour suivant, s'efforçant de contenter les puissances traditionnelles tout en apaisant les nouvelles, et priant pour que le ciel ne leur tombe pas sur la tête. Ainsi, expliquait Elizabeth, les prêtres n'avaient d'autre choix que de les punir. Ils refusaient maintenant la messe à ceux qui pratiquaient le Monstrueux

Mélange, infligeaient six mois de pénitence à toute personne trouvée en possession d'une amulette, proscrivaient l'usage du tambour parce qu'il servait à convoquer les loas, et exorcisaient les loups-garous – femmes soupçonnées de manger les enfants des autres – en appuyant le Nouveau Testament contre leur poitrine noire voluptueuse pendant des heures, tandis qu'elles se tordaient par terre en hurlant et en haletant, jusqu'à ce qu'enfin le mauvais esprit les quitte et qu'elles s'écroulent, exténuées.

Malgré tous nos efforts, disait Elizabeth, ces Noirs n'arrêtent pas de revenir à leurs coutumes païennes : simplement ils le font de manière plus sournoise. Ils construisent par exemple des autels qui ressemblent à s'y méprendre à des autels catholiques mais quand je viens assister à un accouchement je vois des graines de maïs éparpillées aux pieds de la statue d'un saint et un bol d'eau placé discrètement à la portée de la Vierge. La famille nie toujours d'un air indigné qu'il se passe quelque chose de louche, mais tous les médecins et infirmières de la mission ont fait les mêmes constats donc on a été obligés de faire appel au gouvernement. Heureusement, le président Lescot est un bon catholique et il a accepté d'envoyer l'armée à notre secours. Nous vivons un moment critique. Priez pour notre succès. Je vous tiendrai au courant. Amour dans le Christ. Elizabeth. Et c'est ainsi, alors que les yeux du monde étaient rivés sur la moustache magnétique d'Adolf Hitler, que les temples vaudou d'Haïti furent systématiquement pillés et saccagés. L'université d'Ottawa qui était gérée par des oblats décerna au président Lescot un doctorat honoris causa pour le remercier de son aide.

Toute cette affaire te faisait frémir de rage et, comme tu savais que Karen était dans le camp d'Elizabeth, la seule personne avec qui tu pouvais partager ta rage était Miranda mais elle n'en voulait pas, elle avait digéré ce genre de rage depuis belle lurette, la transformant en rire pour que les parois sensibles de son âme n'en soient pas rongées. Elle réagit donc avec de l'ironie plutôt que de l'indignation à ta description des prêtres noirs et blancs courant de hutte en hutte et de cabane en cabane, fracassant les péristyles et les assiettes sacrées, mettant le feu aux sanctuaires familiaux et confisquant tout objet vaguement suspect ou possiblement précieux, glissant les derniers dans leur poche et entassant les premiers sur des bûchers géants dont les flammes montaient jusqu'au ciel pour proclamer à tout le pays d'Haïti la gloire de Dieu.

Ensuite en février 1942, alors que le prêtre de Delmas près de Port-au-Prince était sur le point d'inaugurer une semaine de sermons antisuperstitieux, quelqu'un ouvrit le feu sur l'assemblée des fidèles. Ce fut pour toi la goutte qui fit déborder le vase. Il fallait absolument que tu fasses quelque chose, décidas-tu.

Oh je suis venue jusque-là Paddon et soudain je n'arrive pas à écrire un mot de plus, à entendre ni à voir ni à croire un seul détail de plus de cette vie que je m'efforce de t'inventer. C'est un processus tellement mystérieux : où que je m'arrête, le tableau me paraît achevé, comme dans les toiles de Miranda où il n'y avait jamais d'espace vide, jour après jour je m'assois ici à ma table à Montréal, ferme les yeux et tends l'oreille et peu à peu une voix monte à la surface et se met à couler à travers la plaine, à travers la page, et parfois son chant est plein de nostalgie et parfois il est joyeux, me racontant Miranda, me racontant trois enfants, me révélant aussi des choses au sujet de moi-même et de mon père québécois du nom de Paul – oh Paddon je ne peux pas exister sans toi, ne m'enlève pas ces mots, je ne cherche pas à te faire du mal… Nous avons besoin l'un de l'autre, Paddon.

Non. C'est inutile. Rien. Cela me terrifie. Je quitte ma table, sors dans la rue et fais lentement le tour du pâté de maisons. Autour de moi clignotent les néons de la ville, dans le café Expresso des voix françaises discutent au-dessus des verres de bière mousseuse et je pense à la visite de Crowfoot, à l'expression sur son visage quand on l'a pris en photo ici à Montréal, cette tension autour de la bouche, cette défaite dans les yeux, ce choc de voir les hommes blancs vivant superposés dans leurs grosses bâtisses en pierre, sillonnant les rues pavées dans leurs maisons roulantes (et une phrase me revient, intacte après deux décennies passées dans la chambre frigorifique de mon cerveau réservée aux statistiques inutiles : les Indiens ne posent pas autant de problèmes au Canada que les Noirs aux Etats-Unis parce qu'ils ne représentent qu'un pour cent par opposition à dix pour cent de la population – je répète ces chiffres à voix basse pendant plusieurs minutes, un pour cent par opposition à dix pour cent de la population, articulant les mots avec la précision écervelée d'une caisse enregistreuse), ensuite je repense aux photos des enfants blackfeet debout en rangs près de leur pupitre à l'école de la mission, l'air paumés et mal à l'aise dans leur uniforme beige amidonné, et je sens mon cœur se serrer à nouveau comme il le fait à chaque fois que je regarde ces images, mais ensuite je me dis Quelle importance, pourquoi revenir toujours à ces gens d'il y a cent ans, regarde plutôt autour de toi, tes contemporains ont leurs propres désarrois et leurs propres pertes – en ce moment même, oui ici et maintenant à moins de trente kilomètres de Montréal, les Mohawks ont entamé une rébellion, ils construisent des barricades et bloquent des ponts et font la une des journaux avec leurs masques et leurs mitrailleuses et leurs mercenaires américains, disant enfin non aux Blancs, non vous ne pouvez pas transformer votre neuf-trous en un dix-huit-trous en grignotant encore un bout de nos pitoyables terres ratatinées, du reste vous oubliez que toute cette foutue région est à nous, y compris la ville de Montréal, et cette fois-ci vous ne pouvez pas sortir de votre poche un de vos traités traîtres pour nous prouver le contraire...

Ah mais en moi les morts vivent plus intensément que les vivants. Voilà sans doute pourquoi ta voix, Paddon, s'est mise à chanter si puissamment en moi quand tu es mort... mais maintenant elle s'est tue. Ces derniers jours, malgré tous mes efforts, je n'entends plus rien.

Pourquoi ne veux-tu plus chanter ?

D'accord. Je sais pourquoi. C'est parce que depuis le début c'est moi qui chante, et que je n'ai pas encore dit la vérité là-dessus. Et j'ai peur parce que je sens s'approcher la fin de la chanson et je sais qu'avant la fin il va falloir la dire, cette vérité. Mais je ne me sens pas encore prête, j'ai besoin d'enfiler encore quelques perles sur ce collier de mensonges magiques. Par exemple je voudrais parler un peu plus de mon oncle Johnny, le plus jeune et le plus vulnérable de tes enfants. Je l'évite depuis longtemps, sans bien savoir pourquoi. Un moment, j'ai cru qu'il avait dû se suicider mais maintenant je sais que non, il est encore dans les parages. (Personne ne va mourir dans cette histoire – à part tout le monde, bien sûr, comme dirait Miranda – on n'est pas aux USA, que diable !) Il n'a pas pu se tuer parce que je ne veux pas qu'il y ait eu dans ta vie de véritables aspérités, Paddon. Je veux que tu aies eu une existence parfaitement ordinaire et mérité un amour gigantesque comme celui de Miranda, ou le mien. Certes, un personnage comme Miranda est exceptionnel pour ne pas dire invraisemblable – mais elle existe, je n'ai aucun doute là-dessus et j'espère que toi non plus. Johnny existe aussi, mais pour l'instant il est encore flou – à peine plus qu'une silhouette, une série d'adjectifs.

S'il te plaît, Paddon. Encore un petit répit. Dis-moi comment c'était.

Johnny se trouvait toujours en Colombie-Britannique, il avait la quarantaine maintenant et ne s'était jamais vraiment installé quelque part, n'avait jamais fait que voguer à la dérive, d'un emploi à l'autre, d'une ville à l'autre, d'une maison à l'autre, pour se retrouver enfin dans l'île de Vancouver ; il s'était même aventuré un moment en Californie mais l'armée américaine l'avait repéré et avait voulu l'incorporer alors il était revenu à Victoria et s'était mis à acheter et à vendre de la drogue. Il aimait bien le climat clément de la côte ouest, ce crachin tiède qui lui permettait d'errer selon son cœur à toute heure du jour et en toute saison, faire du stop le long de la plage et avaler une dose de mescaline et passer la nuit seul sur le sable lisse au milieu des épaves de bois flottant, gris clair et sculpté par la mer, et heureusement que le blue-jean déchiré et les cheveux longs étaient à la mode parce que c'était là l'accoutrement permanent de Johnny, il avait les yeux bleus vagues rêveurs et le sourire le plus doux du monde et de longs cheveux blonds, il parlait si bas qu'on l'entendait à peine et maintenant je pense que c'était peut-être à cause de tes cris à toi, Paddon, et à bien y réfléchir je suis presque sûre qu'il aimait les hommes. Oui, je vois un exemplaire déchiré de Kerouac dépasser de son sac à dos et je l'imagine très bien, fumant quelques joints et sentant sa tête se mettre à tournoyer, embrassant les hommes souriants qui se trouvent avec lui sur le banc du parc et les suivant parfois jusqu'à leur maison pour se faire baiser et se réjouir de leurs caresses mais se réjouir plus encore de leur lit et de leur douche et du petit déjeuner qu'ils lui offrent après, peut-être s'est-il fait prendre par la police une ou deux fois et la vérité est-elle parvenue jusqu'à vos oreilles, Elizabeth aura été soulagée de trouver un thème tout neuf pour ses prières, une gamme de péchés inédits à fantasmer dans leurs moindres détails... Oui je le vois maintenant : propre et calme et détaché, très détaché – non, il ne s'est certainement pas suicidé mais vous n'aviez rien à vous dire Paddon, et Johnny ne t'écrivait jamais. Tu faisais de ton mieux pour comprendre sa dérive sans fin là-bas de l'autre côté des Rocheuses, la raison derrière ses sourires et ses joints et sa manière de se laisser vivre à la surface des choses, son esprit flottant comme le bois, et enfin un jour tu te rendis compte :

L'ironie la plus grinçante : mes enfants ont détruit mon livre et mon livre a détruit mes enfants.

Car oui cher Paddon, tu savais maintenant qu'il était trop tard, tu te faisais vieux et fatigué, tes cheveux étaient plus gris et moins fournis qu'autrefois et ton corps plus lourd bien sûr, mais tu enseignais encore, enseignais encore, sortant dans le froid meurtrier et l'obscurité hivernale à sept heures du matin pour débrancher le fil électrique qui reliait ta voiture à la maison, mettant la voiture en marche et la laissant chauffer un quart d'heure pendant que tu dégageais le trottoir devant la maison, balayais de ton bras la neige sur le capot et grattais le pare-brise givré pour obtenir un semblant de transparence, conduisant ensuite à travers la ville en regardant pointer l'aube morne, gravissant des pentes si raides qu'il te fallait parfois quinze tentatives avant de triompher de la gadoue, en descendant d'autres si perfides que tu pouvais perdre le contrôle du volant et déraper et patiner en décrivant des cercles complets, et quand tu arrivais enfin au lycée, dont la taille avait triplé depuis tes premières années d'enseignement, tu garais ta voiture et longeais les sombres corridors marron jusqu'à la salle des profs, jetant un coup d'œil sur le journal tout en déboutonnant ton pardessus alors que la grande aiguille de l'horloge avançait par à-coups vers neuf heures, après quoi tu te dirigeais vers ta salle de classe, baissant la tête d'un air las tandis que le *Notre-Père* et l'hymne national, préenregistrés désormais, étaient diffusés par haut-parleur, puis tu te mettais à expliquer aux petits-enfants de tes premiers élèves que Samuel de Champlain était mort le jour de Noël 1635, et que les troupes britanniques dirigées par le général Wolfe avaient vaincu les troupes françaises dirigées par le général Montcalm lors de la bataille des plaines d'Abraham, distribuant en fin de cours des examens à choix multiples pour vérifier que tout le monde avait bien compris. Tu venais là cinq jours par semaine, vêtu d'un costume et d'une cravate et d'une chemise blanche impeccablement repassée par ton épouse parfaite, et tu enseignais à cœur perdu.

Elizabeth prit sa retraite en 1963 et il était temps : Duvalier, afin d'avoir les coudées franches, était justement en train de vider les prêtres et missionnaires étrangers. Elle avait les cheveux blancs comme neige mais le corps toujours aussi vigoureux et l'âme toujours aussi virginale malgré les trente-six années passées à administrer soins et évangiles à des sauvages. La situation en Haïti au cours de cette période était passée de très mauvaise à catastrophique, on avait abattu les forêts pour faire du combustible et la couche arable était partie dans la mer et les paysans, pauvres dans les années trente, crevaient de faim dans les années soixante et un œuf haïtien que fécondait un spermatozoïde haïtien avait moins d'une chance sur deux de fêter son premier anniversaire sur cette terre meurtrie, érodée et exsangue, mais plus d'une chance sur deux, grâce aux efforts de l'Eglise, de se faire baptiser avant d'aller rejoindre son Créateur. Laissant donc entre les mains de ce même Créateur la République noire flétrie et violée, ta sœur salua pour la dernière fois du haut du ciel l'énorme cathédrale rose et jaune qui dominait la baie. Oui il y avait des avions maintenant pour l'amener de Port-au-Prince à Calgary, et à chaque étape du voyage, Miami New York Toronto, elle vit des vendeurs de journaux courant dans tous les sens et des femmes pleurant à chaudes larmes ou s'évanouissant et des bébés hurlant et des hommes fronçant fort les sourcils pour masquer leur peine parce qu'une balle historique venait de pénétrer dans le cerveau d'un homme historique, cerveau et balle se disputaient encore la partie mais, avant même que les roues de l'avion d'Elizabeth ne touchassent la piste d'atterrissage à Calgary International, ce serait la balle qui l'emporterait.

Elle était soulagée d'être rentrée pour de bon. Chaque fois qu'elle était revenue en congé, la ville de Calgary lui paraissait méconnaissable : elle s'enrichissait sans cesse de nouveaux gratte-ciel et derricks et maisons et écoles et églises, proliférant dans tous les sens y compris vers le haut et vers le bas, se vantant d'être d'ores et déjà la ville la plus grande de tout le pays, en superficie bien sûr, se gaussant d'Edmonton qui venait de lancer une fête annuelle, appelée Klondike Days en souvenir de la ruée vers l'or qui avait attiré ton père de l'Angleterre et tant fait pour la prospérité de la ville, fête au cours de laquelle les gamins pouvaient laver le sable à la recherche de fausses pépites et les adultes débourser de vrais dollars pour jouer à la roulette et bouffer des hamburgers, mais aucune fête jamais ne pourrait rivaliser avec le mondialement célèbre Stampede de Calgary, dont les courses de chariots étaient sans aucun doute (selon la formule modeste des brochures touristiques rapportées par Elizabeth de l'aéroport) le sport le plus passionnant inventé par l'homme, et dont les visiteurs cette année seraient régalés par de fascinantes reconstitions *(sic)* historiques des cultures indiennes blood peigan stoney et blackfoot, tandis que le Stampede tournoyait en un véritable kaliédoscope *(sic)* de spectacles !!! Tu soupiras en feuilletant ces brochures qui affichaient sans vergogne leur adulation du fric et leurs fautes d'orthographe, te disant qu'il n'y avait rien à faire, le muscle l'emporterait toujours sur les muses dans cette partie du monde, et te demandant si tes quinze années passées à aimer une femme du nom de Miranda alias Etoile-Filante alias Etoile-Scintillante n'avaient pas été un rêve.

Tu pris ta retraite en 1965 et j'ai commencé moi aussi à venir dans l'Ouest chaque année au mois de juillet, et comme mes cousines avaient trois ans de plus que moi et semblaient souvent ne former qu'une seule et même personne, imprévisible et intimidante, et se faisaient un malin plaisir de me taquiner me terroriser et me tyranniser, tu prenais toujours mon côté Paddon : dans nos jeux c'était toujours Paddon et Paula contre Pearl et Amber, et quand tu nous accompagnais au Stampede tu trouvais toujours une merveille secrète à ne partager qu'avec moi. Pour nous, le Stampede à cette époque n'était pas le défilé, pas le rodéo ni les stetsons

blancs ni les chevaux sauvages ni les chars indiens
– tout cela nous paraissait aussi ringard et assom-
mant que les westerns à la télé – pour nous, le
Stampede était la fête foraine. J'économisais mon
argent de poche à partir de Noël et dès le mois de
juin mes rêves étaient un mélange voluptueux de
grandes roues et de barbes à papa et de montagnes
russes et de pommes d'amour – oh c'était une semaine
drôlement sucrée et rapide qu'on passait à tes côtés
Paddon, à dévorer des douceurs jusqu'à l'écœu-
rement et à courir les manèges jusqu'au vertige,
on ne voulait rien d'autre au monde que se perdre
dans les voix tonitruantes et les couleurs criardes
de la foule, se laisser porter par les vagues de notre
propre adrénaline jusqu'à ce qu'on tombe.

Le seul été que je manquai fut l'été 1967 parce
que Ruthie décida qu'il était plus important pour
moi d'aller dans l'Est cette année-là pour fêter le
centième anniversaire de la Confédération, ainsi au
lieu d'aller chez toi je restai chez des cousins de
Pearl et Amber à Montréal, pris l'épatant métro
français jusqu'à l'île Sainte-Hélène et passai plusieurs jours à sillonner l'Exposition mondiale et la
foire du Centenaire, courant d'un pavillon à l'autre,
sautant dans le minitrain, regardant tournoyer les
bâtons des majorettes et briller les trompettes des
fanfares et exploser les feux d'artifice jusqu'à ce
que la tête me tourne. Au milieu de toutes ces fes-
tivités tu envoyas à Ruthie une petite lettre sèche,

faisant remarquer que les Français venaient de se faire chasser de l'Algérie à coups de pied au cul après s'y être installés plus de cent ans auparavant, après s'être appropriés le pays et son gouvernement, après l'avoir revendiqué comme leur bien et reconstruit à leur image, et se demandant s'il n'était pas un peu prématuré pour les Canadiens de se réjouir de leur victoire sur les indigènes d'ici.

Je me souviens de cette lettre parce que Ruthie était secouée en la lisant, je vis son visage passer du rose au blanc au gris et c'est la seule fois qu'elle t'a critiqué en ma présence : Parfois, dit-elle, poussant un bref soupir crispé, on dirait vraiment qu'il prend plaisir à rabattre la joie des autres, à les ramener à son propre niveau de mélancolie maussade.

Mais peut-être tout simplement que je te manquais, Paddon : peut-être que ce qui te rendait si amer, c'était en fait mon absence ?

Pendant ce temps à Toronto, Frankie et Clorinde avaient transformé leur maison en centre d'accueil pour les insoumis puisqu'il y avait désormais, traversant la frontière vers le nord, un flot ininterrompu de ces jeunes garçons de la classe moyenne américaine soucieux de garder en un seul morceau leur joli corps blanc. Frankie téléphonait de temps à autre pour bavarder avec sa mère, mais lui et Clorinde ne venaient que très rarement dans l'Ouest, leur vie était plus remplie que jamais, non seulement par ces pauvres garçons mais aussi par des manifestations contre la guerre et la préparation de leurs propres séminaires et conférences et plaidoiries et colloques, sans parler de la nécessité d'aider Pearl et Amber à surmonter leur crise d'adolescence. A vrai dire (bien que cette vérité te fût soigneusement cachée par nous tous), ce n'étaient pas Pearl et Amber qui étaient en crise mais Frankie et Clorinde à cause de Pearl et Amber, et cela n'avait rien à voir avec l'adolescence mais avec un phénomène nettement plus énigmatique pour ne pas dire inexplicable et, du coup, intolérable aux yeux férocement rationnels de leur papa : il s'avérait de plus en plus que les fillettes avaient des dons, non seulement celui de la télépathie réciproque, chose fréquente chez les jumeaux, mais d'autres moins anodins.

Maintenant Paddon je regrette que tu n'aies pas été au courant car je pense que cela t'aurait fait plaisir, je pense que tu l'aurais vu comme une sorte de renaissance de Miranda, une toute petite victoire *post-mortem* des guérisseurs qu'elle vénérait, une preuve enfin que, aussi énergiquement qu'on puisse l'attaquer, le mystère ne se laisse pas anéantir. Oui : tout en passant le plus clair de leur temps fourrées dans leur chambre aux murs tapissés de posters, à échanger des images des Beatles achetées dans des paquets de chewing-gum, Pearl et Amber revendiquaient la responsabilité de la sécheresse record dans la province du Québec, de l'éclatement soudain du rétroviseur de leur père (Amber lui dit le moment précis auquel cela s'était produit), et les violents maux de ventre accompagnés de vomissements et de diarrhée de pas moins de trois appelés en fuite, venus discuter de leur cas à la maison.

Tout en faisant mine de ne pas les prendre au sérieux, Clorinde était visiblement impressionnée et Frankie enrageait de la voir régresser serait-ce d'un demi-pas vers la boue superstitieuse de son enfance antillaise. En fait, Clorinde portait en elle depuis de longues années les paroles et avertissements de sa mère : jamais elle n'avait oublié le sourire de triomphe qui avait illuminé le visage de la vieille aveugle la première fois qu'elle lui avait amené les jumelles en visite à Montréal, ni sa façon de répéter Mais oui, les Marassa sont revenus je savais bien qu'ils reviendraient, ils sont venus nous trouver jusqu'au Canada, les Marassa sont revenus et enfin le pays va guérir, mais fais attention de bien guider leur pouvoir pour qu'il ne devienne pas sauvage, pour qu'elles ne le retournent pas contre toi ou l'une contre l'autre. Ne les rends jamais jalouses, donne-leur toujours les mêmes choses à toutes les deux – et les petites filles étaient restées calmes et paisibles tandis que la vieille femme les avait prises dans ses bras pour les baigner puis les masser avec des feuilles d'orange et de papaye, puis les emmailloter à la manière du Bébé Jésus de Prague et s'asseoir avec elles dans la dodine et leur chanter en créole exactement comme si elles se trouvaient ensemble sur la véranda ombragée de sa maison à Jérémie, et non pas au deuxième étage d'une bicoque riquiqui de Montréal-Nord entourée de monceaux de neige, les berçant en avant et en arrière, ses yeux fermés et les collines brunes d'Haïti dansant sous le soleil derrière ses paupières brunes – les Marassa sont de retour, fais attention de ne pas les offusquer, car ils sont très susceptibles et ils peuvent être dangereux, même petits, il faut prendre bien soin de les garder dans ton camp.

Peut-être parce que sa mère était morte peu de temps après, Clorinde sans se l'avouer vraiment avait toujours suivi ces conseils, cajolant ses filles avec des flatteries égales, leur donnant exactement les mêmes choses à manger, échangeant leurs assiettes à leur insu pour que chacune goûte au repas de l'autre, évitant de leur servir des légumes à feuilles comme le cresson ou l'oseille qui auraient pu diminuer leurs pouvoirs, les surveillant pour être sûre qu'elles étaient toujours contentes et complices – de sorte que maintenant, quand les dons commençaient à se manifester, elle ne pouvait s'empêcher d'en être fière et d'en parler à son mari. Hors de lui, Frankie explosa Qu'est-ce que c'est que ces salades ? et Clorinde lui expliqua que les Marassa étaient les enfants jumeaux de saint Nicolas et de sainte Claire, ancêtres aimés et honorés des Haïtiens, dont la magie était si puissante qu'elle déteignait non seulement sur tous les jumeaux mais même sur leurs frères et sœurs cadets, et Frankie tempêta Mais enfin Clorinde, au bout de quinze ans passés dans un pays civilisé tu ne vas quand même pas retourner à l'âge des ténèbres – et le lendemain, ce fut son tour à lui de se tenir le ventre et de gémir et de vomir. Il commença à se méfier de ses propres filles, et sa méfiance même l'énervait parce qu'il la trouvait idéologiquement inadmissible, si bien qu'au bout de quelques mois de nuits blanches il finit par se confier à sa sœur, mais Ruthie qui était la tolérance incarnée se contenta de lui suggérer le nom d'un médecin susceptible de lui prescrire des somnifères.

Ensuite pendant l'été 1969, pour distraire tout le monde des images affolantes et étouffantes de la jungle et du napalm au Viêt-nam, les Etats-Unis ont envoyé un homme sur la Lune : nous étions ensemble ce soir-là Paddon, à regarder les cosmonautes flous flotter et sautiller à l'écran, après quoi on est sortis sur la véranda et, t'installant dans le fauteuil à bascule et me hissant sur tes genoux, tu m'as parlé pendant des heures. Je ne me souviens pas des mots que tu as prononcés mais j'entends encore la musique derrière ; la tête tout contre ta poitrine j'ai vu une larme rouler sur chacune de tes joues ridées et je me suis demandé laquelle gagnerait la course, tantôt l'une prenait de l'avance et tantôt l'autre, elles accéléraient et ralentissaient et s'arrêtaient presque parfois, Oh mais le ciel Paula ! me disais-tu, penser que le ciel aussi est vide maintenant, aussi vide que la terre !

Et tu n'en es pas resté là Paddon, non, tu ne pouvais pas en rester là, tu t'es mis à m'expliquer d'autres choses sur le plein et sur le vide que je ne pouvais pas comprendre, te livrant maintenant entièrement à moi, oubliant que je n'avais que neuf ans, te rappelant seulement que je t'aimais avec ferveur, comme Heidi aimait elle aussi son grand-père misanthrope et mal compris, tu te balançais et pleurais en me tenant dans les bras, et les gouttes salées glissaient dans les coins remuants de ta bouche tandis que tu évoquais devant moi ta thèse abandonnée puis ton presque-livre puis ton peut-être-livre et finalement ton jamais-livre – et moi, le cœur devenu tambour battant avec l'indignation d'une enfant qui aime, j'ai juré de t'aider. Tout comme Heidi promet à son grand-père de revenir un jour vivre avec lui dans les Alpes, j'ai promis de faire l'impossible pour reprendre le flambeau que tu avais allumé, achever les travaux que tu avais esquissés, faire en sorte que ton *De temps à autre* (comme tu l'appelais maintenant) ne soit pas du temps perdu.

Je ne me marierai jamais, déclarai-je, pure et ardente comme la Pucelle d'Orléans, je n'aurai pas d'enfants, j'irai à l'université pour apprendre tout ce que tu as appris et je transformerai ton manuscrit en livre entre tous les livres ! Je l'appellerai – mes yeux ratissaient les étoiles à la recherche d'un titre pour te faire plaisir – *l'Horloge de mon grand-père*, comme la chanson ! Là, tes yeux mouillés se sont plissés en un sourire reconnaissant et tu as pris ma main dans tes deux mains et accepté solennellement la promesse d'une enfant.

C'est alors que les choses ont changé entre nous Paddon, c'est alors que tu as squattérisé mon existence, je ne te pardonne pas d'avoir ainsi planté ton drapeau dans mon cœur, c'était en partie ma faute bien sûr mais c'était toi l'adulte et c'était à toi de refuser mon offre, sinon tout de suite alors plus tard, les occasions n'ont pas manqué mais jamais tu n'en as profité, vingt ans ma vie a tourné autour de cette promesse et tu le savais bien, au fond de toi-même tu le savais et tu n'as pas levé le petit doigt pour me délivrer de son poids atroce, ce sentiment de trahison qui m'envahissait chaque fois que je déviais du chemin que mes yeux avaient tracé cette nuit-là parmi les étoiles – et bien sûr je t'ai trahi, encore et encore, même quand je faisais ce que j'avais promis c'était une trahison parce que je le faisais pour d'autres raisons, allant à l'université mais pour étudier le journalisme et non la philosophie, rejetant le mariage non pour vivre en recluse mais parce que mon amour des femmes était trop fort, renonçant aux enfants parce que rien ne comptait autant pour moi que le travail…

Ce n'est que maintenant, maintenant que tu es mort et enterré, que j'arrive à admettre que ta sagesse ne sera jamais la mienne. Ces pages Paddon sont les fragments de ma promesse brisée, et ce qui s'approchera le plus de *l'Horloge de mon grand-père*. Tu m'as laissé tes mots, et je les couds ensemble en un patchwork dont je voudrais qu'il te serve de linceul.

Toi, Paddon, tu avais d'autres chats à fouetter. Tu allais au lycée maintenant, non plus la minable petite école d'Anton avec son poêle à bois récalcitrant mais un vrai lycée de ville, fait de briques et doté d'une bibliothèque. Ayant commencé à lire avec ardeur, tu avais senti les premiers frémissements dans les ailes de ton âme : chaque soir après avoir aidé ta mère pour la vaisselle tu jouais du piano pour libérer tes pensées et puis, remontant dans ta chambre et t'asseyant sur ton lit, tu les laissais prendre leur envol. Elizabeth avait déjà décidé de devenir infirmière ; à ses yeux, tout était simple et évident – Dieu l'avait prise par la main et elle irait là où Il la conduirait et ferait tout ce qu'Il lui dirait, son monde était paisible parce que Dieu l'avait fait en Son infinie sagesse et qu'il devait donc être bon, et elle était sereine dans la certitude que Sa volonté devait être faite, ce qui voulait dire à la fois qu'elle devait la faire et que tout ce qui arriverait serait Sa volonté, puisqu'Il était responsable de tout et que rien ne pouvait arriver sans qu'Il l'ait voulu ; ainsi évitait-elle les livres qui auraient pu faire subir à son esprit les élans et plongeons et sauts périlleux qui exaltaient tant le tien ; la seule chose qu'elle eût envie d'apprendre dans les livres hormis la vie du Christ était le corps humain, et les seuls corps humains qu'elle approcherait et toucherait dans leur nudité étaient des corps souffrants et gémissants, des corps saignants et purulents, des corps malades ou blessés voire agonisants, et c'est sur ces corps-là qu'elle se pencherait, entièrement vêtue ; c'est à ces corps-là qu'elle prodiguerait des soins ; c'est grâce à ces corps-là qu'elle gagnerait de nouvelles âmes au Seigneur.

Toi Paddon, tu étais tellement fasciné par ton intelligence que tu avais du mal à comprendre à quoi servait le corps. Tu mastiquais distraitement ta nourriture, participais le moins possible aux activités sportives, te masturbais à l'aide des photos dans l'annuaire du lycée. Aucune de ces choses ne t'apportait de plaisir ; il fallait simplement les expédier pour avoir l'esprit calme et concentré. Un soir, alors que tu te tenais en peignoir devant la fenêtre de ta chambre à regarder l'aurore boréale, tu sentis tes idées balayer le ciel à l'instar de ces gigantesques courbes lumineuses mais, te retournant pour gagner ton lit, tes yeux tombèrent par hasard sur tes jambes nues, longues et poilues et blanchâtres comme de la bouillie et cette vue te laissa non seulement révulsé mais révolté, tant elle était incompatible avec les spirales rougeoyantes du ciel septentrional.

L'épidémie de grippe espagnole ne fit que renforcer ton aversion pour les choses physiques. Elle fut apportée à Calgary par les soldats revenant d'Europe à la fin de la Grande Guerre : le port des masques hygiéniques devint vite obligatoire, ce qui donna aux fêtes de l'armistice un air trompeur de carnaval. En dépit de cette précaution ou à cause d'elle, les microbes se répandirent comme un incendie de prairie et tu suivais froidement leur progression dans le journal, convaincu que tu ne serais pas touché. On ferma bientôt les écoles et les églises pour les transformer en hôpitaux ; Elizabeth qui avait seize ans et voulait se rendre utile fit la sourde oreille aux objections de Mildred et se mit à soigner les voisins à plein temps, si bien qu'elle attrapa la maladie elle aussi et la transmit à votre père. Toute la ville gémissait et se tordait entre des draps infectés, sous les langues les thermomètres montaient en flèche tandis qu'au bord des fenêtres ils piquaient du nez, la cathédrale grouillait d'Indiens qui n'arrivaient pas à choisir entre mourir de la grippe et mourir de froid, médecins et infirmières expiraient dans leurs bottes fourrées, abandonnant les familles à leurs propres ressources, les enfants s'éteignaient dans leur lit parce que leurs parents étaient trop faibles pour s'occuper d'eux et, quand les adultes mouraient, on traînait les cadavres hors des maisons et on les jetait dans la neige puisque la terre était gelée et qu'il était hors de question de leur creuser des tombes. Toi Paddon, tu écoutais les prières délirantes de ta sœur, sa promesse inlassablement répétée de consacrer sa vie au Christ si seulement Il acceptait de l'épargner maintenant – *Néanmoins, qu'il soit fait selon Ta volonté, non la mienne* – et tu te disais que le corps n'était qu'un microbe tandis que l'esprit était un flocon de neige, que le corps était puanteur et pourriture tandis que l'esprit était perfection géométrique, que le corps était chaos et prolifération tandis que l'esprit était calcul glacé et contrôle. Les cadavres dans la neige te semblaient une illustration admirable de la supériorité de l'esprit sur la matière.

Ensuite, une jeune fille du voisinage vint vivre chez vous parce que ses deux parents étaient morts ; elle avait un nom tout doux du genre Sara ou Mara, et comme le premier étage était réservé à la grippe ta mère t'obligea à partager avec elle le canapé du salon en vous sommant de vous coucher tout habillés et de vous tourner le dos mais, dès la première nuit, sentant à travers le matelas les sanglots inaudibles de Sara ou Mara, tu te retournas pour mettre un bras réconfortant autour de ses épaules, et dès la deuxième nuit, tout en léchant les larmes salées à sa gorge, tu lui murmuras que tu prendrais soin d'elle, et dès la troisième nuit, tout en appuyant très doucement ta dureté contre son dos, tu touchas avec tes doigts le miracle d'un sexe de fille à travers sa culotte en coton, explorant ce qui contre toute attente n'était pas une surface lisse comme sur les statues, mais une série de plis et de pleins qui te faisaient battre le cœur, de sorte que quand, un mois plus tard, l'épidémie tira à sa fin et que la tante de Sara ou Mara put venir sans risque chercher sa nièce à Calgary, tu avais assez radicalement révisé tes idées au sujet du corps.

Tout ce printemps-là tu t'es senti dégeler et, avant même que la neige n'ait complètement fondu et que les cadavres ne se soient mis à empester, tu avais embrassé la condition humaine à pleines lèvres.

Le flocon de neige tout comme la fleur de chair sous mes doigts n'est beau que parce que je suis là pour le percevoir. L'un n'a pas plus d'intelligence que l'autre. Le flocon fondra et la chair se flétrira ; leur existence aussi bien que leur inexistence dépendent du passage du temps ; l'intelligence elle aussi doit éclore dans le temps et épouser les phénomènes. Donc il ne peut y avoir de Dieu.

C'est là, ai-je décidé après avoir compulsé tes manuscrits à de nombreuses reprises et dans tous les sens, le premier fragment de pensée originale que tu aies couché par écrit. Tu l'as appris à l'âge de dix-huit ans grâce à une femme et encore à trente-six ans grâce à une femme mais tu n'arrêtais pas de l'oublier, n'est-ce pas Paddon ?

A la fin de ta vie, les quinze dernières années peut-être, tu avais perdu tout espoir. Tu ne faisais plus que vivoter, te servant – toi, Paddon ! – de ce vieux stratagème pour arrêter le temps qui consiste à forcer les journées à se ressembler entre elles, exécutant toujours dans le même ordre un nombre restreint de gestes : t'asseoir près de la fenêtre, lire le journal, remplir ta pipe, aspirer la fumée dans tes poumons, l'en expulser lentement... Tu ne jouais plus de piano. A la fin, comme tu prétendais ne plus avoir mieux à faire, tu permettais même au fox-terrier de Karen de passer des après-midi entiers sur tes genoux.

Par le journal ou le téléphone ou ton épouse, tu apprenais les changements survenus dans le monde extérieur : beaucoup de morts, les complices en bridge ou en pâtisserie de Karen, tes collègues du lycée, d'abord tes aînés et ensuite les plus jeunes, chutant dans le noir les uns après les autres, pour une raison ou une autre, le cœur qui lâche, les poumons qui flanchent, le cerveau qui s'inonde de sang, le col du fémur qui se casse, les disques qui glissent, la mémoire qui se réduit en bouillie. Ton corps et ton esprit à toi, bien qu'irrémédiablement inertes, étaient étonnamment intacts, et tu t'émerveillais parfois du mal que les gens se donnaient de nos jours pour éviter la mort, endurant des régimes draconiens et de la gymnastique éreintante et de la chirurgie ruineuse – on venait même de faire passer une loi obligeant les conducteurs de chariot à porter casque et ceinture de sécurité lors des courses du Stampede ! Toi, pendant ce temps, tu restais là. A attendre.

Rien ne pouvait te sortir de ta morosité, pas même la réunion familiale qu'on organisa pour fêter tes quatre-vingts ans, où tu te retrouvas entouré de ta femme aimante, ta sœur loyale, tes fils, ta fille, ta bru, ton faux gendre (le nouveau petit ami de Ruthie), tes trois petites-filles, ton unique petit-fils (maintenant le fier propriétaire d'un magasin *Sports et Aérobic*) et même ton premier arrière-petit-fils, puisque l'année précédente Michael avait épousé Susie qui travaillait à la succursale ontarienne d'International Weight-Watchers et ensemble ils avaient étudié l'état de leurs finances et décidé qu'en cumulant leurs salaires et leurs comptes d'épargne et leurs avoirs en actions et en titres et en polices d'assurance-vie ils pouvaient se permettre de planifier une naissance, donc Susie s'était fait retirer son stérilet et ils avaient eu des rapports sexuels le douzième jour de son cycle et conçu un enfant dont la normalité avait été vérifiée par trois échographies successives, et du coup il était là aussi, le petit Bob, nommé pour le père de Susie mais partie intégrante de ta famille quand même, ta grande et chaleureuse famille rassemblée autour de la table pour chanter *C'est un formidable bonhomme*, oh oui c'est formidablement malheureux que tu étais Paddon, ému aux larmes mais malheureux quand même.

C'est à cette fête aussi que j'ai vu de mes yeux pour la première fois de ma vie ce que j'appellerais de la magie – je ne pense pas que tu aies compris ce qui se passait et ceux qui l'ont compris étaient trop abasourdis pour en souffler mot : tout au long de la journée Frankie s'était montré encore plus hostile que d'habitude à ton égard, serrant les lèvres pendant que les autres chantaient et gardant les mains ostensiblement plaquées sur la table quand les autres applaudissaient pour saluer l'arrivée de la pièce montée, une splendeur à trois étages que Karen avait confectionnée et décorée de ses propres mains. Vues à travers tes larmes, les quatre-vingts bougies devaient t'apparaître comme une seule flamme brillante et tu soufflais encore et encore de ton pauvre souffle amoindri en tournant le gâteau pour atteindre les bougies de l'autre côté, et tout le monde sauf Frankie applaudissait en te taquinant sur le grand nombre de tes petites amies, une pour chaque bougie ratée, et je vis que Frankie devenait de plus en plus tendu, je viens tout juste de me rendre compte qu'il était sur le point de lâcher une phrase au sujet de tes petites amies, phrase qui aurait non seulement assombri la fête mais maculé ton mariage d'une tache indélébile, je vis que tout en lui était en train de monter, sa fureur son indignation sa tension artérielle, une vague rouge empourpra son cou et tout son corps épousa le mouvement ascendant : sautant sur ses pieds il se racla la gorge, oui il avait décidé de le faire, oui il allait te détruire enfin, tu le dégoûtais avec ton essoufflement et ta manière de pleurnicher pour que tout le monde s'apitoie sur ta ridicule incapacité d'éteindre les bougies, il vous regardait tour à tour Karen et toi, tremblant de rage de constater que personne ne prêtait la moindre attention à sa mère qui avait fait ce gâteau, empilant soigneusement les étages et façonnant autour de leur circonférence des centaines de roses pressées de son instrument à glacer, puis écrivant *Bon anniversaire Paddon* en glaçage sur le dessus – pendant ce temps, l'attention des autres membres de la famille se retirait imperceptiblement de toi pour se tourner avec appréhension vers ton fils, et voici ce qui se passa ensuite.

A la même seconde exactement et sans s'être consultées au préalable ne serait-ce que par le regard, Pearl et Amber qui étaient assises à ma gauche et à ma droite joignirent leurs mains par-dessus mes genoux. Instantanément je vis Frankie flancher et se figer. Il ne pouvait plus bouger. C'était comme si chaque parcelle de volonté dans son corps avait été enchaînée, cadenassée, prise dans une camisole de force. Clorinde posa une main sur le bras de son mari en lui disant Qu'y a-t-il Frank ? Tu ne te sens pas bien ? Karen poussa un petit cri d'effroi et toi Paddon tu regardais confusément autour de toi, tes yeux déjà myopes, chassieux et larmoyants troublés davantage encore par la fumée des bougies. De l'autre côté de la table ton fils aîné était devenu ni plus ni moins qu'une statue : il était absolument rigide, appuyé sur ses bras comme sur des piliers, les mains toujours plaquées sur la nappe et les mâchoires écartées comme pour parler. Ensuite – doucement, très doucement – les mains des jumelles se séparèrent et leur père chuta aussitôt dans sa chaise, l'air hébété et désorienté comme s'il émergeait d'une anesthésie générale.

Je jubilais : oui Paddon, ce jour-là les jumelles avaient pris notre parti – pour la profondeur du secret contre la banalité des faits, pour la contradiction scintillante contre la certitude vitreuse, pour le tremblement de Crowfoot contre le triomphe de Lacombe. Je crois que Clorinde savait parfaitement ce qui s'était passé car dans le regard qu'elle lança à ses filles se mélangeaient l'étonnement, la désapprobation et l'orgueil excité. Frankie avait laissé échapper sa chance si longuement attendue de te punir : secoué jusqu'au tréfonds de lui-même, il a dû abandonner le projet une fois pour toutes.

Clorinde et lui se sont séparés peu après, puis ils ont divorcé, et lorsque en 1986 le régime duvaliériste a enfin mordu la poussière haïtienne Clorinde est rentrée dans son pays natal en emmenant Pearl et Amber et je n'ai pas revu mes jolies cousines dangereuses depuis. Maman a reçu une carte de

Clorinde il y a quelques mois, lui annonçant leur mariage simultané et décrivant la fête fabuleuse qu'on avait donnée en leur honneur, les offrandes follement généreuses dont on les avait couvertes dans l'espoir qu'elles consentiraient à guérir les malades et à punir les tontons macoutes et à dénouer la pluie qui s'était encore laissé ligoter là-haut dans les nuages.

Naturellement, en apprenant cela, Elizabeth est tombée à genoux en faisant le signe de la croix et en baisant son chapelet.

Ton épouse avait la foi moins démonstrative que ta sœur mais tout aussi sincère. Du reste, tandis que toi Paddon te flétrissais et te fanais peu à peu pour t'affaisser enfin comme une plante morte, la piété protestante de Karen ne faisait que verdir et bourgeonner, exigeant de plus en plus de place pour s'épanouir. Elle aussi devait être au bord de la panique et c'est sans doute dans un effort acharné pour te garder avec elle, te garder en vie et protéger ses propres raisons de vivre, qu'elle a amassé sa collection mirobolante de gazettes religieuses, dépliants de la Young Women's Christian Association, pense-bêtes quotidiens, almanachs, brochures des sociétés missionnaires, circulaires des groupes de prière, petites recettes de bonté chrétienne encadrées, éditions illustrées et non illustrées du Nouveau Testament, sans parler de ces innombrables livres de poche aux titres lénifiants comme *Votre amitié personnelle avec le Christ* et *Où irez-vous à partir d'ici ?* qu'elle laissait à portée de la main près de tous les sièges de la maison y compris le siège des cabinets. Elle priait de plus en plus souvent et de plus en plus fort, mémorisant des *Pensées du jour* qu'elle répétait à voix basse tout en faisant le ménage – et la maison devenait de plus en plus propre, tu avais subventionné l'achat de nombreux produits abrasifs et de divers appareils à gratter et à aspirer et à astiquer et à polir, destinés à éliminer la poussière et la nourriture et la matière grasse et les cheveux et toute autre trace d'existence non spirituelle de tous les coins et recoins de la maison, encore que les maisons modernes de Calgary n'eussent ni coins ni recoins, rien que des surfaces plates et innocentes qui se rencontraient à angle droit et n'avaient rien à déclarer – Karen époussetait même le dessus des portes.

Je ne suis plus retournée dans l'Alberta après cette fête d'anniversaire, Paddon, je m'en excuse. Je ne t'ai plus revu. Les manies de Karen qui m'avaient semblé dans l'enfance de curieux rituels s'étaient transformées en épreuves insupportables : sa surveillance et ses conseils frileux en matière aussi bien de féminité (il fallait garder les genoux étroitement serrés chaque fois qu'on s'asseyait) que d'économie (il fallait verser jusqu'à la dernière goutte de pâte dans le moule à gâteau pour qu'il n'y ait plus de plaisir cru à lécher dans le bol), son interminable bénédicité dominical au cours duquel, sur les fines tranches de rosbif rose découpées au couteau électrique, la sauce coagulait en refroidissant, son impitoyable dissection morale des voisins

et de leurs enfants, des pasteurs et de leurs sermons, des publicités télévisées et de leurs mensonges... Toi Paddon, assailli sans répit par ce
déluge verbal, tu ne montrais plus ni réaction ni
ressentiment, tu n'étais plus que résigné. Tu te
contentais de hocher la tête – ou bien, si aucune
réponse n'était requise, d'écouter. Oui, d'écouter.
Tu n'étais plus même capable de cette touche
minimale d'impolitesse ou de liberté qu'est l'inat-
tention. Tu te forçais à écouter – comme si, ayant
une fois admis que tel était ton fardeau ici-bas, tu
avais décidé de le porter avec une patience infiniment renouvelée, réprimant tes propres pensées
encore et encore afin de dire que oui, l'idée d'au-
toriser les femmes à devenir pasteurs était effectivement aberrante, ou que oui, les voisins avaient
effectivement négligé leur pelouse cette année. Et
comme elle était allergique à toute forme de
conversation sérieuse – tu n'avais pas seulement
monopolisé le sérieux Paddon, tu l'avais définitivement compromis à ses yeux – chaque fois qu'un
invité était sur le point de parler avec passion ou
intensité, Karen assassinait son émotion en lui
décochant une idée reçue : Il faut de tout pour
faire un monde, ou bien On ne sait jamais comment les choses vont tourner – réduisant sans
appel les tragédies et comédies particulières à des
platitudes générales.

Au cours de ma dernière visite, j'ai pris dans la
main pour les admirer la brosse et le miroir au dos
nacré qui se trouvaient sur la coiffeuse près de

mon lit, et elle m'a doucement réprimandée de les avoir remis sur le napperon à un angle légèrement différent. Ça ne me dérange pas que tu tripotes mes affaires Paula, me dit-elle sur son plus beau ton de martyre, mais essaie de ne pas me donner plus de travail que je n'en ai déjà. Ce jour-là, j'ai attendu que vous soyez sortis faire des courses au supermarché et alors – dans l'espoir de trouver quelque signe de toi, Paddon, une trace quelconque de désordre ou de désespoir – j'ai fouillé tous les tiroirs de la maison. Mais non. Rien. Rien que des sous-vêtements impeccables, des rangées de bouteilles d'eau de lavande et de boîtes de cold-cream, toutes vides, des chaussettes et des gants noirs et marron et bleu marine enroulés par paires, du linge de maison immaculé, plié et empilé à la perfection, et encore des tracts religieux et encore des Nouveau Testament... Je n'ai pas pensé à regarder dans le grenier. Peut-être avais-tu oublié, toi aussi, que ton manuscrit était en train de se décomposer là-haut.

Oh Paddon j'ai fait cette nuit un rêve épouvantable.

Je suis dans la rue d'une ville quelque part – pas physiquement présente, je peux voir et entendre mais non pas intervenir – à ma gauche éclate une série de coups de feu et, tournant mon regard dans cette direction, je vois une foule de gens très agités. Quelqu'un est-il blessé ? je demande – et la question elle-même provoque aussitôt la dispersion de la foule et l'apparition sur le sol d'un corps immobile. Je vois que c'est une femme. Est-ce qu'elle morte ? je demande en m'approchant – et, parce que j'ai posé cette question, elle meurt. Incapable de retenir ma curiosité et de mettre fin à la scène, je m'approche encore. Des mains invisibles soulèvent la femme pour me permettre d'inspecter ses blessures et, lorsqu'elles tournent le cadavre vers moi, je vois avec épouvante qu'il s'agit de Miranda. Elle est nue, plus grande que nature, il n'y a pas de sang sur son corps, elle est en train de retourner à la terre, elle semble faite de glaise. C'est le Golem, me dis-je tout bas. Mon regard se met à parcourir son corps à la recherche de blessures et, partout où il tombe, une blessure surgit parce qu'il est tombé là. Il tombe sur ses yeux et ses yeux se transforment en trous béants ; il tombe sur sa poitrine et une plaie profonde se creuse dans la chair au-dessus d'un sein. Frappée d'horreur, je me détourne avant que mon regard n'ait pu lui mutiler le reste du corps.

Ce rêve m'a affligée parce qu'il suggère que ce que je fais ici est tout le contraire de ce que j'avais aspiré à faire : au lieu de coudre un linceul, je profanerais des cadavres ? Oh Paddon, je t'en supplie – libère-moi de ma promesse. Permets-moi de chanter jusqu'au bout cette berceuse qui t'apportera le sommeil éternel.

Oui Paddon pour une fois dans ta vie il fallait que tu fasses quelque chose, au lieu d'y songer et te demander s'il fallait le faire et regretter et souhaiter et aspirer et espérer et tourner en rond entre la colère et la maîtrise de soi et l'indifférence forcée – tu avais atteint l'âge d'homme juste au moment où s'achevait la Première Guerre mondiale, et quand éclata la Seconde tu avais trop d'enfants pour partir, donc tu ne t'étais jamais battu, tu n'avais même pas su te défendre lorsque, enfant, ces garnements s'étaient emparés de ton chapeau pour le lancer en l'air, tu n'avais jamais appris à dompter les mustangs, jamais réussi à laisser d'impression ni d'impact, former un projet et le réaliser du début jusqu'à la fin, alors maintenant bon Dieu tu allais faire quelque chose, Paddon, et il ne te restait plus qu'à décider quoi.

Si tu avais de l'influence quelque part, c'était vis-à-vis de tes élèves. Evidemment tu ne pouvais pas leur faire un cours sur le scandale des rejetés haïtiens, mais tu pouvais leur dire – et ce serait la vérité – qu'une chose semblable s'était produite ici même, dans le sud de l'Alberta. Voilà ! Tu fus soulagé dès que tu tombas sur cette solution, et te rendis compte que c'était exactement ce que tu avais envie de faire, ce que tu avais besoin de faire, et enfin, pour une fois, ce que tu allais faire.

Tu décidas de te concentrer sur le personnage du père Lacombe. Une fois prise la décision, tu te sentis à la fois excité et un peu mal à l'aise, comme si tu allais toucher à quelque chose de tabou, profaner un objet sacré dont la puissance pouvait se retourner contre toi. Aucun personnage historique plus que cet oblat errant aux boucles argentées et au visage doux et au grand chapeau noir n'avait été vénéré par Elizabeth ni sacralisé par ta propre formation scolaire – même ton père, un jour jadis, avait concédé sa grandeur en bougonnant. Tant pis, te dis-tu en te frottant les mains mentalement, tant pis pour eux. Il est temps que la vérité soit dite.

Tu passas tout le printemps à faire des recherches, prenant des notes et discutant avec Miranda, de plus en plus impatient de voir quelle serait la réaction de tes élèves – rougiraient-ils de honte rétrospective ? enverraient-ils une pétition au gouvernement ? mettraient-ils en accusation leurs propres parents ?

Hormis cette seule journée, Paddon, je ne vois presque rien de ta vie à l'école. Tu n'en parlais pas, n'invitais jamais tes collègues à la maison, ne partageais jamais avec Karen la rare perle de sagesse que tu découvrais dans les rédactions de tes élèves. Mais cette journée-là, je la vois bien : une journée chaude et chatoyante de début juin 1942.

Tu fis la conférence surprise devant chaque classe à son tour, modifiant ton vocabulaire selon l'âge de tes élèves, sentant la force de Miranda enfler en toi à mesure que tu parlais, sa force et sa douleur, sa douleur et l'affolement des paysans haïtiens, leur affolement et la rage impuissante des Maures assaillis par les croisés, leur rage et les hurlements des Espagnols brûlés au bûcher par l'Inquisition, leurs hurlements et les sanglots des juives violées lors du pogrom de Prague en 1386, leurs sanglots et le cri de Moctezuma se voyant vaincre par Cortés : tout cela résonnait dans tes oreilles, courait dans tes veines et battait dans ta poitrine Paddon tandis que tu racontais, avec l'extraordinaire solennité dont tu fus capable ce jour-là, l'histoire du père Lacombe.

Comment il était venu ici avec l'unique et ferme et inébranlable intention de changer les croyances des Indiens en ses croyances à lui. Comment il était prêt à mettre tous ses dons et toute sa ruse au service de cette intention. Comment il avait appris les langues des indigènes pour les forcer à dire des choses qu'ils n'avaient jamais voulu dire. Comment, profitant cyniquement de leur crédulité et leur superstition, leur fascination pour les images et les portraits, il leur avait appris la version chrétienne de l'histoire à l'aide de longues échelles illustrées, montant de la création de l'univers à l'apocalypse et représentant siècle après siècle de luttes entre le bien et le mal, Luther et Mahomet et Arius s'efforçant de tirer les gens dans le chemin de droite qui conduisait à l'enfer, tandis que des foules d'anges et de missionnaires cherchaient désespérément à les ramener dans le bon chemin, celui de gauche, destiné au ciel.

Comment les Indiens avaient été forts et sains jusqu'à l'arrivée de l'homme blanc, et comment ils avaient reçu de lui le cadeau de la civilisation sous forme de petite vérole et de rougeole et de tuberculose et de scarlatine et de grippe, et comment le père Lacombe et d'autres hommes du même tonneau s'étaient servis de leur fragilité physique pour les convertir, leur prodiguant des soins médicaux avec un altruisme ostentatoire, tout en leur racontant que ceux qui mouraient allaient en enfer tandis que ceux qui guérissaient recevaient de Jésus une dernière chance pour faire le salut de leur âme et avaient intérêt à se convertir.

Comment Albert Lacombe avait encouragé les Indiens à signer les traités nos 6 et 7, tout en sachant que les Blancs mentaient comme ils respiraient et que de toute façon ces traités comportaient toujours des clauses, rédigées dans un jargon légal d'une abstraction répugnante, permettant à Sa Majesté de reprendre toutes les terres qu'Elle avait cédées à Ses Indiens, chaque fois que cela Lui chantait.

Comment Lacombe était resté là à regarder les Blackfeet dépérir de faim puisque le gouvernement, convaincu qu'ils ne se mettraient à l'agriculture que contraints et forcés, leur envoyait cinq dollars par personne par mois au lieu des douze stipulés dans les traités, leur envoyait – maintenant qu'il n'y avait plus de peaux de bison – des sacs en coton pour fabriquer leurs tentes, leur envoyait du bacon au lieu du bœuf, leur envoyait moins de farine, de moins en moins de farine, encore moins de farine cette année-ci que l'année précédente, jusqu'à ce que les adultes n'aient plus que des écureuils et des souris à se mettre sous la dent, puis des chiens et des chevaux, puis les carcasses des bêtes qu'ils trouvaient pourrissant sur la prairie, tandis que les enfants se tordaient par terre après avoir avalé des panais sauvages toxiques.

Et quand les étudiants blackfeet, ne supportant plus de voir souffrir et mourir leurs familles, se mirent à déserter l'Ecole catholique industrielle à High River en 1885, ce fut encore le père Lacombe qui recommanda au gouvernement de menacer de couper leurs rations aux parents non coopératifs. Il valait mieux avoir le ventre vide et l'âme soumise au Christ que la panse pleine de viande de bison et aucun sens de la décence.

Et lorsque après toutes les promesses faites et bafouées et refaites et rebafouées, le Canadian Pacific Railway avait tracé son projet de ligne en plein milieu de la réserve blackfoot et envoyé des milliers de bûcherons et d'arpenteurs escalader leurs montagnes sacrées, ce fut encore le père Lacombe qui débarqua, chargé de pots-de-vin sous forme de sucre et de farine et de thé et de tabac, et mentit tranquillement aux sept cents braves armés qui s'étaient rassemblés pour empêcher les hommes du chemin de fer d'aligner leurs rails et d'enfoncer leurs pieux.

Tu tremblais d'émotion Paddon en lisant à haute voix cet ultime mensonge : Eh bien, mes amis – et dans cette phrase tu entendais la voix du pasteur de l'église méthodiste d'Anton, la voix de Bible Bill Aberhart, la voix d'Elizabeth en Haïti et celle de tous les colporteurs hypocrites du Christ à travers les siècles – eh bien mes amis, j'ai un conseil à vous donner aujourd'hui. Laissez les hommes blancs traverser vos terres, et laissez-les construire leurs chemins. Ils ne sont pas venus là pour voler vos terres.

Ce jour-là, un vendredi, la réaction de tes élèves était insondable mais tu quittas l'école content de toi et passas presque tout le week-end à dormir. Dès le lundi matin, le bureau du recteur fut inondé de plaintes venant de parents furieux : déviation par rapport au programme – censé préparer les élèves aux contrôles de fin d'année – saboter le patriotisme canadien au moment où on en a le plus besoin – pue le communisme – du blasphème – une calomnie haineuse d'un des personnages les plus admirables de l'histoire de l'Ouest – un scandale. Un père outragé t'accusa même d'être en cheville avec les Japonais autour de Lethbridge (stupidement importés de la Colombie-Britannique l'année précédente à la suite de Pearl Harbor pour travailler comme esclaves dans les champs de betteraves), et d'avoir conçu ta conférence dans le cadre d'un complot contre les Forces alliées. Tu fus convoqué par le recteur, un homme bon, un homme âgé maintenant, au bout de l'apoplexie. En bégayant et en bafouillant il te menaça de licenciement immédiat. Tu te tins là dans son bureau Paddon et t'efforças de te sentir inébranlable et héroïque, imperméable à toute attaque, satisfait de savoir que tu avais pris le parti de la vertu et de la vérité contre l'injustice. Mais tu ne parvenais pas tout à fait à y croire. La seule idée de l'expression sur le visage de Karen, s'il fallait lui dire que tu avais perdu ton emploi, te donnait des sueurs froides. En gesticulant et en postillonnant, le recteur te morigéna et tu commenças à avoir peur. Peut-être t'étais-tu trompé et sérieusement trompé. Peut-être la défaite des Indiens était-elle inévitable, et les missionnaires n'avaient-ils fait qu'amortir le choc. Peut-être, sans leurs efforts infatigables comme médiateurs, le destin des Indiens eût-il été plus brutal encore. Peut-être certains hommes de Dieu avaient-ils été effectivement bons et généreux. Peut-être leur savoir médical avait-il sauvé des vies. Et on ne pouvait nier qu'Albert Lacombe, surnommé Bon-Cœur par les Blackfeet, avait risqué sa vie pour faire passer son message de la paix, se jetant au milieu des échauffourées entre les Blackfeet et les Crees, indifférent aux balles qui sifflaient autour de ses oreilles, s'adressant à chacune des tribus dans sa propre langue, transcrivant méticuleusement leurs légendes et leur folklore, faisant l'impossible pour préserver leur passé.

Ces idées n'étaient pas celles du recteur qui, lui, pérorait toujours, faisant valoir que la réputation de cette école avait toujours été excellente mais que vous, Mr Sterling, étiez une tache dessus, qu'il vous avait rendu un certain nombre de services pendant les années trente mais qu'il n'allait pas céder éternellement à vos caprices, que c'était le dernier avertissement et que s'il entendait parler encore une fois d'une plainte ou d'un conflit vous concernant il serait très heureux de profiter de ses derniers jours d'autorité avant la retraite pour vous sacquer – non, ces idées s'ouvraient en toi comme des crevasses dangereuses, des failles de séisme susceptibles de faire s'effondrer tout ce que tu avais échafaudé avec Miranda.

Tu rentras chez toi dans un état d'accablement sans précédent.

Et, accablé, parvins tant bien que mal à terminer le trimestre. Jamais la moindre allusion ne fut faite entre toi et tes élèves au sujet du fiasco du père Lacombe. Au mois d'août, alors que des centaines de tes compatriotes tombaient en livrant bataille aux fortifications allemandes à Dieppe, tu rêvas que tu étais parmi eux, blessé, endolori et fiévreux, et que le père Lacombe se penchait sur toi, son fameux morceau de camphre entre les dents et, te souriant gentiment de ses yeux bleus, murmurait Seras-tu sauvé, Paddon ? seras-tu sauvé ? – montrant de son bras drapé de noir les milliers de cadavres empilés dans la fosse commune qu'il avait creusée de ses propres doigts dans la terre froide, te souriant à nouveau tandis que tu te débattais en transpirant de peur jusqu'à ce qu'enfin Karen te réveille en t'embrassant de ses lèvres fraîches.

O Canada, notre orgueil et notre bonheur, Tes érables rouge sang rappellent La Croix de Sa douleur, Et ton blé d'or transforme en pain Sa vie dont la mort fut notre gain – T'enfouissant le visage entre les jambes de Miranda tu la léchas jusqu'au septième ciel et ensuite, alors qu'elle flottait encore très loin de toi, tu lui avouas à voix basse ces nouvelles peurs, ces questions et ces doutes qui faisaient trembler affreusement sous tes pieds la terre ferme de tes convictions. Son corps se raidit et te rejeta, ses yeux revinrent au monde présent et lancèrent des éclairs, et elle dit Rien n'était pire que ces hommes de Dieu non, comment peux-tu changer d'avis alors qu'on en a parlé tant de fois Paddon ?

Elle était réellement fâchée. Va te faire foutre, dit-elle. Comment tu oses penser comme ça et puis venir ici et être avec moi ? Comment tu oses me rendre heureuse en pensant secrètement à une chose qui me rend furieuse ? Elle te repoussa avec des coups de pied et tu te sentis presque soulagé, te disant qu'elle parviendrait peut-être à rendre la terre solide à nouveau. Merde Paddon, dit-elle, pourquoi tu es toujours d'accord avec la dernière personne à qui tu parles ? Dix fois au moins je t'ai raconté l'histoire de Crowfoot – comment il a été si reconnaissant à la Gendarmerie royale d'avoir vidé les vendeurs de whisky qu'il n'a jamais osé se révolter contre les Blancs. Comment il a toujours été raisonnable, refusant de se joindre aux Sioux de Sitting Bull, refusant de participer à la Danse des fantômes, refusant de soutenir la rébellion de

Riel, se retenant toujours, se contenant toujours, disant chaque fois Attends voir, qui sait ? peut-être que cette fois-ci les Blancs vont tenir leurs promesses, et chaque fois ce connard de Lacombe était là pour lui dire que Dieu aime ceux qui tendent l'autre joue – merde, Paddon ! combien de joues un seul homme peut avoir ? Mais ce que tu ne connais pas, c'est l'histoire de sa mort. Crowfoot a senti quand sa mort est venue près de lui, il a fait un beau discours d'adieux puis il est allé s'allonger dans la grande maison en peau. Des sorciers de toute la confédération se sont rassemblés autour de sa maison pendant des jours et des nuits pour chanter et danser la fin de sa vie en jouant du tambour. Crowfoot avait toujours cru en leurs pouvoirs – tu sais Paddon, il n'a jamais appris l'anglais, pas une seule fois il n'a dit à Lacombe : Toi tu as raison et nous on a tort, simplement il essayait de sauver ce qui pouvait l'être. Enfin l'heure est venue. Les sorciers l'ont senti, ils sont partis pour laisser Crowfoot seul avec sa mort. Et tu sais ce qu'ils ont fait, ces enculés de prêtres ? – la lèvre inférieure de Miranda tremblait et en répondant à sa propre question des larmes de rage jaillirent de ses yeux – ils ont bousillé tout ce que les sorciers avaient préparé ! Même pendant la dernière seconde de sa vie, ils ont pas pu lui foutre la paix ! Ils ont dit leurs mots magiques pour éliminer l'autre magie ! Ils sont entrés dans la maison en peau, et ils lui ont fourré dans la gorge une de leurs saloperies d'hosties !

Miranda pleurait maintenant, elle était secouée de sanglots et tu te rendis compte que jamais tu ne l'avais vue pleurer, et en attendant qu'elle se calme suffisamment pour se laisser prendre dans tes bras, tu remarquas avec malaise que sa colère n'avait pas réussi à colmater les brèches ouvertes en toi. Mais elle ne se calma pas du tout ce jour-là, elle était profondément blessée, et pour la première fois en six ans elle te demanda de t'en aller, et tu dus quitter le lit pour te rhabiller dans un silence sinistre et partir sans l'avoir embrassée, sans avoir reçu d'elle ce regard qui versait de l'espoir dans tous tes membres, sans même avoir décidé d'un prochain rendez-vous.

A tout jamais tu te sentirais responsable de ce qui arriva à Miranda le lendemain, même si elle t'assura à maintes reprises que ce n'était pas la première fois, qu'elle avait déjà subi deux crises, la première en 1930 et la seconde en 1935, et que du reste (et cela elle te l'avait caché et tu l'écoutais avec l'attention nauséeuse des gens trahis), c'étaient justement ces crises qui l'avaient incitée à faire de la peinture.

Les premiers signes, disait-elle, étaient toujours visuels : il y avait une bizarre modification de sa vue, un rétrécissement soudain de son champ visuel, et puis, un ou deux jours plus tard, l'apparition d'arcs, de rayons, de vecteurs qui divisaient le monde de façon exaltante et terrifiante en blocs de couleur irréguliers, déformant les objets au point de les rendre non pas méconnaissables mais invraisemblables, et toi Paddon, écoutant bouche bée pendant qu'elle décrivait ces bleus vibrants et ces rouges sang incandescents, tu te demandas si elle n'allait pas mourir. Tu t'obstinais à remonter jusqu'au début la chaîne des causes et des effets – ses larmes de rage, tes crevasses internes, les yeux bleus aimants du père Lacombe, les conflagrations haïtiennes – mais ce n'était plus là le problème, le problème était que Miranda avait perdu toute sensation dans son bras droit, sa jambe droite et la moitié gauche de son visage et attendait patiemment que la sensation revienne, tout en endurant des éclairs aveuglants et des implosions ténébreuses. Et la chaîne remontait bien au-delà du jour où, posant les yeux sur elle pour la première fois, tu étais tombé amoureux de la peinture dans ses cheveux qui était, en réalité, un symptôme.

Ah je peux enfin le voir maintenant, oui les détails se mettent enfin à affleurer, je vais enfin pouvoir dire comment cela s'est passé : dans la jolie petite ville qui pousse à la jonction des rivières Bow et Elbow on a organisé, cette soirée du 31 décembre 1899, un défilé pour fêter le retour des soldats d'Afrique du Sud. Il serpente parmi la poignée de bâtiments en grès qui forment le centre-ville de Calgary pour terminer sa trajectoire à l'hôtel Palliser, où se prépare un grand bal militaire.

La nuit est dégagée et d'un froid glacial et la lune est pleine, oui disons que la lune est pleine, et qu'elle brille si fort que le noir sombre des Rocheuses se découpe au loin contre le noir clair du ciel. Le Palliser est pavoisé comme une pièce montée, sa façade effrontément éclairée au gaz et plusieurs kilomètres de banderoles bleu-blanc-rouge suspendus à ses balcons. Toutes les femmes blanches respectables ou non, habitant à moins de cinquante kilomètres à la ronde, ont revêtu leur robe la plus longue et la plus froufroutante, tire-bouchonné leurs cheveux à l'aide d'un fer à friser et mis du rouge à leurs lèvres et à leurs joues. Tous les hommes blancs qui possèdent un uniforme l'ont endossé et ceux qui n'en possèdent pas ont gratté la bouse de vache de leurs éperons, frotté leurs bottes à talons hauts avec de la pâte à noircir, ranimé en les giflant leurs pantalon et veste en toile de jean.

Je vois Mildred. Jeune, aux larges épaules, haletante d'excitation ; le taffetas bleu de son unique robe de soirée met en valeur la nuance subtile de ses yeux, et un trésor familial piqué de trois diamants sud-africains pendille dans son décolleté un peu carré. Je vois John. Ses yeux s'écarquillent en se posant sur elle et les battements de son cœur se précipitent. Il voit qu'elle est non seulement plus grande que lui mais d'une classe sociale supérieure et se dit qu'elle se moquera probablement de son accent dès qu'il ouvrira la bouche, se détournant de lui pour rechercher une compagnie plus cultivée mais non, à son étonnement, impressionnée peut-être par son uniforme de cavalerie, elle accepte gracieusement son invitation à danser.

Ah cette danse Paddon ! ah l'espoir inénarrable de tous ces couples qui se sourient à la dérobée puis s'emparent brusquement l'un de l'autre et se mettent à transpirer – dans l'écoulement masculin et féminin des sécrétions secrètes je te sens déjà sur le point de venir au monde Paddon, pourquoi ce monde-ci, dis-moi pourquoi, pour la simple raison que la chair est irriguée d'hormones, et que ces pionniers intrépides ont hâte de se reproduire, oui cela se sent, oui c'est dans l'air, un remugle obscur et musqué proclamant que bon Dieu, *ça va chauffer en ville ce soir –*

Dieu des Prairies, par Ton infinie grâce Donne-nous la force d'engendrer une noble race Une race qui gardera toujours sa foi en Toi Même quand le vent du destin soufflera –

John Sterling n'avait jamais serré contre son corps le corps d'une grande dame. Sa première femme Lizzy avait été la fille miteuse et piteuse d'une prostituée ; lui et son frère Jake l'avaient embauchée pour faire la cuisine à la ferme et il l'avait engrossée par mégarde et épousée par culpabilité ; qui eût pu imaginer qu'après une telle tragédie, après l'horreur indicible de sa femme ahanante et de son fils déchiqueté, il découvrirait un jour *cela* – une grande femme douce et bleue qui lui sourit lorsqu'il la prend dans ses bras, puis danse avec lui sous les lustres scintillants un quadrille et une square-dance, une polka et un two-step et une valse, encore une valse, avançant avec lui vers le mirage de nouveaux horizons que fait miroiter l'orchestre, puis lui jette des regards timides à travers ses cils tandis qu'il lui sert un verre de champagne, dont la mousse déborde pour se glisser dans la dentelle mousseuse de sa manche, puis rougit délicieusement quand il plante sur ses lèvres un baiser plus long que ceux qui claquent à droite et à gauche pour célébrer la naissance du Vingtième Siècle,

317

Est-ce Foutrement Croyable ? puis devient légèrement ivre et somnolente alors que, enhardi par
l'alcool, il remplit son verre et danse avec elle,
remplit son verre et danse avec elle... Elle le
laisse draper sa cape en laine sombre sur ses
épaules et s'appuie contre lui dans la nuit d'hiver
givrée, puis lui rend ses baisers avec une vigueur
surprenante sous le regard blasé de la lune, se
disant qu'après tout c'était bien un militaire et
qu'elle était bien venue là pour se marier, puis
lui permet de frôler de la main ses seins en taffetas bleu jusqu'à ce que, sous lui, ses jambes fondent de désir, puis le repousse doucement alors
qu'il glisse l'autre main sous ses pans de jupe
raides et rêches, puis se laisse finalement aller en
arrière sur la neige avec un petit rire et un petit
soupir, puis lutte faiblement pour se remettre
debout quand il s'abat sur elle et que passent les
derniers fêtards, leurs paroles brouillées par
l'alcool mais leurs rires découpant dans l'air
nocturne des formes cristallines, puis se rend
compte de ce qui se passe et se réveille alors
qu'il est presque trop tard, puis décide de ne plus
résister mais de se mettre entre les mains de
Dieu tandis que John Sterling défait de ses doigts
noueux les boutons de sa culotte en cuir et par-
vient, tout juste à temps, à enfoncer en elle son
être affamé d'amour.

Et Dieu prend le relais, distraitement comme à
Son habitude puisqu'Il n'a pas que ça à faire : sans
même S'éclaircir la gorge, Il marmonne Sa formule

magique au-dessus de la matière grasse dans l'utérus de Mildred pour y faire jaillir une étincelle d'esprit, fredonne d'un air absent Son petit refrain au sujet de l'espèce humaine, et te tire avec léthargie du néant, Paddon, sans penser à Ses préférences ni à tes intérêts, après quoi, Il pousse un immense soupir et, le regard vide plongé dans le cosmos, Se remet à pianoter sur l'éternité.

B*A*BEL

Extrait du catalogue

COÉDITION ACTES SUD – LEMÉAC

Ouvrage réalisé par les Ateliers graphiques Actes Sud. Achevé d'imprimer
en mai 2006 par Bussière à Saint-Amand-Montrond (Cher) pour le compte
d'ACTES SUD Le Méjan Place Nina-Berberova 13200 Arles.
Dépôt légal 1ᵉ édition : mars 1995.
N° d'éditeur : 1716. N° impr. : 061784/1.